새는 날고

새는 날고

ⓒ 김주현

1판 1쇄 발행 | 2024년 12월 30일

지은이 | 김주현
펴낸이 | 정홍수
편집 | 김현숙 이명주
펴낸곳 | (주)도서출판 강
출판등록 | 2000년 8월 9일(제2000-185호)

주소 | 서울시 마포구 동교로17안길 21 (우 04002)
전화 | 02-325-9566
팩시밀리 | 02-325-8486
전자우편 | gangpub@hanmail.net

값 15,000원
ISBN 978-89-8218-358-4   03810

『이 책은 2024년 경기도, 경기문화재단의 지원을 받아 발간되었습니다.』

새는 날고

김주현 소설집

차 례

눈 속의 터미널

내가 J군 시외버스터미널에서 막 동서울터미널행 시외버스에 올랐을 때 동주가 전화를 했다. 캐리어와 백팩과 보조가방에 힘겨워하며 버스 중간쯤의 좌석에 앉은 참이었다. 터미널에 오면 늘 맡게 되는 매연 냄새에 속이 울렁거렸다. 이제 올라가는 중이며 공연장에서 보자고 말한 뒤 전화를 끊었다. 그는 처음으로 조연출을 맡은 작품이라며 꼭 보러 오라고 했다. 연출은 목 선배였다. 오른쪽으로 창밖을 바라보았다. 늦은 오후의 흐릿한 햇살이 스며들었다. 나는 관자놀이를 손으로 꾹꾹 눌렀다. 눈을 감았다. 잠은 오지 않았다. 뜨거운 물에 샤워하고 그대로 눕고 싶은 심정이었다.

지난 보름 동안 나는 작은 도서관의 도서 분류 작업 때문에

J군에 머물러 있었다. 목 선배의 소개였는데 디테일하게 하지 않아도 된다고 하여 그 제안을 받아들였다. 뭐든 일을 해야 했고 무슨 일을 해야 좋을지 모르는 상태였다. 나는 정식 사서는커녕 사서라는 직업과 관계없이 일을 하러 가는 것일 뿐이었고 그 도서관도 정식 도서관은 아니었다. 한 수련원에 딸린 작은 도서관에는 서가에 책만 꽂혀 있을 뿐 도서 등록 데이터도 겨우 서명과 저자명만 있는데다 도서에 장서인 하나 찍혀 있지 않았다. 수련원이 문을 연 지 갓 일 년 되어간다고 들었다. 당장 십이월 중순에 다음 기 수련생들이 들어온다고 했으므로 시간이 촉박했던 것이다. 그곳에서 나는 장서의 등록번호만 뒤늦게 부여하고 온 것밖에 한 일이 없는 듯했다.

버스는 막히지 않고 예정된 시간에 터미널에 닿았다. 한 시간 반쯤 걸렸다. 버스가 도착하자마자 백팩을 짊어지고 보조 가방과 캐리어를 들고 내려서 서둘러 터미널을 빠져나와 택시를 잡아탔다. 누군가 나를 보았다면 길고 긴 여행을 하고 돌아온 사람으로 여겼을 것이다. 어쩌면 내 인생에서 긴 여행이었는지도 모른다.

동주의 말처럼 여행 짐을 꾸리는 데 영 소질이 없는 나였다. 하루를 가나 사흘을 가나 언제나 짐이 넘쳤다. J군으로 가려고 짐을 챙길 때도 마찬가지였다. 캐리어 한쪽에 겉옷과 속옷 등을 부피를 최대한 줄여 빽빽이 넣어 그물망 지퍼를 닫은 다음 다른 쪽에는 노트북을 바닥에 깔고 화장품과 칫솔, 치약 같은 것들을 비닐이나 파우치에 나눠 담았다. 마치 생선의 배를 갈라놓은 것처럼 캐리어가 양쪽으로 펼쳐져 있었다. 내가 낑낑거리며 짐을 다 꾸렸을 때쯤 동주가 왔다. 얼굴이 아주 발갛구만. 짐 못 싸는 사람이 고생깨나 했겠다고 위로의 말인 양 건넸다. 나는 귀 밑으로 흐르는 한 줄기 땀을 손등으로 훔쳤다. 그의 까슬까슬한 머리카락과 수염의 감촉이 되살아나는 듯했다. 택시는 곧 아파트 정문에 닿았다.

　문을 열자 먼지 냄새가 뭉근히 풍겼다. 사람 사는 집은 넓든 좁든 하루만 비워도 표가 났다. 거실 겸 주방의 좁은 탁자 앞에 놓인 의자에 앉았다. 보름 전인가 동주가 앉았던 자리였다. 내 앞에는 짙은 남색 캐리어가 세워져 있고 검은색 백팩과 주황색 보조가방이 널브러져 있었다. 보조가방 안의 물건 일부가 바닥으로 쏟아져 나왔다. CD 플레이어가 안 보였다. 지름이 십 센티미터 남짓에 두께가 이 센티미터쯤 되는데 시외버스 안에서도 바닥에 두어 번 떨어져 조용한 차 안을 소란스럽게 했었다. 나는 급히 보조가방을 거꾸로 들고 털었다. 털실내화와 캔 콜라 하나와 아이스티 작은 페트병 하나, 헤드폰이 나왔다. 그게 다였다. CD 플레이어를 택시 안에 두고 내린 모양이었다. 안 그래도 아슬아슬해 보였었다. 저걸 잃어버릴 텐데, 속으로 생각도 했었다. 유행도 한참 지나 샀던 것인데 한동안 쓸 일은 없을 것이다. 헤드폰은 용케 남아서 아이스티 페트 옆에 하얗게 누워 있었다.

오른손 엄지로 관자놀이를 누르며 왼손을 들어 손목시계를 확인했다. 다섯시 반이 넘었다. 공연 시작은 여덟시였으니 허비할 시간이 없었다. 곧 욕실에 들어가 오줌을 누고 손을 씻으며 세면대 위 거울을 들여다보았다. 짧은 머리는 부스스했고 눈 밑이 거무스름했다. 멀미를 참으며 차에 시달렸기 때문일 것이다. 오랜 시간 버스나 승용차를 탈 땐 여간 주의를 기울여야 하는 게 아니다. 백팩에 들어 있던 화장품 파우치를 꺼내어 립스틱만 엷게 한 번 더 발랐다. 조금 나아진 것 같다고 믿었다. 침실의 벽장에서 검은색 가죽 숄더백을 꺼내 파우치와 수첩과 펜 따위를 집어넣었다. 거실 바닥에 나뒹구는 아이스티 페트를 땄다. 냉장고를 열어봐도 물은 없었다. 사그라드는 몸에 단단히 힘을 주었다. 이 모든 일을 이십 분도 안 되어 해치웠다. 집에 왔다는 도장만 찍고 다시 길을 나선 것이다.

버스에서 전철로 갈아타고 나서야 비로소 숨을 고를 수 있었다. 공연장 부근 역에 도착하기까지 이십 분 남짓 동안엔 아무 일도 일어나지 않을 것이다. 시외버스에 택시에 버스에 시달려 온몸이 까라지는 기분이었다. 나는 언제나 서울 안을 동동거리며 돌아다니던 사람이었다. 전철 안은 붐비지 않았지만 빈자리는 없었다. 나는 깊게 한숨을 내쉬었다. 수련원 나올 때 마음이 이와 비슷했을까.

수련원 도서관에서는 오전 아홉시 반쯤 일층으로 내려와 노트북을 켜는 것부터 일이 시작되었다. 휴게실을 겸한 도서관에는 세 벽을 따라 알파벳 E를 그려놓은 것처럼 책장이 서 있었다. 두 칸 여덟 줄짜리 책장으로 모두 천장 끝까지 찼다. 중간 부분 빈 공간에 회의용 긴 탁자가 있었다. 서가를 등지고 연보라색 울 소재의 소파 세트와 나무 탁자가 놓여 있었다. 도서관 담당자는 서가 쪽 탁자에서, 나는 소파 쪽 탁자에서 작업을 했다. 처음 나흘 동안 내내 서지사항을 입력했다. 이런 책들이 있었나 싶을 정도로 책들은 낯설었고 눈에 익은 책은 별로 없었다. 엑셀 프로그램이 서툴러 육십여 권에 해당하는 첫 입력분을 그대로 날려버리기도 했다. 책들을 일일이 꺼내어 탁자 위에 놓고 입력해나갔다. 책을 뽑고 되끼워넣자니 손바닥에 거뭇거뭇한 때가 묻어났다. 대학 시절에 한 학기 동안 학교 도서관 아르바이트를 하면서 책을 정리했던 기억이 떠올랐다. 도서관 문을 닫기 삼십 분 전쯤 나무 카트에 책을 잔뜩 실어 서가를 옮겨 다니며 제자리에 꽂았다.

책은 최근에 나온 신간부터 몇십 년 묵은 것까지 있었다. 어떻게 모았느냐고 담당자에게 물어보니 구입한 것도 있고 기증받은 것도 있다고 했다. 책 먼지 탓에 목이 메고 이따금 기침이 나왔다. 말이 별로 없는, 조금 어색한 공간을 음악으로 메웠다. CD 플레이어의 볼륨을 높여 헤드폰으로 스며 나오는 음악을 들었다. 부드러운 피아노 재즈 음악이었다. 다른 사람들은 휴대폰 하나로 통화도 하고 음악도 듣지만 나는 뭐든 따로따로였다. 게다가 헤드폰을 오래 낀 채 음악을 듣는 건 그리 좋아하지 않았다. 침묵은 더 힘들었다.

정식 도서관도 아니니까 편하게 생각하라는 말처럼 담당자는 나를 편안하게 대했다. 강 계장인지 이 계장인지 하는 담당자는 가운데 가르마에다 둥근 테 안경을 썼는데 눈빛이 맑고 인상이 좋았다. 동주보다 나이는 어려 보였고 신부님 같은 인상이었다. 종이컵을 들 때 새끼손가락이 다른 손가락보다 비죽 나온 동작이 눈에 들어왔다. 여자가 그러는 걸 종종 봤어도 남자가 그러는 경우는 동주 말고 본 적이 없었다. 보통 식당에서 점심을 먹고 자판기 커피를 뽑았다. 주로 소파쪽 탁자에서 커피를 마셨는데 내가 유심히 들여다보자 그 시선을 느꼈는지 담당자는 왜 그러느냐고 물었다. 새끼손가락요, 하며 손으로 가리켜 보였다. 아는 사람과 닮았다는 내 말에 담당자는 남친인가 보다고 소년처럼 웃었다. 음, 아, 그렇죠. 나에 관해 묻는 질문에 나는 뜸을 들이며 나의 일이 아닌양 대꾸하고 있었다. 저도 곧 여친을 만들어야 할 텐데. 담당자는 쑥스러운 듯 웃었다. 그 말을 할 때야 담당자가 나보다어린 사람이라는 걸 실감했다. 연한 파란색 스웨터 안에 살짝드러나는 흰색 칼라가 마치 교복의 칼라처럼 보였다. 나를 선생님이라고 부르는 호칭에 저항감이 느껴졌다. 달리 마땅한 호칭이 없다고 담당자는 말했다.

동주는 다른 사람이 있을 땐 나를 누나라고 불렀고 다른 사람이 없을 땐 성과 이름을 합쳐서 불렀다. 초등학교 저학년

아이들이 티격태격하며 서로를 부르는 것처럼. 이철수 너 나 빴어, 김영희 너 엄마한테 이를 거야, 이런 식으로. 드물게 이름만을 부르는 때가 있었다. 나를 안으면서 잔뜩 쉰 소리로 낮게. 나는 그 소리가 느끼해서 닥쳐, 하고 잘라버렸다. 그래도 그가 말하면 내 입술로 그의 입을 막았다. 그의 뺨을 감싸는 내 손은 점차 뻗어나가 그의 머리를 더듬는다. 언제나 바짝 깎여 있는 머리. 제법 자라 손가락이 막 헤집어갈 수 있을 정도가 되면 그는 어느샌가 다시 머리를 박박 깎았다. 그는 머리를 깎고 나면 나를 찾아와서 안았다, 가끔.

공연 끝난 뒤에야 볼 수 있을 거라고 동주는 문자로 알려왔다. 전철로 갈아타기 전 버스 안에 있을 때였다. 공연장에 도착해 로비로 들어갔다. 실내 공기가 후텁지근했다. 머리를 식히려고 유리문을 지나 다시 밖으로 나갔다. 굵고 둥근 기둥 옆에 칸막이를 해둔 흡연 공간에 들어서자마자 가방에서 담배를 꺼내 물었다. 너덧 사람들이 피우는 담배 연기가 좁은 공간을 가득 메웠다.

수련원에 있을 때는 화단가에서 담배를 피웠다. 식당은 도서관에서 걸어서 오 분 거리에 있었고 그 앞에 좀 작은 농구 골대가 세워져 있고 코트 모양이 바닥에 그려져 있었다. 담당자는 담배를 피우지 않아서 내가 담배를 피울 때 옆에 있거나 아니면 먼저 들어갔다. 전 이상하게 담배랑 술이 몸에 안 받더라고요. 잘됐죠 뭐. 담당자는 말했다. 처음에 수련원도 금연이었다가 금지하는 것을 도리어 풀어놓음으로써 스스로 깨달게끔 하는 쪽으로 방향을 바꾸었다고 했다. 스스로 마음을 치유한다, 그리고 하나가 된다. 이런 문구가 인쇄된 플래카드가 수련원 측면 벽에 세로로 길게 늘어뜨려져 있었다. 하나가 된다는 말에서 무엇과 하나가 된다는 것인지 모호하게 느껴졌다.

나는 객석에 앉아 무대 위에서 흐릿하고 작은 핀 조명을 받고 있는 탁자를 바라보았다. 촛대와 긴 술잔과 접시들이 놓여 있는 식탁이었다. 희곡에서 무대를 묘사하는 지문은 읽을 때면 방향이 어디가 어디인지 잘 모르겠다. 상수(上手)가 어디인지 하수(下手)가 어디인지 늘 헷갈렸다. 상수는 객석에서 봤을 때 오른쪽이고 하수는 왼쪽이라고 하는데 일본식 표현이 굳어진 거라고 한다. 영미 희곡에서는 오른쪽, 왼쪽이 반대여서 읽을 때마다 뒤죽박죽이었다. 언젠가 공연 잡지사에서 일할 때에는 무대의 위와 아래 구분도 어려웠다. 우리말로 표현하면 무대에서 위는 뒤고 아래는 앞이었다. 지금 내가 보는 무대를 말한다면, 무대 위 약간 높은 위치에 식탁이 놓여 있고 아래 약간 낮은 자리에는 작은 다탁과 의자가 두 개 놓여 있었다. 거리의 일부를 표현한 부분에 눈이 쌓여 있었다. 하수 쪽 맨 끝이었다. 내가 본 다른 단체의 공연에서는 실내만 표현되었던 것 같았다. 이것이 연출의 아이디어라면 나쁘지 않았다. 다른 단체의 「세 자매」를 본 적이 있지만 오래전이라 거의 기억나지 않았다.

익히 알려진 줄거리로는 슬픈 내용이었는데 간간이 웃음이 터져 나왔다. 세 자매 중 막내의 생일에 아는 아저씨가 목마를 선물하며 목마 타는 걸 우스꽝스럽게 표현한다든지 세 자매의 형제가 식욕을 참지 못하고 계속 음식을 먹는다든지 2막에서 화재가 발생한 뒤 우왕좌왕하는 가운데 세 자매의 맏이와 제부가 엉뚱하게 입맞춤한다든지 하는 장면에서 관객들이 킥킥댔다. 원래 그런 장면이 있었는지는 모르지만 나도 피식피식 웃어댔다. 몸은 까라져도 웃음은 나왔다. 목 선배는 오리지널 체호프를 따르려 했다고 도서관 아르바이트를 제안하며 슬쩍 말했었다. 체호프 할아버지가 이건 희극인데 다른 사람들이 비극이라고 우겨댔다잖니. 내가 함 살려보려고. 그녀는 자신만만했다. 그렇게 배우들이 등장하고 나가기를 되풀이하고 무대 조명이 켜졌다 꺼졌다 하는 가운데 나는 세 자매 중 막내의 그 대사가 어서 나오기를 기다렸다. 거의 마지막에 이르러서야 나오는 대사였고 내가 유일하게 기억하는 대사였다. 당신과 결혼하지만 사랑하는 건 아니에요. 그건 어쩔 수 없어요. 그 대사가 유명하다고 동주로부터도 들었다. 내가 도서관으로 떠나기 전날, 늦은 연습을 마치고 들렀을 때였다.

"내가 본 극에서는, 사랑하지 않는 사람과 결혼하게 될 거예요, 였어. 아니 사랑하는 사람과는 결혼할 수 없을 거예요,

였던가."

의역된 거라고 동주는 말했다. 그는 밥을 씹느라 우물거렸다. 출출하다며 김치찌개에 밥 한 공기를 해치웠다. 찌개는 저녁에 먹다 둔 것을 데워 냄비째로 식탁 위에 올려놓았다. 김치에다 양념으로 마늘을 조금 더 넣었다. 음식 정말 못한다, 하면서도 그는 김치찌개에 수저를 가져갔다. 익숙한 풍경이었다. 여자 친구가 있을 때도 그는 늦은 밤 나를 찾아와 밥과 찌개와 술을 들고는 했다. 술은 대개 소주와 맥주였고 집에 와인이 있으면 와인을 마셨다. 어느 날엔 그가 와인을 들고 오기도 했다. 기분이 내키면 함께 장을 본 뒤 가지를 얇게 썰어 굽고 오징어 먹물 스파게티 같은 것을 만들어 먹기도 했다. 그가 만들고 나는 설거지를 했다. 이 모든 일이 자주 일어난 건 아니었다.

"넌 결혼 안 하니? 할 때가 된 거 같은데."

나는 그를 떠보았다. 그는 서른이 좀 넘은 나이였고 나는 그보다 여섯 살이 더 많았다.

"알면서 묻긴. 너야말로 할 때가 됐잖아."

"때 되면 하겠지 뭐. 니 걱정이나 하세요."

웬일로 큰소리냐며 그는 식탁에 팔꿈치를 대고 두 손에 턱을 받친 채 실눈을 떴다. 나는 투명한 유리 텀블러의 손잡이를 쥐고 반쯤 남은 맥주를 단숨에 비웠다.

"너 이제 반말 그만해. 그래도 내가 여섯 살 윈데."

"어, 세게 나오네. 언제는 그러는 게 좋다며."

이젠 싫어졌다고 내가 말하자 그는 피식 웃으며 식탁 의자 등받이에 몸을 기댔다. 난 결혼 안 할 거야. 그는 종종 그런 말을 했었다. 내가 그를 알아온 몇 년 동안 그는 몇 명의 여자와 만나고 헤어졌고 나는 이 직장에서 저 직장으로 옮겨 다녔다. 또 헤어졌니? 또 옮겼냐? 그와 나의 단골 멘트였다. 그가 꾸준히 연극을 하고 있는 건 놀라운 일이었다. 그가 연극이나 연출에 대해서 어떤 생각을 가지고 있는지는 모른다. 그런 얘기는 별로 하지 않았다. 나도 나의 일에 대해서는 별로 말하지 않았다. 다만 그는 연애가 끝난 시점에 나를 찾아왔다. 그냥 왔어. 그 말이 다였다. 작년인가 그는 크게 낙담을 했다. 그 애가 그래, 기다리는 거에 지쳤다구. 내가 그렇게 사람을 기다리게 해? 그가 말간 얼굴로 나를 바라보았다. 몰랐니? 나는 그가 고소하기도 하고 안되어 보이기도 했다.

"이젠 너에게 뭔가 할 말이 있을 것도 같아."

그 말을 하더니 그는 씩 웃었고 좁은 식탁 너머로 내 입술에 제 입술을 댔다. 김치찌개의 매운맛에 소주의 씁쓸한 맛이 섞여 입안이 얼얼했다. 콧수염과 턱수염이 닿은 자리는 까끌까끌했다. 그러고 나서 그와 나는 언제나처럼 관계를 했다. 올해 초 그가 먼저 연락을 해왔다. 아직까지 나에게 여친을 소개시켜주거나 하지는 않았다. 나도 할 말 있어, 라고 그가 내 몸 위에서 움직일 때 툭, 던졌다. 오래전 놀이공원에서 동물인형 옷을 서너 시간 뒤집어쓴 채 움직이다가 벗어 던진 느낌이었다. 그 말만으로도 후련했다.

공연이 끝나고 로비로 나오자마자 그의 모습이 눈에 들어왔다. 카키색 긴 재킷 안에 검은색 스웨터를 받쳐 입고 있었다. 이제는 삐죽삐죽할 머리카락은 진갈색 헌팅캡에 싸여 있었다. 익숙한 옷차림이었다. 내가 회색 코트 안에 스웨터와 셔츠를 받쳐 입는 것처럼. 그의 옷깃은 언제나처럼 약간 세워져 있었다. 그는 칼라 있는 옷이면 언제든 칼라를 세워 입었다. 그런 게 더 촌스럽다고 말해도 그는 내 말을 듣지 않았다. 그 카키색이고 그 검은색인가 하며 나는 고개를 갸웃했다. 순간 너무나 낯설게 느껴진 탓이었다. 그는 누군가와 이야기하던 중이었는데 나를 보자 해맑게 웃으며 손을 흔들었다. 어울리지 않게. 인터미션을 포함해 세 시간이 넘는 공연에 나는 어지간히 지쳐 있었다.

"엄청 길었어."

그를 보고 내뱉은 첫마디였다. 그러고는 극장에서 한참 내려가 횡단보도를 건너 골목에 있는 소금구이 집에 들어갔다. 외제 차 매장과 고급 파스타집과 커피하우스가 즐비한 주변과 어울리지 않는 곳이었다. 옛날식 대폿집처럼 원형 통 위에 그보다 더 큰 원형 쟁반 가운데를 뚫어 불판을 놓았다. 이런 데가 다 있다고 내가 놀라워하자 그는 극장에서 연습하기 시작하면서 몇 번 와본 데라고 알려주었다. 그가 따라준 맥주에 내가 소주를 조금 따라 넣으니 웬일로 섞어 마시느냐고 물었다. 마시고 뻗으려 한다고 대꾸했다. 이제 마지막으로 집으로 돌아가는 차만 타면 되었다.

"이번 연극은 원래대로 하면 더 길어. 좀 어레인지했어."

그의 말인즉, 연출부 의논 끝에 늙은 하녀와 다른 남자 인물을 합쳐 늙은 하인으로 만들었다는 것이다. 모르는 사람은 원래 그러려니 넘어갈 것이다. 나처럼. 나는 연극만 봤지, 희곡은 읽은 적이 없다. 읽었어도 오래전이라 기억하지 못했다. 어떤 기억은 금세 잊고 만다. 나는 금세 술잔을 비웠다.

동주가 빈 잔에 맥주를 따라주었다. 소주는 아까보다 조금 따라 달라고 말했다. 그의 잔에는 술이 아직 삼 분의 일쯤 남아 있었다.

그는 둥근 탁자 너머로 한 손을 뻗어 내 뺨을 살짝 쓰다듬었다. 냉탕에 들어간 듯 갑자기 뒤통수가 찡했다. 어울리지 않게 왜 이러느냐고 나는 그의 팔을 툭 쳤다. 그래도 그는 웃고 있었다. 배우들은 어떻게 하고 여기 있느냐고 물으니 늦어서들 간다고 대답했다.

"니 말대로 공연이 늦게 끝나잖아. 암튼 오늘은 너 보러 온 거야. 할 애기도 있고."

"무슨 할 애기?"

나는 물었다.

"있어. 좀 있다가 할게. 기대하시라 개봉 박두."

그의 너스레에 빙긋 미소가 비어져 나왔다. 입가가 당기는 느낌이 들었다. 그는 도서관 일에 대해 물었다. 잘 마무리하고 왔느냐고.

"마무리라. 그러고 자시고 할 것도 없었어. 그건 시작에 불과했으니까. 그 일이 그렇게 힘든 건 줄 몰랐다. 며칠 전엔 죽음이었어."

"왜?"

"그냥 소설하고 비소설하고 시 정도로 구분하면 되겠다 싶었지. 서점처럼. 근데 그게 아니더라구."

내가 처음 서가의 책들을 봤을 때 일부는 제목 가나다순으로, 일부는 출판사별로 배열되어 있었고 벽 쪽의 서가에 꽂힌 책들은 잡지와 잡지 아닌 것이 마구잡이로 뒤섞여 있었다. 담당자나 나나 모르기는 마찬가지였다. 일단 소설은 소설대로, 시는 시대로 출판사별로 번호를 매겨갔고 그 번호에 따라 담당자와 함께 책을 배열했다. 거기까진 좋았는데 나머지 그 수많은 비소설들의 번호를 어째야 할지 몰라 곤혹스러웠다. 나는 목 선배에게 전화를 걸 수밖에 없었다. 연극 동아리 선배이면서 이 일을 소개해준 사람이었다. 저자별로 해야지. 저자가 제일 중요해. 출판사는 별 필요도 없어. 그건 알잖아. 그녀가 쏘아댔다. 내가 뭘 알우, 하면서 나는 볼멘소리를 냈다. 도서분류법을 검색해보라는 말에는 멈칫했다. 왜 그 생각을 못했지? 그건 기본이 안 되었다는 뜻이었다. 그래도 도서관은 도서관이지. 사서가 노는 줄 아나본데 엄청 골 빠지는 일이다. 그래서 내가 관뒀잖아. 말이 그렇지 실상 그녀는 사서 일보다 연극이 더 좋아서 남들보다 늦게 연극판에 뛰어들었다. 나는 악, 소리를 냈다. 엄청난 해일이 몰려오는 것 같았다. 그제야 검색하여 듀이십진분류법이니 한국십진분류법이니를 알게 되었다. 총류 000, 철학 100, 종교 200, 예술 600 하는 기본 분야 구분번호에 더해 세부 분야를 구분하고 출판년도를 구분하는 등등의 분류법 말이다. 내가 일을 너무 쉽게 본 것이다.

"내가 거기서 한 일은 등록번호를 부여한 거밖에 없는 거 같아. 마지막 번호가 2380이었어."

"그것도 대단한 일 아닌가? 고생했네."

"아니야. 내가 붙인 번호들은 모두 엉터리였다구."

자책하지 말라고 동주는 의젓한 오라비처럼 나를 위로해주었다. 그 비 오던 날은 어땠느냐고 덧붙여 물어왔다. 도서관 일을 시작한 지 일주일째인가 되던 밤이었다. 여름철 장맛비처럼 비가 쏟아졌고 폭우 소리는 건물을 뒤흔들었다. 동주에게 전화를 걸었다. 용감하니까 잘 버티라고 그는 웃음기를 머금으며 말했다. 여기 와줄래? 나는 말했다. 진심이었다. 연습 때문에 갈 수 없다, 고 그는 대답했다. 마음만은 가 있겠다는 너스레와 함께. 삼층 건물에 나 혼자 있으려니 정말 무서웠다. 이층과 삼층엔 각각 일곱 개의 방이 있고 내가 묵은 방은 이층의 2호였다. 큰 건물에 여자 혼자 있을 것을 염려한 담당자가 밤에는 아예 일층의 현관문을 잠가놓으라고 내가 묵은 첫날 일러주었다. 그날도 분명 저녁에 잠갔지만 빗줄기가 창문을 때리는 소리를 듣고 있으니 누군가 현관문을 쾅쾅 두드리는 것 같았다. 결국 담당자에게 문자 메시지를 보냈다. 그는 식당 가까이 있는 수련원 내 사택에서 다른 직원들과 함께 기숙하고 있었다. 곧 그가 달려왔다. 나는 미리 문의 잠금쇠를 풀어놓고 문 안쪽에서 서성거렸다. 문이 덜컥댔다. 나를 보자 그는 빗발에 우산이 찢어지는 줄 알았다고 말했다. 바람막이 점퍼를 타고 빗물이 계속 흘러내렸다. 담당자는 자못 심각한 표정으로 일층부터 각 공간의 문을 하나하나 열어 확인했다. 문이 열릴 때마다 난방을 하지 않은 방 안에서 차가운 기운이 비어져 나왔다. 방에는 침대와 책상과 의자와 티테이블 세트가 모두 제자리에 놓여 있을 뿐이었다. 자정이 넘은 시각이었다.

"그때 무슨 일이 있었어야 했는데, 아무 일 없었어? 왜 희곡에서도 비가 퍼붓거나 눈이 엄청 내리거나 아주 춥거나 덥거나 하면 일이 벌어지잖아. 날씨에 따라 사람 심리가 달라진다잖아."

"있었으면 좋겠니?"

나는 잠깐 그를 빤히 바라보았다. 내가 아무 말을 않자 그는 머쓱해하며 말이 그렇다는 거지, 하고는 호호 웃었다. 나는 헛웃음으로 표정을 지웠다. 나는 그에게 무엇인가를 바랐던 것일까.

술의 힘과 몇 점 집어먹은 고기에 조금은 기운을 차릴 수 있었다. 도서관 일은 어떤 식으로든 일단락되었다. 잠시 뒤엔 그와 함께 집으로 갈 것이다. 온몸이 느슨해지려는데 그가 재킷 주머니에서 스마트폰을 꺼내 들었다. 표정이 어두워졌다. 그 자식이 죽었다구? 어쩐지 연락이 없더라니. 그러더니 내 팔을 툭 치며 손으로 끼적이는 시늉을 했다. 나는 가방에서 파란색 플러스펜을 꺼내어 그에게 건넸다. 그는 젓가락을 쌌던 종이에 뭔가 휘갈겨 적었다. 병원 이름이었다. 전화를 끊자마자 그는 반쯤 남은 맥주잔에 소주를 좀 더 따라 단숨에 들이켰다. 막 피려는데 지는구만. 젠장. 그의 혼잣말에 누가 죽었느냐고 물었다. 누구라고 그가 말해주었지만 나는 모르는 이름이었다. 드라마에도 몇 번 출연한 뒤로 형편이 나아졌는지 연락이 없더라며 그는 서운해하는 낯빛이었다. 말끝에 담배를 꺼내어 불을 붙였다. 굵은 손가락 사이로 담배 개비가 유달리 가늘게 보였다.

얼른 가보자고 그가 말했다. 내일 가도 되지 않느냐고 나는 물었다.

"그럼 지금 안 갈 생각이었어? 그리고 걘 가족도 별로 없다구."

그 말에 알았다고 대답하고 잔에 남은 술을 마셨다. 쓴맛이 나고 속에서 불이 일어나는 것 같았다. 택시를 타고 가는 동안, 오늘 벌써 몇 번째나 차량으로 움직이는지 헤아려보았다. 도서관 담당자의 승용차부터 시작해서 시외버스와 택시와 버스와 전철을 거쳐 다시 택시를 탄 것이다. 좀 전까지 머릿속으로 굴렸던 내 계획은 공중으로 날아갔다. 그것은 계획이라고도 할 수 없는 것이었다. 나는 관자놀이를 손으로 꾹꾹 눌렀다. 차라리 누가 내 머리통을 박살내주었으면 좋겠다는 생각마저 들었다.

동주가 스마트폰으로 여러 군데 전화하는 소리도 흘러들었다. 소식…… 그 자식 죽었대. 물에…… 안 그래도 캐스팅할…… 그는 같은 말을 몇 번이나 되풀이했다. 진이 빠졌는지 내 어깨에 기대어 눈을 감았다. 우린 죽지 말자. 살자. 그가 나지막이 쉰 소리로 말했다.

「세 자매」가 머릿속에서 되살아났다. 언제나 모스크바에 가기를 갈망하면서도 가지 못하는 현실을 슬퍼하는 자매들. 모스크바에서 왔다는 인물과 불같은 사랑에 빠졌다가 아프게 이별하는 마샤. 사랑하지 않지만 혼인하겠다고 마음먹은 순간 그 남자를 결투로 잃고 마는 이리나. 교수의 꿈 같은 건 내팽개치고 노름에 빠져 시의회 의원의 삶에 안주하는 형제 안드레이. 동생들을 지켜보며 결혼하고 싶어 안달난 마음을 애써 누르는 맏이 올가. 모두 원하는 것을 얻지 못한 쓸쓸한 모습이었다. 세 자매에게는 모스크바로 가고 싶다는 열망이 여전히 살아 있을 테지. 나에게는 무엇이 있는 걸까.

목 선배로부터 조언을 들은 뒤 나는 책 배열을 뒤집었다. 영문자 E의 가운데 부분에 해당하는 책장에 꽂힌 소설책들부터 손을 댔다. 빠른 시간 안에 해결할 수 있는 부분이라고 판단했기 때문이었다. 출판사별로 잘 정리되어 있던 책들을 흩뜨리기가 아까워 잠시 망설여졌다. 어디서부터 어떻게 시작해야 할지 몰라 허리에 손을 얹은 채 한동안 책장을 노려보았다. 하나의 세계가 깨어져야 새로운 세계가 탄생한다는 말을 머릿속에 떠올렸다. 나는 '강'으로 시작되는 저자 이름의 책부터 뽑아 들었다. 비가 퍼부었던 날 밤 나를 염려하던 담당자가 가고 난 뒤의 일이었다.

일단 같은 자음의 성끼리 모았다. 김, 이, 박, 정, 최가 우리나라에서 가장 많은 성씨이니 그것들부터 정리해갔다. 책장 맨 위 칸에 있던 책이 맨 아래로 내려가고 맨 아래에 있던 책이 위쪽으로 올라가기도 했다. 서지사항을 입력할 때도 봤지만 책들의 출간년도는 대개 1990년대 후반에서 현재까지였다. 요즘의 것일수록 책 높이가 낮았다. 어느 쪽이든 내가 읽지 않은 것이 대부분이었지만 그런 책들을 저자별로 하나하나 꽂아가면서 잊고 있던 나를 끄집어내는 느낌이 들었다. 1990년대의 나, 새 밀레니엄을 맞을 때의 나, 또 현재의 나…… 각기 떨어져 있던 저자 한 명의 책들이 서로 만나게 되었다.

목 선배가 옛 연인 같다고 말한 한국 작가 Y의 책들이 모였다. 동주도 나도 좋아하는 작가였다. 그 작가의 작품 속 여자들은 하늘색 옷을 자주 입었다. 하늘색 바지도 입었고 하늘색 쉬폰 원피스가 기억에 남았다. 90년대 후반과 새 밀레니엄의 초반에 나는 뭘 했었지? 몇 년 전이라도 기억은 가마득했다. 그 작가의 문장을 다이어리에 적어놓기도 했었다. "애써 비켜가고자 해도, 서로 스치지 않고서는 지나갈 수 없는 그런 길이 있다. 그러니까 서로가 원하고 원하지 않고의 문제가 아니라 도저히 피해 갈 수가 없단 느낌이 드는 경우가 있는 것이다"라든가. "나는 이제 누군가 나를 떠나지 못하게 만드는 사람이 옆에 있었으면 한다. 지쳐서가 아니다. 매양 헛것에 쫓겨 기어이 떠나게 돼도 거기서 또 번번이 다른 곳으로 떠나가야 했기 때문이다"라든가. 그런 문장들을 읽을 때마다 나에게도 그런 만남이 있었던가 의문이 들었다.

연극판 여자들은 그렇게 헤프다면서? 내가 만났던 한 남자가 목 선배의 공연을 보고 난 뒤에 했던 말인데 마치 그런 여자를 만나고 싶어 하는 양했다. 당신이 어떻게 아느냐고 나는 목소리를 조금 높였다. 모르는 걸 정말로 아는 것처럼 말한 그의 말투 때문이었다. 나는 그 사람의 모습에서 오래전의 나 자신을 발견하고 소스라치게 놀랐다. 그는 그런 것만 빼면 그럭저럭 괜찮은 직장 동료였다. 목 선배도 동주도 있는 뒤풀이 자리에서 나는 그 남자와 나란히 앉아 술잔을 기울였다. 좀 잘난 척하는 거 같지 않냐? 남자가 화장실에 간 틈에 동주가 대뜸 말했다. 너만 할까. 나는 동주에게 쏘아댔다. 동주는 심통 난 표정이었다.

한 극단의 티케팅 아르바이트를 할 때 동주를 처음 보았다. 데스크에서 예매를 확인해주거나 종이 티켓에 좌석 번호를 써주는 것이 내 역할이었다. 요즘에야 티켓 발매를 전산으로 처리하지만 그때는 아니었다. 나는 다른 여자 단원 두 명과 함께 손목이 얼얼할 정도로 티켓에 번호를 써댔다. 당시 그 극단에서는 한 유명 여자 탤런트를 내세워 일인극을 올렸던 터라 아줌마 관객들이 떼를 지어 몰려들었다. 장기공연에 들어갔고 밀려드는 관객들을 응대할 아르바이트생이 필요했다. 광화문 부근에 있는 극장이어서 저녁 공연이 끝난 일요일의 횅한 오피스 거리를 네댓 명의 신입 단원들과 어울려 쏘다녔다. 캔맥주를 검은 비닐봉지에 싸서 들고 다니며 마시기도 했다. 그때 동주는 콧수염과 턱수염을 어울리지 않게 기르고 있었다. 그와 함께 극장과 맞붙어 있는 한 교회당 뜰에서 담배를 피우곤 했다. 하지만 대개 그들을 지켜보기만 했다. 연극 동아리에 있었다고 은근히 뻐기면서. 육 개월 이상 끌어온 공연이 해를 넘기면서부터 관객들이 줄어들어 이제 나오지 않아도 된다는 말을 들었고 동주와도 그만이었다. 그를 목 선배의 공연에서 다시 만나게 될 줄은 몰랐다. 그녀의 첫 연출작에서 그는 연기자로 무대에 섰다. 뒤풀이 자리에서 마주치고 보니 반가운 마음이 일었다. 웬일이래요? 서로의 첫마디였다.

그 공연이었는지 그다음 공연이었는지 동주의 손이 조명 속에서 하얗고 매끄러웠다고 뒤풀이에 참석했을 때 말했었다. 노가다면 손이 거칠어 보여야 하지 않느냐며 내가 아는 척을 했던 것이다. 아, 나 이런 관객들 정말 싫어, 하며 그는 진저리를 쳤다. 술자리가 끝날 무렵 그는 나에게, 언제 함 또 봐요 했다. 그 뒤 나는 목 선배보다 그와 더 자주 밥을 먹었고 가끔 잠을 잤다. 어이, 니들 뭐야? 목 선배가 물었을 때 그와 옆옆이 앉은 나는 미소를 지었다. 아주 말갛게. 나중에 그녀가 나를 따로 불러내어 만났을 때 주의를 주기는 했다. 너무 빠지지 않는 게 좋을 것 같아. 니가 힘들어질 거야. 그녀의 우려에 나는 손을 내저었다. 그냥 만나는 거야. 앞일은 나도 몰라. 나는 내가 느낀 그대로 말했다. 그때 나는 누군가와 관계할 줄은 알았지 누군가와 사랑할 줄은 몰랐다. 내가 무슨 일을 해야 하는지 모르는 것처럼. 그러니 이 일 저 일 떠돌면서 연극판을 기웃거렸던 것이다. 일본의 후리타족처럼 비정규직을 전전한 건 비슷하지만 딱히 좋아하는 일은 없었다. 대학 졸업과 함께 연극을 하겠다는 생각도 싹 없어졌다. 그 판을 기웃거리고는 싶었다. 멋져 보이니까.

배 속이 뒤집어지는 것 같았다. 금방이라도 토할 것 같아 여러 번 침을 삼켰다. 강변도로를 타고 내부순환로를 타고 또

도로를 타고 택시는 달렸다. 도저히 참기 어려워 입술을 깨물며 얼마나 더 가야 하는지 기사에게 물었다. 곧 도착한다는 말을 들었다. 식은땀이 손에 뱄다. 동주는 여전히 내 어깨에 기대어 자고 있었다. 장례식장 앞까지 간신히 도착했을 때 동주를 흔들어 깨워 먼저 내보내고 나는 입을 틀어막은 채 어두운 구석에 가서 속을 게워냈다. 입과 눈과 코에서 물이 한꺼번에 쏟아졌다. 주저앉은 내 앞에 나무 몇 그루의 줄기와 돌덩이가 언뜻 보였다. 화단가인 모양이었다. 다 게우고 나자 몸이 떨렸다. 으스스 소름이 돋았다. 코트 주머니에서 손수건을 꺼내어 얼굴을 닦고서 겨우 몸을 일으켰다.

"차 때문이야. 오늘 너무 많이 탔어. 너 아니?"

"안다, 알아, 고생했네."

그는 내 어깨를 감싸주었으나 눈길은 등 뒤의 장례식장 쪽을 향해 있었다.

"나 더 정신 차리고 들어갈게. 눈도 올 것 같아."

눈? 웬 눈, 하며 그는 하늘을 잠깐 올려다보았다. 뭐 올 것 같지도 않구만, 하더니 손을 흔들어 보이며 안으로 들어갔다. 그의 뒷모습을 지켜보다 하늘을 올려다보았다. 눈은커녕 맑기만 했다. 시퍼런 하늘이 차가웠다. 니가 뭘 안다고 그래. 나는 속으로 중얼거렸다. 고개를 들어 보니 약간 언덕진 주차장 쪽으로 승용차나 택시가 드문드문 드나들었다. 더 멀리 보도에서 사람들이 드문드문 지나다니는 게 보였다. 새벽 두시의 장례식장 앞에서 나는 시퍼런 하늘을 올려다보았다. 시간상으로는 이미 다음 날이지만 나에게는 여전히 오늘이었다. 이 하루가 영영 끝나지 않을 것만 같았다. 눕고 싶었다.

장례식장 풍경은 보지 않아도 알 것 같았다. 영정만 달랑 있고 영정을 둘러싼 조화는 미처 준비되지 않은 채일 것이고 가족 누군가는 입던 옷차림 그대로 멍하니 앉아 있을 것이다. 동주는 연극판 무리와 인사를 나누고 다시금 술을 들이켤 것이다. 운도 지지리도 없어요. 필 만하니까 가는구만. 그는 좀 전에 했던 말을 되풀이할 것이다. 그러게, 하며 누군가는 동조할 것이다. 연극쟁이들은 꼭 그래. 좋다 말아, 젠장.

공연 한 번 올리고 받는 돈이 배우는 이십만 원, 스태프는 칠만 원인 극단도 있다고 연극 세미나에서 들은 적이 있었다. 그나마 영화나 텔레비전 드라마에 얼굴을 내미는 사람들은 형편이 낫다지만 그것도 편차가 심했다. 연극판에 뛰어든다는 건 정말 미치지 않고서는 할 수 없는 일이었다. 그래서 나는 뛰어들지는 않고 그 언저리만 배회하는 것이겠지.

우린 죽지 말고 끝까지 살아남자구. 그렇게들 입을 모으며 술잔을 들 것이다.

백 년도 전에 체호프는 굳세게 살아가자고 「세 자매」에서 말했다. 프로그램을 읽어보니 체호프는 그 희곡을 마흔 살에 썼다고 한다. 마흔을 이미 넘긴 목 선배는 여전히 무대를 준비하고 있다. 나는 몇 년 안에 마흔이 될 것이다. 마흔이라는 나이는 서른 살처럼 앞으로의 십 년을 짚고 넘어가는 나이이고 뭔가 더 무거워지는 단계로 여겨졌다. 나는 도서관 일도 미처 끝내지 못했다. 아무래도 정식 사서의 도움이 필요하겠다고 담당자에게 말한 뒤 일정보다 며칠 앞당겨 올라왔다. 그 일은 담당자에게는 내내 불편한 기억으로 남을 것이다. 비교적 어린 나이에 차세대 연출로 꼽힌 동주는 이제 또 다른 작품을 준비할 것이다. 동주와 나는 새끼손가락을 걸고 맹세한 사이는 아니었다. 죽음이 우리를 갈라놓을 때까지, 이런 말은 더더욱 해당되지 않았다. 신은 죽었다고 말했던 옛사람은 "남자의 행복은 나는 원한다는 데 있고 여자의 행복은 그는 원한다는 데 있다"고 했다. 그 사람은 또 이렇게 말했다. "어떤 자는 마음이 먼저 늙고 어떤 자는 정신이 먼저 늙는다. 또 어떤 자는 젊은 시절에 백발이 된다. 그러나 늦게야 청년이 되는 자는 오랫동안 젊음을 간직한다." 저항과 공감이 엇갈리는 말들이었다.

나는 오도 가도 못하고 발이 묶여 있는 것만 같았다. 내가 타야 할 버스가 언제 어디서 오는지도 모른 채 말이다. 결정된 것은 아무것도 없었다. 나는 코트 주머니에 쑤셔 넣어 온 담뱃갑에서 한 대를 빼어 물었다. 짙은 어둠을 뚫고 섬광처럼 번쩍하는 차량의 불빛을 멀리 받으며 담배 연기가 허옇게 퍼져갔다.

그날 밤 나는 장례식장에 들어가지 않고 집으로 가는 택시를 탔다. 멀미를 하는 바람에 택시를 세워야 했고 그러게 작작 좀 마시지, 하는 운전기사의 투덜거리는 소리를 들었다. 동주가 하려던 말이 무엇이었는지 나는 영영 알 수 없게 되었다. 그날의 분위기로 봐서는 왠지 좋은 내용을 말하려 했던 게 아닐까 짐작은 되었으나, 그의 속마음은 후벼 파지 않는 이상 알 수 없는 거였다. 내가 하려던 말은 굳이 하지 않아도 되었다. 그로부터 어떠한 연락도 없었다. 나 또한 연락하지 않았다. 마치 그러자고 약속한 듯이. 내가 다이어리에 적어두었던 문장과 같은 만남은 나에게 여전히 먼 일이었다. 그 문장에 이어 나는 프랑스 작가 M의 이런 문장을 옮겨 적었다. "사랑을 할 수 없는 인간에게는 아무것도 진정으로 중대한 것이 없는 법이다"라고. 며칠 뒤 도서관 담당자로부터 수고비를 송금하겠다는 연락이 왔을 때 나는 장서인 등 나머지 작업을 더 하고 싶다고 말했다. 그 작업비를 지불할 여력은 없다고 담당자가 말했을 때 그건 상관없으니 일을 하게만 해달라고 사정했다. 그 말을 하고 나 스스로도 깜짝 놀랐다.

 나의 마음을 읽어준 도서관 담당자는 긍정적인 결론을 내렸고 수련원 도서관의 책들은 일 년 뒤에야 비로소 정리가 될 수 있었다. 그사이에도 장서가 늘어서 등록번호는 3500을 넘어섰다. 한국도서분류법을 따르되 기본적인 분야 구분번호를 부여하고 저자명 가나다순으로 배열하는 방법을 택했다. 말하자면 그 도서관만의 도서분류법을 만들어낸 것이다. 어쩌면 나는 그곳에서 정말 수련을 한 것인지도 모른다. 플래카드에 쓰인 하나가 된다는 말은 나와 나 자신과 하나가 된다는 뜻이었을까. 그 이후 나는 정식 사서가 되기로 마음먹고 뒤늦게 대학에 편입했다. 이 년 동안 줄곧 학교와 집을 오갔고 졸업과 함께 나는 정사서 2급 자격증을 갖게 되었다. 그것은 내가 처음으로 무언가에 힘을 쏟아부어 얻은 결과물이었다.

그리고 며칠 전, 설을 갓 보낸 어느 날, 나는 우연히 동숭동에서 동주를 보았다. 그와 나의 나이 차만큼의 시간이 흐른 뒤였다. 그는 공연장의 외벽 일부 유리창 앞에 서서 누군가와 함께 담배를 피우며 이야기하고 있었다. 여전히 콧수염과 턱수염을 조금 기르고 있었고 여전히 헌팅캡을 쓰고 있었다. 유리창과 그 앞의 보도블록이 무대라면 그는 상수 쪽 앞에 서 있는 셈이었다. 나는 후배이면서 어린 학과 동기들 몇몇과 함께 그 동숭동 길을 걸어가고 있었다. 신년맞이 이벤트로 연극 공연을 보러 가는 길이었다. 이벤트는 내가 제안한 거였다. 올해가 체호프가 세상을 떠난 지 110년이 되는 해라고 공연장 홈페이지에 소개 문구가 씌어 있는 걸 보았다. 「세 자매」였고 연출자는 동주였다. 포스터는 파랗고 노랗고 보랏빛인 드레스를 입은 세 여자가 훤히 파인 등을 드러내 보이며 서로 손을 꼭 잡은 모습이었다. 고개는 옆으로 돌린 채였다. 늘 앞

모습만 보일 필요는 없으니까.

체호프의 작품은 잊히는 일 없이 어느 때든 어느 극단에서든 공연되고 있다. 체호프는 종종 희곡 작품에서 백 년이 지나면 후세 사람들이 자신들을 잊어버릴 거라고 등장인물의 입을 통해 말해왔다. 그 생각은 기우였다. 동주가 만들어낸 세 자매, 아니 네 형제의 모습이 궁금하다, 고 생각하는 순간 그와 눈이 마주쳤다. 아롱아롱 불이 켜진 가로등 빛 속에서 그와 나는 눈이 마주치긴 했지만 손을 흔들거나 이름을 부르는 행동은 하지 않았다. 가까운 거리에서 스쳐 가듯 서로 미소를 지어 보였다. 그와 내가 타야 할 버스가 같은 터미널에 있었는지는 모르지만 방향은 달랐다. 뭐 그것으로 된 것이다.

문득 잊었던 일이 떠올랐다.

그가 월세 방을 미리 뺄 수밖에 없어 내 집에서 몇 개월 지낸 적이 있었다. 나는 그에 대한 마음이 어느 정도 시들해져 쳐다도 보지 않았었다. 옷을 넣어둔 작은 방에서 지내라고 해놓고는 무심했고 그 와중에 나는 당시 만나던 그럭저럭 괜찮은 직장 동료와 이틀간의 여행을 떠나기도 했다. 내가 백팩에다 보조가방에다 짐을 바리바리 챙기는 걸 옆에서 보다 못한 그가 차라리 작은 캐리어를 사라고 심통 난 얼굴로 말하며 요령껏 짐을 챙겨주었다. 내가 여행에서 돌아왔을 때 그는 여전히 심통 난 얼굴이었지만 비죽 웃었고 나는 그를 위해 김치찌개를 끓여주었다. 음식 참 못한다, 라고 말하는 그의 얼굴이 환했다.

　나는 그때 그의 얼굴을 떠올리며, 공연장 쪽으로 한 걸음 더 다가서며 혼자 빙긋 웃었다.

　검은색 헌팅캡 위로 함박눈이 쏟아지고 있었다.

---

* 안톤 체호프, 문삼화 연출,「세 자매」(예술의전당 자유소극장, 2013년 11월 8일 ~12월 1일) 중 장면 일부와 포스터 이미지를 차용했으며 공연과 작품과는 무관함을 밝힌다.

새
는
날
고

그곳이 새로 생긴 건지 옮겨 간 건지 처음엔 알 수 없었다. 사거리 한 모퉁이의 건물 이층에 있는 그곳은 내가 석 달쯤 근무한 슈하스코 전문점이었다. 도서관이나 마트를 가려고 버스를 타고 지나갈 때마다 그곳을 보게 되었다. 내가 사는 G 시에서는 제법 유명한 음식점이었다. 화덕이 있어서 주방의 열기가 어마어마했다. 첫날, 얼굴이 땀에 절어 화장이 엉망이 되었던 게 지금도 또렷하다. 어찌나 창피하던지. 주방 보조였던 나는 개수대 앞에서 뜨거운물로 설거지를 하고 메인 디시를 제외한 나머지를 준비했다. 내가 마늘빵을 굽거나 샐러드를 보충하거나 하는 사이에 페루인 셰프는 꼬챙이 꿰어진 고기를 구웠다. 브라질 고기 요리인 슈하스코를 페루인이 만들고 있었다. 그가 고향 페루로 돌아갔다는 소식을 얼마 전에 들었다.

슈하스코 전문점은 자리를 옮겨 간 것이었다. 원래 그 음식점이 있던 자리가 치과로 바뀐 걸 보았다. 몇 달 사이의 일이었다. 현재 음식점이 있는 곳은 '스시원'이라는 이름의 스시 전문점이 있던 자리였다. 이층이었고 큼지막한 둥근 유리창이 제법 멋스러운 분위기를 자아냈다. 돈깨나 있는 사람들이 드나드는, 뭔가 비밀스러운 느낌을 주었다. 이제는 슈하스코 전문점이 되었다. 스시 전문점 이전에 무엇이었는지는 모른다. 노포가 아니고서야 생기기도 쉽고 없어지기도 쉬운 게 그런 공간이었다.

먹방이 여전한 텔레비전 프로그램 중 슈하스코 먹는 장면을 얼마 전에 우연히 보았다. 셰프가 꼬챙이 꿴 고기를 테이블에 가져와 칼로 잘라서 출연자들에게 나눠 주고 있었다. 고기 부위를 셰프가 한국말로 설명해주었다. 슈하스코는 소고기, 돼지고기, 닭고기 등 여러 고기가 차례로 구워져 나오는, 브라질의 잔치 음식이라고 한다. 내가 본 것은 맛집을 찾아다니며 먹는 모습을 보여주는 프로그램으로, 재방송이었다. 이리저리 채널을 돌리다 눈에 들어왔다. 음, 슈하스코군 하며 나는 늦은 저녁을 먹었다. 밥과 감자국과 토마토 양파 샐러드와 김치가 이인용 식탁에 놓였다. 모두 전날 먹고 남은 것이다. 샐러드는 썰어둔 재료를 접시에 담아 올리브오일을 뿌렸다. 단출했다. 음식점 주방에서 먹었던 점심처럼.

감자조림, 멸치볶음, 달걀말이, 김치 따위가 주방용 웨건 위에 놓였다. 그때 페루인 셰프는 젓가락으로 찬을 조금씩 집어 먹었다. 외국인이 젓가락질하는 것은 여전히 신기했고 한국식 반찬을 먹는 것도 낯설었다.

화면 속의 네 사람은 음식들을 다 쓸어버릴 정도로 잘 먹었다. 설거지하기 쉽겠다, 생각했다. 주방 보조로 일했던 이력이 있어서 음식을 먹는 것보다 먹고 나서 설거지하는 것을 먼저 떠올리게 되었다. 육 년 전 이맘때 사람들이 다 먹고 비운 접시를 씻고 그들이 먹을 샐러드를 만들었다. 석 달쯤 보내던 무렵 마감을 마쳤을 때, 내일은 안 나와도 된다고 사장은 멋쩍게 웃으며 말했다. 그동안 익힌 레시피를 정리한 출력물을 건넨 직후였다. 그러려니 했다.

마지막 밤의 퇴근길에서 석 달 안 되는 기간의 일들이 스쳐갔다. 근무 초에 보건증과 관련한 말에 껄껄껄 웃던 사장 모습이 떠올랐다. 위생과 관련된 업소인 음식점에서 근무하자면 보건증을 구비해야 한다. 보건소에 가서 위생 검사로 면봉 같은 것을 항문에 넣었다 빼는데 면봉이 옛날보다 길고 좋아졌다고 말했더니 사장이 소리 내어 웃었던 것이다. 내가 처음 음식점에 근무했을 때만 해도 일반 면봉 크기여서 항문에 너무 가까워지는 게 찝찝했었다. 다른 방식의 검사는 없을까 생각했다. 떠르르한 셰프들도 매년 한 번씩 이 짓을 한다는 데 위안을 얻었다.

그 음식점에서 육 개월은 일할 거라고 마음먹었다. 물론 애초에 계획 같은 건 없었다. 어느 소설에서 읽었던 것처럼, 살아지는 것이다. 무계획이 계획이라고 어느 영화에서 나온 대사를 떠올리며 가뿐하게 저녁 설거지를 했다.

나는 음식은 못 만들어도 설거지는 잘한다. 집에서 엄마나 언니들이 음식을 만들면 나는 자연스럽게 설거지를 하게 되었다. 음식 만드는 일이 앞서는 일이라면 설거지는 뒤를 마무리하는 일이다. 나는 앞서는 일보다 뒤서는 일이 편했다.

이른 봄에도 물일을 하면 손에 물집이 잡혔다. 그런 건 견딜 만했지만 화장이 엉망이 되는 건 견디기 힘든 일이었다. 주방에서 화덕이 쩔쩔 끓고 수시로 뜨거운 물을 틀어야 했으니 얼굴에서는 땀이 뚝뚝 흘렀다. 근무 첫날부터 그랬다. 날이 막 풀리기 시작하는 때였지만 추울지 몰라 두툼한 스웨터를 입고 갔다. 전날, 미리 전화해서 준비할 것이 없느냐고 물었건만 사장은 없다고 대답했다. 다음 날 출근한 나를 보더니 더울 텐데, 라고 사장은 웅얼거렸다. 그 말 그대로, 더웠다. 화장이 번지는 느낌은 들었으나 거울 볼 겨를이 없었다. 손님들이 밀려왔고 그릇들이 쏟아졌다. 토요일 저녁이었다.

정신없이 설거지를 하다 겨우 숨을 돌리는 어느 순간, 페루인 셰프가 나에게 "힘들어요?"라고 한국어로 물었다. 그는 사장과는 영어로, 근무자들과는 한국어로 말했다. 그 말을 하면서 셰프는 나를 보고 엷게 웃었다. 턱수염도 따라서 웃는 듯했다. "힘들죠, 당연히"라고 대답하며 나는 배시시 웃었다. 짧은 사이였다. 나는 뭔가 더 멋진 말을 하고 싶었으나, 하지 못했다. 더 이상 대화는 이어지지 않았다. 빈 접시가 홀과 주방을 가르는 반달 창으로 건네졌다. 나는 다시 개수대에 코를 박듯 했다. 얼굴 위로 땀이 주르르 흘러내렸다. 마감 전에야 겨우 화장실에 다녀오다 화장이 뭉개진 얼굴을 마침내 보았다. 붓펜으로 그린 아이라인은 눈꼬리 따라 검은색 선을 그리고 있었고 마스카라는 눈 밑에 검게 번져 있었다. 그 모습을 셰프가 보고 나에게 힘드냐고 물은 것 같았다. 내 모습을 셰프만 보았던 게 아니었을 것이다. 주방에는 사장도 홀 직원도 드나들었으니 말이다. 순간 얼굴이 달아올랐다. 화장을 안 하면 되지 않겠느냐 하겠지만 얼굴에 뭐라도 바르지 않으면 더 엉망인 나이였다.

　가장 바쁜 금요일과 토요일이 지나면 일요일 저녁부터 주초까지 한가한 편이었다. 수요일에는 잡담을 나눌 여유가 생겼다. 수요일마다 오전 근무였고 다음 날은 휴무일이었다. 들떴다. 녹색과 노란색 천을 삼각형으로 잘라놓은 가랜드 장식이 벽과 천장에서 팔랑거렸다. 녹색과 노란색은 브라질 국기 색깔이다. 슈하스코 음식점의 인테리어로는 그럴싸했다. 주방과 홀을 오가는 서빙 직원이 이런 가게 하나 있으면 좋겠다

고 점심을 먹다가 말했다. 불판과 화덕과 조리대와 개수대가
삥 둘러 있는 주방 한가운데에 가져다 놓은 웨건이 임시 식탁
이었다. 셰프는 잠자코 먹기만 했다. 어쩌면 이런 음식점을
더 바랄 사람은 그가 아닐까 싶었다. 그는 삼십대 중반쯤이라
고 들었다. 그에게 당신도 가게를 가지고 싶냐고 영어로 물었
다. 외국인과 영어로 말할 일이 없으니 이참에 영어로 말해보
자는 의도도 있었고 여느 근무자들과 다르게 보이고 싶은 마
음도 있었다. "힘들어요"라고 그는 한국어로 대답했다. 말 그
대로 자기 소유의 음식점을 내기 힘들다는 말일 터였다. 왠지
한국에서 사는 게 힘들다는 말로도 들렸다. 물론 내 생각이었
다. 그가 오 년째 한국에서 지내고 있다는 것만 알 뿐이었다.
비행기로 서른 시간이 걸리는, 고향과 반대편에 있는 나라에
서 일을 하고 있는 건 그가 선택한 것일 터였다. 그가 정말 자
기 소유의 음식점을 차린다면 한국일까 페루일까.

　나는 사무직과 몸 쓰는 일 사이를 오갔다. 사무직은 정규직
이었고 몸 쓰는 일은 비정규직이었다. 말하자면 정규직을 알
아보는 사이에 어떤 일자리든 가져야 했다. 비정규직으로 음
식점에서 일한 경우가 몇 차례 있었다. 편의점이나 마트의 캐
셔는 엄두를 못 냈다. 계산은 영 서투른데다 기기를 잘 다루
지 못한다. 음식점에서 일하는 것에 대한 로망도 있었다. 음
식점에서 먹는 사람은 모르는 주방 풍경. 영화를 많이 본 탓
일 수도 있다. 작은 식당에서 오순도순 또는 지지고 볶으며

일하는 사람들 모습에 눈길이 갔다. 셰프와 웨이트리스 사이의 사랑이라든가 팁으로 받은 복권이 당첨되어 부자가 된 웨이트리스 이야기가 기억에 남았다. 그 웨이트리스는 복권을 준 남자와 사랑에 빠지기도 했다. 하지만 실제로 음식점 주방일은 고되었다. 큰 식당이든 작은 식당이든 마찬가지였다. 처음 일한 파스타 전문점에서는 커피잔을 제대로 씻지 않아서 컴플레인을 듣거나 맥주용 텀블러를 자주 깨뜨렸다. 중규모 호텔 연회장에서는 적게는 칠팔십 명분에서 많게는 사백 명분의 그릇을 두세 시간 안에 씻어내야 했다. 세제가 하도 강력해서 고무장갑 안에 면장갑을 끼어야 했다. 그릇들을 꺼내어 닦으려고 삼십 센티미터가 넘는 깊이의 개수대 안에 손을 집어넣자면 고무장갑 안으로 자연히 물이 들어갔다. 그때 이후 손에 물집이 잡히고 여름만 되면 손이 가려웠다.

참 여러 곳에서 일했구나, 지금까지 버텨온 것도 대단하다, 싶었다. 거창한 일을 해서 대단한 것이 아니라 뚜렷이 한 일 없이 버텨온 게 용하다는 뜻이었다. 어떤 일을 십 년쯤 하면 전문가가 된다는데 나는 같은 직종으로 이곳저곳 떠돌았다. 얼마 전에 봄맞이 겸 오래된 물건들을 정리하는 가운데 비죽 낯을 내민 명함이 새삼스러웠다. 십 년 좀 넘게 출판 일을 하는 동안 상호가 다른 명함을 곽째 가지고 있었다. 친구들이 이제 명함 안 받아도 된다고 말할 지경이었다. 이후 자의 반, 타의 반 비정규직으로 일한 기간이 십 년 가까이 되어간다.

명함이 없어도 친구가 없어도 상관없었다.

구직 사이트에서 내가 할 수 있는 일이 무엇일까 찾다가 방전된 듯 손을 놓게 된 어느 순간이었다. 언제까지 이렇게 지낼래, 진득하게 할 수 있는 일을 찾아야지. 나는 주먹 쥔 손으로 책상을 내리쳤다. 한 가지 일을 꾸준히 하자면 준비가 필요했다. 대학 졸업 전 취업정보실 직원과의 면담에서 컴퓨터와 영어를 익히라는 말을 들었다. 그 말은 아직도 유효했다. 컴퓨터야 직장에서 일하는 틈틈이 배웠지만, 영어는 아직도 잘 못한다. 학과 동기들이 토플이니 토익이니 하며 새벽부터 영어 회화 강좌를 들으러 다닌다는 걸 알고 있었지만 나는 관심이 없었다. 아무 계획이 없었다. 그즈음 나는 대학로 주변을 어슬렁거리며 공연을 보러 다니거나 술을 마시거나 했다. 출판사에 들어간 것도 친구 따라 한 것이었다.

여럿이 점심 먹으러 가서 같은 메뉴를 시키듯 출판사 편집 일을 시작했다. 일을 하면서 일을 배웠다. 교정 연습을 그때 혼자 했었다. 초등학교 일학년 때 그림을 그렸던 종합장처럼 위로 넘기는 교재에 따라 오자와 탈자를 잡았다. 채도 낮은 연두색 표지 색깔이 아직도 기억난다. 어떠한 기억은 오래오래 머릿속에 남아 있다. 강렬하기 때문만은 아니었다. 쉽게 시작한 편집 일이 놀랍게도 십 년 좀 넘게 여러 사람들과 함께 메뉴판을 들여다보던 기억을 안겨주었다. 점심이든 저녁의 술자리든.

사실 여럿이 점심을 먹으러 다니던 시절은 얼마 안 되었다. 직원이 열 명 가까이 있던 직장에서 일 년 남짓 근무했을 뿐이었다. 그 이후에는 대표 포함 두세 명이 근무하는 소규모 직장에 근무했다. 함께 나가서 점심을 먹거나 바쁘면 배달 음식을 먹기도 했다. 드물게 점심시간이 길게 이어지기도 했다. 직원이 나밖에 없는 출판사에서 근무할 때였다. 사장은 대구탕을 안주로 청하를 한 병 따고 서점으로 영업을 나갔다. 사장이 쪽쪽 빨아 먹은 숟가락으로 대구탕 국물을 휘휘 젓는 것이 싫었으나 내색하지 않았다. 국자도 있는데, 속으로 중얼거릴 뿐이었다. 사무실로 돌아오면 나는 식곤증으로 꾸벅꾸벅 졸다가 깨어나 원고를 들여다보았다. 사무실이 아니라 아지트 같은 느낌이 들었다. 한창 피우던 담배를 마음 놓고 피울 수 있었고 이러저러한 생각을 마음껏 할 수 있었다.

　낮에 점심 자리에서 내가 이런 이야기를 하자 박 선생은 까르르 웃었다. 정말 싫었겠다, 말하는 그녀의 보조개가 입 양옆에 옴폭 파였다. 그녀는 스파게티를 포크에 돌돌 말았다. 오후 상담이 취소되었다며 느긋하게 점심 먹자고 말한 터였다. 이탈리안 레스토랑에서 하우스와인까지 곁들였다. 그녀는 한입 씹기 무섭게 다시 스파게티에 포크를 가져다 댔다. 체하겠어요, 천천히 드세요. 나는 말했다. 그녀는 스파게티를 입에 문 채 고개를 끄덕였다. 토마토소스의 붉은 빛깔이 그녀의 입가에 살짝 번졌다. 나는 알리오 올리오를 먹었다. 쫀쫀한 면의 식감이 입맛에 맞았다.

어지간히 먹었는지 그녀가 그제야 잔을 들어 와인을 한 모금 마셨다. 안경이 걸쳐진 콧잔등에 주름이 잡히고 다물린 입의 꼬리가 올라갔다. 그녀가 기분 좋을 때의 표정이었다. 볼우물이 옴폭 파였다. 그녀는 다른 여자를 본 남편과 그냥저냥 살아가고 있다.

"센터 연 지 삼 년째네. 금방이다, 빠르다."

그녀가 말했다. 스스로 대견히 여기는 느낌이었다. 기념 만찬이기도 하다고 덧붙였다. 나는 고개를 끄덕였다.

그 음식점에서 해고된 이후 미술 치료 강좌를 들었다. 꾸준히 오래 할 수 있는 일을 찾아보자는 생각으로 취업 사이트와 취업 관련 기사를 검색한 결과였다. 심리 상담은 사람이 사람을 파악해야 이루어지는 것이므로 아무리 로봇의 역할이 커졌어도 살아남을 수 있는 직종이었다. 미래에 없어질 직업, 살아남을 직업, 이런 내용의 기사가 자주 나왔고 블로거들이 그런 기사에 자기 해석을 붙여 열심히 포스팅을 했다. 나는 집에서 가까운 한 대학의 평생교육원을 검색하여 가을에 시작되는 강좌를 신청한 것이다. 대학마다 그러한 교육기관이 있음을 알고 있었다. 가진 돈의 일부를 수강료로 털어 넣었다. 주 1회 세 시간씩 2개월 코스였다. 그리고 그 강좌에서 알게 된 컬러테라피 강좌를 이듬해 봄에 들었다. 국가 공인은 아니라도 자격증을 갖게 되었다. 박 선생은 상담센터를 개원할 때 나에게 인턴십을 제안했다.

"예전에 교재를 교정해서 준 게 고마웠어. 생각도 못했는데. 그래서 자기한테 도와달라고 한 거지."

"제가 할 수 있는 일을 한 건데요 뭐."

사실 그대로였다. 음식점에서 근무할 때 레시피를 나름대로 정리했던 것처럼 미술 치료 교재를 혼자 교정해보았다. 일종의 직업병이랄까. 출판 밥을 제법 먹었으니만큼 자연스럽게 활자를 눈여겨보게 되었다. 취업을 염두에 두고 강좌를 듣긴 했지만 나에 대해서 조금이라도 더 알게 된 것으로 충분하다 싶었다. 이를테면 내가 앞서는 일보다 뒤서는 일이 편한 것에 이유가 있었구나 하는 것. 대학 시절에 대강당에서 역사와 관련된 교양 수업을 들을 때였다. 강사가 질문을 했고 나는 손을 번쩍 들었다. 일어서고 보니 질문도 대답도 까맣게 잊어버렸다. 나는 도로 자리에 앉고 말았다. 그 뒤로 무슨 일이든 절대로 나서지 않게 되었다. 그런 것을 나는 알게 된 것이다.

그녀가 인턴십이란 표현을 썼으나 실상 업무 보조였다. 주로 블로그를 관리하는 것이었다. 사람들이 검색 많이 하니까 홍보도 되고 좀 있어 보여야 하잖아, 하며 그녀는 웃음 지었었다. 그녀가 미술 치료나 상담에 관련된 책의 일부를 표시해서 주면 내가 입력하여 블로그에 올렸다.

"그놈의 정 선생 때문에 내가 지금 이러고 있네."

"정 선생요? 아."

정 선생은 칼 융을 가리키는 말이었다. 융의 영문 철자 Jung 이 우리 식으로 읽으면 '정'이어서 상담가들이 종종 그렇게 부른다고 들었다. 처음엔 무슨 말인가 했었다. 미술 치료 강 좌를 마칠 무렵부터 관련 책들을 조금씩 읽기 시작했다. 강좌 시간에 들었던 책들을 읽고 관심이 가는 책들에 손을 뻗었다. 나는 늘 뭔가를 해야 한다는 것에 사로잡혀 있었다. 강박 같 기도 한데 가끔은 움직이지 않는 것이 필요함을 실감했다. 움 직이지 않는다는 건 그만큼 나 자신에게 집중하게 된다는 의 미였다. 하지만 간신히 붓던 적금을 깨야 했다. 그럴 즈음 그 녀로부터 연락을 받게 된 것이다.

나는 매주 두 번의 점심을 그녀와 함께 먹었다. 오늘 낮의 점심은 그동안 먹은 것 중 가장 오래, 느긋하게 이어졌다. 여 느 때 같으면 분식집이나 백반집에서 후루룩 먹었을 것이다. 다른 사람의 말을 들어주어야 하는 것이 직업이지만 가끔은 아무 소리도 듣고 싶지 않다고 그녀가 말했다. 그녀가 아는 상담가 한 명은 상담을 마치고 집에 오면 헤비메탈 음악을 듣 는다고 한다. 헤드폰 안에서 터지는 음악이 생각이 들어올 자 리를 막아버리는 것이다.

다른 사람의 이야기를 들어주는 것이 직업인 사람들은 자 기 이야기를 누구에게 할 건가. 농반진반으로 흘리거나 역술인을 찾아가거나 점성가를 찾아가거나 아니면 다른 상담가를 찾아가려나. 어떤 정신과 의사가 점집에 숱하게 돈을 뿌렸다고 예능 토크쇼에서 말하는 장면을 본 적이 있다. 그의 결론은 그러지 말고 의사를 찾아가라, 였다.

"그 인간이 요새는 운동을 열심히 하더라구, 웬일로."

음식점을 나오면서 그녀가 불쑥 말했다.

"헤어졌나?" 하고 나는 무람없이 말을 던졌다.

"모르지. 그냥 운동을 하는구나 하고 말아. 더 생각하면 피곤해."

그녀는 가끔 홀리듯 나에게 말을 건네곤 했다.

부르르, 진동음이 들렸다. 휴대폰을 확인하니 온라인 서점에서 보낸 것이었다. 이번 달에 로열 등급이 되었다는 알림 문자였다. 왠지 기분이 좋아졌다. 로얄이라니. 그녀가 키득거렸다. 로얄이잖아요, 하며 나는 웃었다. 제가 언제 로얄이 돼보겠어요, 하고 덧붙였다. 그녀도 나도 웃었다. 길 따라 줄지어 선 이팝나무에 하얀 꽃이 흐드러져 있었다.

웃음 끝에 여기, 갤러리가 생겼네, 하고 그녀가 손으로 가리켰다. 좁은 공간에 비해 높게 서 있는 삼층 건물이 보였다. 땅콩집이라고 하나, 좁은데도 있을 건 다 있는 그런 건물 같았다. 새로 생긴 모양이라며 들어가보자고 그녀가 말했다. 좁은 계단을 올라가니 좁다란 공간에 작은 크기 그림들이 전시되어 있었다. 모두 바닷가에 찍힌 새 발자국 그림*이었다. 모래를 사용해서 왠지 더 실감이 났다. 바닷가 모래 위에 찍힌 새 발자국, 세 개로 갈라진 작고 얇은 새 발자국.

"그 소설이 생각나. 새들은 페루에 가서 죽는다나 어쩐다나. 자기가 페루인 셰프 얘기해서 그런지 모르겠네."

나도 읽어봤다고 고개를 끄덕였다.

"그런 여자도 있구나. 나는 그 여자보다 나을까, 생각해."

그녀는 곧 작은 그림 가운데 하나를 뚫어지게 바라보았다. 나는 페루인 셰프를 떠올렸다. 그 소설 작품을 물었을 때 그는 모른다고 대답했었다. 내용을 얘기해보라고 그가 말했을 때 나는 기억을 더듬었었다.

밖으로 나오니 비둘기들이 몇 마리 땅바닥에서 먹이를 쪼아 먹고 있었다. 사람이 가까이 가도 피하지 않았다. 집 근처 공원 입구에 비둘기에게 먹이를 주지 말라는 경고 현수막이 두 나무 사이에 가로로 길게 붙어 있는 걸 보았다. 비둘기는 환경부 지정 유해야생동물로서 먹이제공행위가 금지되어 있습니다. 비둘기는 몇 년 전까지만 해도 G시를 상징하는 새였는데 어느새 천덕꾸러기가 되고 말았다. 좋은 쪽으로든 안 좋은 쪽으로든 변화를 하는구나 싶었다. 나는 주방 보조에서 업무 보조가 되었다. 그것도 상담센터의 업무 보조다. 전혀 연관성 없는 직종에서 보조를 맡고 있다.

---

* 「배석빈 · 한생곤展」(아트 팩토리, 2014년 3월 12일~4월 6일)을 차용했다.

한 사람이 일생 동안 열두 개쯤의 직업을 가진다는 말을 어느 신문에선가 읽은 기억이 났다. 내가 잘못 안 것일 수도 있다. 사람이 평생 동안 한 가지 직업을 오래 갖기 어려움을 말하려는 것이었는지도 모른다. 셰프만 해도 그렇다. 그는 건축을 전공했으나 요리를 배워 셰프가 되었다.

셰프는 회색 데님 배기팬츠에 갈색 가죽 바이크 점퍼를 교복처럼 입고 다녔다. 종종 바지 허리선이 쳐져서 엉덩이골이 보일락 말락 하기도 했다. 가죽점퍼는 낡을 대로 낡아서 솔기 부분의 속이 보일 지경이었다. 회색이 모든 색깔과 잘 어울리는 색이라는 걸 미술 치료 수업에서 배웠다. 그때 박 선생은 면을 네 개로 분할해 네 가지 색깔을 칠해놓은 그림과 네 가지 색깔 사이에 십자로 회색을 넣은 그림을 비교해서 영상으로 보여주었다. 회색과 갈색은 종교적인 의미를 띠기도 한다. 승려의 옷을 떠올리면 알 수 있다. 회색 장삼에 갈색 가사. 가사 색깔이 갈색만 있는 건 아니지만 대체로 그렇다. 그런 것은 교재에 나오는 의미이다. 실제로 셰프는 특별히 옷에 신경을 쓰지 않았고 있는 옷을 알뜰히 입은 것일 뿐이며 색깔이 공교롭게도 회색과 갈색일 뿐이었다.

나는 회색을 좋아해서 회색 옷을 자주 입었다. 무채색이라도 검은색과 흰색은 부담스러웠다. 특히 흰색이 그랬다. 작은 티끌이라도 묻으면 표시가 나는 탓에 여간해서는 흰색 옷을 입지 않는다. 검은색과 회색 사이에서 고민하는 순간은 있었다. 한 남자를 만나던 무렵이었다. 검은색 스커트 위에 받쳐 입을 브이넥 스웨터를 검은색과 회색 중에서 골라야 했다. 흰색 셔츠를 입은 위에 두 가지 스웨터를 대보았다. 웬일로 검은색 쪽이 얼굴이 또렷하고 밝아 보였다. 그날 그도 웬일로 회색을 안 입었느냐며 나를 이리저리 살폈다. 한결 낫다고 덧붙였다. 기분이 좋았다. 그는 이국의 하늘 아래 잘 있으려나.

오픈 작업으로 여러 샐러드를 샐러드바의 큼지막한 접시에 옮겨 담을 때 셰프가 음식점 문을 열고 들어왔다. 나는 입구에서 샐러드바 쪽으로 붙어 섰다. 보통 때 같으면 유니폼부터 갈아입었을 텐데 그는 바로 주방으로 들어갔다. 샐러드 접시의 뚜껑을 모두 닫고 나도 주방으로 들어갔다. 분주한 시간이 지나고 잠깐 숨 고르는 시간이었다. 그가 백팩에서 초콜릿 음료를 꺼내어 나에게 건넸다. 드세요. 다른 근무자들에게도 나눠 주었다. 드문 일이었다. 내가 그라시아스, 라고 말하자 페루인 셰프는 네, 라고 대답했다. 서로의 언어를 바꾸어 말하고 있었다. 이런 경우가 있구나 하며 나는 피식거렸다. 그렇게 허기를 달래고 나서 오픈 준비를 마쳤다.

점심상이 차려졌다. 푸짐했다. 손 빠른 홀 직원이 감자조림, 버섯볶음을 만들고 나는 달걀말이를 만들었다. 무척 짰다. 거기에 된장찌개와 구운 김을 더했다. 노란색이 없었다면 점심상이 칙칙했을 것 같다고 홀 직원이 말했다. 색깔 이야기가 자연스럽게 반찬으로 올랐다. 홀 직원에게 감색보다 다른 색이 어울린다고 내가 말했다. 정직원은 감색 상의를 입고 감색에 흰색 세로 줄무늬가 배색된 앞치마를 둘렀다. 사주를 봤는데 노란색이나 붉은색 같은 따뜻한 색 계열을 입으면 좋다고 했단다. 셰프에게는 흰색 유니폼이 더 어울린다고 말했다. 이유를 묻길래 좀 머뭇거리다 '브라이트'라고 대답했다. 훤해 보인다는 의미로 한 말이었다. 참새가 그렇지 않나요. 나는 말을 이었다. 참새? 셰프가 되물었다. 갈색 깃털 사이에 언뜻 보이는 흰색이 조화를 이루지 않느냐고 나는 한국어와 영어를 섞어가며 말했다. 그럼 내 얼굴이 갈색인가. 셰프가 어리둥절한 표정을 지었다. 하얗지도 않고 노랗지도 않으니까요. 나는 덧붙였다. 그렇긴 하네. 셰프가 말했다.

셰프의 얼굴은 남아메리카 원주민인 인디오와 달랐다. 그렇다고 백인의 얼굴은 아니었다. 메스티조라 부르는 인디오와 유럽인의 혼혈일 확률이 높다. 메스티조라는 말은 지리 시간에 배운 것들 가운데 내 기억 속에 남아 있었다. 그런 걸 셰프에게는 말하지 않았다.

웬일로 셰프가 나에게 질문을 했다. 대개 내 쪽에서 물었다. 샐러드 중 하나인 비나그레찌를 만들 때마다 셰프에게 테스트해달라고 말했다. 비나그레찌는 파프리카, 오이, 양파, 양배추를 조각으로 썰어서 식초와 올리브 오일에 절인 샐러드다. 우리나라의 김치처럼 브라질의 붙박이 반찬이라고 한다. 음식점에는 샐러드바가 있어서 열대여섯 종의 샐러드에 네 가지 드레싱이 놓여 있다. 밥도 있고 파스타도 있다. 슈하스코를 제외한 먹을거리를 뷔페식으로 차려놓은 것이다. 양파, 파프리카 같은 채소를 써는 거야 어렵지 않지만 간 맞추기가 어려웠다. 나는 테스트 플리즈라고 말했다. 아, 양치했는데, 잠깐만. 셰프가 밥숟가락을 꺼내어 한입 먹어보았다. 소금, 소금 좀 더 넣어요. 그가 한국어로 대답했다. 그의 말에 나는 꽃소금을 조금 더 넣었다. 테스트 원 모어. 그가 새 숟가락으로 몇 점 먹었다. 맛있어요. 존댓말을 어떻게 배웠느냐고 내가 놀라며 물으니 그냥 그냥 배웠다고 그가 대답했다. 약간 수줍어하며 웃는 얼굴에 보조개가 깊게 팼다.

휴무일 다음 날 오후, 저녁 타임 전까지 홀은 한산해도 주방은 분주했다. 부족한 샐러드들을 채워야 했다. 한번 썰어놓은 채소가 다 소비되기까지 이틀쯤 걸렸다. 레시피에 따라 샐러리를 다듬고 감자를 익히고 스파게티를 삶았다. 빠뜨린 게 없나 근무 수첩을 펼쳐 오전 근무자가 적어놓은 것을 살펴보았다. 비나그레찌용 양파를 준비하지 않았다. 양파 껍질을 벗기고 채를 썰자니 문득 허기가 졌다. 잠시 멈추고 주방 안을 둘러보았다. 셰프가 식빵 굽는 걸 내가 물끄러미 바라보니 대뜸 하나를 주었다. 달게 먹었다. 그의 눈에도 내가 무척 허기져 보였던가 보다. 나는 그라시아스라는 인사도 잊었다. 그래서 나중에 "생각 많이 하면 배고프다"고 영어로 말했다. 아버지를 닮았다고 말하니 웃었다. 그날이었던가 감자를 썰다가 손을 베었는데 내가 밴드 붙이는 걸 본 셰프가 밴드를 하나 더 붙여주었다. 홀 직원이 웬 친절이냐고 했다.

근무 두 달이 넘어가고 주방 일이 어지간히 몸에 익어갔다. 주초에 손님들이 많지 않을 때 나는 틈틈이 레시피를 메모했다. 셰프에게도 궁금한 것을 물었다. 페루에서 어디가 가장 좋냐고 물었다. 홈타운이라고 그는 냉큼 대답했다. 역시 고향, 인가 싶었다. 그는 페루의 서해안을 따라 여행도 했다고 덧붙였다. 우리나라 사람들은 동해안을 따라 여행들을 많이 하는데 비슷하구나 하는 생각이 들었다. 내가 그런 생각을 하는 사이 그는 주방 조리대에 놓여 있는 포스트잇을 한 장 떼어 와 지도를 그려 보이기까지 했다. 그의 손끝에서 남미 대륙이 그려졌다. 남미 대륙 왼쪽에는 coast라고 영어로 써놓으며 그가 한 번 더 발음했다. 이어 페루 지역만 따로 그려 한 지역을 작은 동그라미로 표시하며 여기가 고향 트루히요라고 말해주었다. 들어본 적 없는 이름이었다. 페루의 수도 리마, 나스카, 잉카 이런 말은 들은 적이 있지만 그런 것 말고 페루에 대해 아는 것은 없었다. 트루히요는 바닷가 마을이라고 말하는 그의 뺨에 볼우물이 움푹 파였다. 주문이 들어오지 않았다면 그가 계속해서 말했을 것 같았다. 날씨가 봄처럼 따뜻해서 영원한 봄의 도시라고 한다는 걸 나중에 검색으로 알았다. 페루는 해안 지역, 사막 지역, 열대우림 지역으로 나뉘어 있어 기후 차가 크다는 것도.

그는 그 아름답다는 해안가의 고향 도시를 떠나 왜 한국에 왔을까. 한국에 꿀이 있는 것도 아닐 텐데. 외국에서 사는 사람들은 어떤 운명을 가졌길래 고향을 떠난 것일까. 한국에서 활동하는 외국인들을 방송으로 볼 때마다 나는 그런 생각이 들었다.

페루인 셰프에게 뭔가 자꾸 말하고 싶어졌다. 나는 나이를 먹어서 근무자들 사이에서 겉도는 느낌이었고 그는 외국인이어서 서걱거리지 않을까 하는 생각 때문일까. 실제로 그렇지는 않았다. 그는 성진이라는 홀 직원과 아주 친했다. 종종 성진, 성진, 하고 부르며 장난을 걸기도 했다. 조사 없이 부르는 호칭에서 그가 외국인인 것이 느껴졌다. 근무자들 사이에서 겉도는 건 그가 아니라 나였다. 나는 겉돌지 않으려고 그에게 말을 걸려고 했었는지도 모른다. 안 써도 되는 영어를 써가면서 말이다.

'메르세데스 소사'라는 가수를 아느냐고 내가 물었을 때 셰프는 그녀가 아버지 형제의 친척과 친구라고 대답했다. 그런데 아버지의 누나라고 하면서 이모라는 호칭을 써서 속으로 웃었다. 그리고 우리나라 식으로 사돈에 팔촌쯤 되는 먼 친척은 결국 남이 아닌가 해서. 아르헨티나의 국민 가수라고 알려진 메르세데스 소사의 목소리는 묵직하고 굵어서 가슴을 후벼 파는 것 같다. 저음의 음폭이 깊다. 나에게 메르세데스 소사를 알려준 남자는 제 갈 길을 떠났다. 몇 년 뒤에는 소사가 떠났다. 꽃으로 장식된 관 안에 편안하게 눈감은 소사의 모습을 신문에서 보았었다.

소사의 노래는 일 년에 한두 번 들을까 말까 했다. 내가 알아온, 여행가인 그 남자가 중남미로 떠나기 전에 함께 레코드점에 갔다가 사준 것이었다. 그는 아시아, 유럽 곳곳을 거쳐 아메리카로 향하려는 참이었다. 소사의 노래는 듣는 것만으로도 가슴이 아팠다. 그런 노래를 들으려면 적절한 환경이 필요하다. 맑고 환한 날씨여야 한다. 약간 더운 날도 괜찮다. 그래야 덜 아프다. 레코드점은 소사 음반 이후로 가본 적이 없다. 대형서점에 딸린 음반 가게는 가도 음반들을 훑어볼 뿐이고 혹 CD를 산다 해도 온라인 쪽이었다. 그는 미니 콤포넌트에서 시작해 오디오와 스피커의 질을 높여갔다. 나는 여전히 포터블 카세트 레코더로 음악을 듣고 있다. 나쁘지 않았다. 지금은 CD 플레이어 부분이 고장 나서 라디오와 테이프로만 음악을 듣는다. 그렇게라도 들을 수 있으면 되었다. 고장 난 건 언제든 고칠 수 있을 테니까. 데스크탑으로 CD를 들을 수 있기는 하지만 컴퓨터 본체의 소음이 워낙 커서 헤드폰을 끼지 않는 이상 음악을 제대로 들을 수 없다.

다시 찾아온 토요일 저녁, 주방이 풀가동되는 시간이었다. 서빙 마감 시한인 아홉시쯤 서너 명의 사람들이 식당에 들어왔다. 그날따라 재료가 간당간당했다. 많은 사람들이 이미 먹고 간 뒤였다. 슈하스코는 늘 떨어지지 않게 준비되어 있어 무리 없었지만 하필 스테이크 주문이 들어왔다. 가니시에 들어가는 채소 중 껍질콩이라고 부르는 그린빈과 양파는 있으나 토마토가 모자랐다. 잘린 단면이 작은 토마토밖에 없었다. 접시에 가니시 올리는 건 주방보조인 내가 하는 일이었다. 준비대에 놓인 접시에 작은 토마토를 두 개 올리려 하자 셰프가 버럭 소리를 질렀다. 안 돼요, 올리지 마세요. 그 소리에 움찔하여 뒤로 물러났다. 그 접시는 결국 토마토 없이 손님 테이블에 놓였다. 아, 그는 셰프지. 새삼스럽게 깨달은 순간이었다.

『새들은 페루에 가서 죽다』라는 소설을 읽어본 적 있느냐고 셰프에게 물었다. 그는 없다고 대답했다. 페루에서 나고 자란 그가 그 소설을 모른다니 놀라웠다. 나는 작가 사진을 스마트폰으로 검색해서 보여주었다. 그는 모른다고 대답했다. 내용을 얘기해보라고 그가 말했을 때 나는 기억을 더듬었다. 한 남자가 카페를 운영해요. 바다에 빠진, 죽으려는 여자를 우연히 보게 돼요. 이미 거기서 막혔다. 마음이 조마조마했는데, 다행히 주문이 들어왔다. 페루인들 중에서 그 소설을 아는 사람이 많지 않을 것 같은 느낌이 들었다. 그럼 나스카 지상화를 보았느냐고 물어보았다. 나스카 뭐요? 그가 되물었다. 사막, 그림, 원숭이, 새, 이런 단어를 영어로 말하니 그제야 아하, 했다. 아니요, 안 가봤어요. 멀어요. 그가 대답했다. 내가 아직 남산타워를 가보지 못했고 케이블카도 타보지 못한 것도 그것과 비슷하려나. 흔히 부르는 남산타워의 옛 이름이 '서울타워'였던 것도 몰랐고 그 이름이 '남산서울타워'로 바뀌는 동안 한 번도 가보지 못했다.

셰프는 쉬는 날이나 휴가 때에는 외국인 친구들과 함께 짧은 여행을 다닌다고 했다. 인제와 통영이 그의 입에서 튀어나왔다. 나도 가본 적이 있다고 말했다. 인제는 버스로 거쳐 가기만 했고 통영에서는 며칠 동안 묵었다. 영월이나 안동도 가볼 만하다고 추천해주었다. 내 말에 그는 영월, 안동, 하고 한 번 더 발음했다. 그가 고향에 돌아가기 전에 그곳을 가봤는지 궁금했다.

셰프는 스마트폰으로 늘 외국 방송을 들었다. 가끔 주방에 있는 웨건에 그가 스마트폰을 올려둘 때 슬쩍 보면 대개 자동차 경주 장면이었다. 방송국에서 중계를 하는 것인지는 알 수 없었다. 그는 레이서가 되고 싶다고 했다. 점심을 먹다가 어렸을 적에도 요리사가 꿈이었느냐고 내가 물었을 때 그가 대답한 것이다. 꿈이 뭐였느냐는 질문을 그는 처음에는 이해하지 못했다. 더 어렸을 적에 뭐가 되고 싶었느냐고 물으니 아하, 하면서 그는 건축가와 레이서를 말했다. 페루인들에게 한국은 전자기기를 잘 만드는 나라, 고로 부자 나라라고 알려져 있단다. 그가 왜 한국에 왔는지는 알 수 없다. 나는 지금 멀리서 그를 되새겨보고 있다.

지난가을 이른 저녁 무렵에 슈하스코 전문점 부근에서 우연히 사장과 마주쳤다. 그 부근의 다른 음식점에 모임이 있어 가던 길이었다. 잘 있었느냐고 서로 인사를 나누었다. 셰프도 잘 있느냐고 물었다. 갔어요. 비자 문제로 페루로 돌아갔다는 말이었다. 벌써 몇 년 되었다고 했다. 시원하게 할인해줄 테니 한번 먹으러 오라며 사장은 껄껄껄 웃었다. 그렇게 껄껄껄 웃는 사람이 나보고 음식점에 그만 나오라고 말할 때에는 멋쩍은 듯 미소를 지었었다. 그런 일은 한두 번 겪는 일이 아니었다. 페루인 셰프가 해고당한 게 아니라 비자 문제로 귀국해야 했다니 차라리 다행이라는 생각이 들었다. 그 음식점에서 그가 필요한 사람이었으니 말이다.

나에게 페루는 아주 먼 곳이었다. 그 나라에서 온 셰프도 나에게 아주 먼 사람이었다. 생각해보니 그랬고 생각하지 않아도 그랬다. 어디에서 왔든 가깝고도 먼 것이 사람과 사람 사이가 아닌가. 그는 건축가가 꿈이라고 했다. 자동차 경주 선수를 꿈꾸기도 했다. 정작 그가 하고 있는 일은 요리를 만드는 것이었다. 그는 페루에서 요리를 배웠다고 했다. 그도 꿈이 실현되지 않으리라는 것을 알고 요리를 배웠는지도 모른다.

어느 유명한 셰프는 사람들과 최대한 떨어져서 할 수 있는 일을 찾다가 셰프가 되었다고 한다. 셰프가 되기 전에는 기자였다. 점심시간에 맛집을 찾아다니는 건 좋아했지만 취재가 맡겨질라 싶으면 피해 다녔다고 한다. 작가를 꿈꾸었다는 그 셰프는 여러 책을 내어 글 쓰는 요리사가 되었다. 그도 애초에 계획을 세운 건 아니었던 것이다. 나는 그의 책을 서너 권쯤 읽었다. 음식점 채용 소식을 기다리며 부푼 마음에 도서관에서 대출해 한두 권 읽기 시작했고 음식점을 그만두고 나서도 이어갔다. 그의 레시피를 따라 요리도 해보았다. 파스타 한두 가지에 샐러드 서너 가지가 고작이었지만. 음식점을 그만둔 뒤에 비나그레찌를 만들어보기도 했다. 테스트해줄 사람은 없었지만.

페루에 대해서 정말 아는 게 없다고 생각되지만 정말 아는 게 없는 건 아닐 터이다. 짧은 동안이나마 페루인과 직접 이야기를 하고 그가 페루라는 이름이 제목에 등장하는 유명한 프랑스 소설을 모르고 세계적으로 유명한 유적지 나스카의 지상화를 직접 보지 못했다는 사실을 알았지 않은가. 그 페루인이 한국에서 브라질 음식을 만들었다는 것도. 그런 것들이 흩어져 있어서 그렇지 정말 모르는 건 아니라고 스스로 위안한다. 알아야 할 일도 없다. 알게 되면 알게 되는 것이다. 알자고 마음먹으면 알게 된다. 그래서 내가 여태 「철새는 날아가고」라는 뭔가 낭만적인 의미로 알아온 노래에 실은 역사적인 의미가 담겨 있다는 것까지 알게 되었지 않은가. 그 노래는 사이먼 앤 가펑클의 노래로 먼저 알게 되었다. 달팽이가 되기보다 참새가 되는 게 차라리 낫다, 그런 가사로 시작되었다. 우리나라 번안곡은 오히려 귀에 설었다. 원곡은 오 위대한 안데스의 콘도르여 날 고향 안데스로 데려가주오, 이렇게 시작되었다. El Condor Pasa. 콘도르는 날아간다. 우리나라에서는 '철새는 날아가고'라는 제목으로 부른다. 노래 가사도 원곡과 전혀 다르다. 그건 사이먼 앤 가펑클의 번안 팝송도 마찬가지다. 하나의 노래, 다른 가사. 한국에서도 미국에서도 부르는 노래를 더 많은 나라에서도 제 나라 말로 부른다. 콘도르라는 말이 너무 커서 한국의 번안자는 철새라고 바꾼 걸까. 차라리 그냥 새였어도 좋았겠다.

낮에 박 선생으로부터 받은 책『그림으로 읽는 아이들 마음』과『소외되지 않는 삶을 위하여』를 포함한 책 서너 권의 표시 부분을 입력해 블로그에 올렸다. 나대로 이런 문장을 별도 코너에 올렸다. "우리가 내적 인격이 무엇을 원하고 무엇을 말하는지 주의를 기울인다면 마음의 고통은 사라진다." 칼 융의 말이었다. '융'은 때때로 '정'이 된다. 박 선생의 말이 떠올라 잠깐 웃음 지었다.

그리고 그 노래를 검색해서 들었다.「콘도르는 날아간다」또는「철새는 날아가고」라고 부르는 노래들을. 컴퓨터 본체의 소음을 피해 헤드폰을 썼다. 그 노래들이 나를 가득 채우는 듯했다.

건축가 아니면 카레이서가 되고 싶었던 페루인은 음식점에서 브라질 요리를 만들었다. 그가 그것을 계획한 것은 아니었겠지만. 계획이란 것은 종종 어그러지게 마련이다. 언젠가 먹으리라 했던 슈하스코를 나는 아직 먹지 못했다. 그건 계획한 건 아니고 말 그대로 언젠가 먹으리라 생각한 것이므로 안 먹어도 상관없는 일이었다.

그 음식점에서 한 달이라도 더 근무했다면 셰프에게 같은 노래, 다른 가사에 대해 어떻게 생각하느냐고 물어볼 수도 있었을 텐데…… 그 노래에 맞춰 연주하는, 팬파이프 비슷한 시쿠라는 악기에 대해 물어볼 수도 있었을 텐데……

셰프는 페루로 돌아갔다고 했다. 꿈을 찾아 한국에 왔건만 꿈을 이루지 못하고 떠났다. 건축을 공부하고 요리도 공부했으니 둘 중 한 가지와 관련된 일을 할 것이다. 그가 고향 트루히요에서 한식집을 열지도 모를 일이다. 떡볶이, 김밥 같은 친근한 음식을 만들려나. 아니면 슈하스코 전문점을 열려나.

나는 매주 두 번 박 선생과 함께 점심을 먹는다. 언젠가 나는 또 다른 직업을 갖고 또 다른 일터에서 점심을 먹게 될까. 그런 건 미리 생각하지 않아도 된다.

이제는 슈하스코 전문점이 된 그 음식점 자리가 스시 전문점이었던 건 알고 있다. 그 이전에 무엇이었는지는 모른다. 내가 못 봤으니까. 지금은 슈하스코 전문점이지만 언제 바뀔지 알 수 없는 일이다. 그런 건 미리 생각하지 않아도 된다. 내가 슈하스코 전문점의 주방 보조에서 심리센터의 업무 보조가 된 것도 미리 생각한 건 아니었다. 박 선생은 블로그 방문자가 제법 늘었다고 그거 보고 상담하러 오는 사람이 많아졌다며 웃음 짓는다. 보조개가 옴폭 파인 게 눈에 보였다. 말하지 않아도 내가 알아서 하기 때문이라고 그녀가 덧붙였다.

아, 요즘엔 화장할 때 붓펜으로 아이라인을 그리지도 않고 마스카라도 하지 않는다. 색을 덧붙이기보다 얼굴을 최대한 맑게 보이려고 한다. 화장의 기본은 맑은 피부라고 여러 블로그와 유튜브에서 배웠다. 더 이상 피부가 맑지 않아도 최선을 다해 맑아 보이게 한다.

예전처럼 얼굴 화장이 무너지는 일은 없다. 힘들어요? 그렇게 말해준 셰프는 가끔 생각난다.

완두콩 한 순가락

"왜 돌아왔느냐고 물었니? 나는 여기, 인 것 같다고 대답했지. 니가 불렀고."

나는 그렇게만 말했다. 푸푸, 그는 그럴 줄 알았다는 표정을 지었다. 내가 한꺼번에 털어놓지 않고 띄엄띄엄, 말하고 싶을 때 말하는 습관을 알기 때문이었다. 나는 맥주잔 바닥에 남은 술을 마저 비웠다. 그가 빈 잔을 채워주었다. 맥주에다 소주 조금. 다시 한 모금을 길게 들이켰다. 요즘 자주 섞어 마시게 된다는 둥 독주가 좋아진다는 둥 나는 시답잖은 소리를 지껄였다. 「이유 한 가지를 내게 대봐」라는 노래가 막 흐르기 시작했다. 무척 오랜만에 듣는 노래였다.

나는 완두콩 안주를 집어 먹었다. 오잉, 매웠다. 그가 내 모습을 보고 피식 웃었다.

"내가 말했잖아, 맵다고. 내 말은 귓등으로도 안 들어요."

사실 알고 먹은 것이다. 간장 종지만 한 투명한 그릇에 완두콩이 열 알 넘게 담겨 있었다. 밥숟가락으로 뜨면 소복할 것 같았다. 특제 서비스라고 주인장이 서빙하면서 말해주었다. 먹어보면 알아요, 하며 눈을 찡긋하기까지 했다. 그런 걸 뻔히 알면서도 나는 다른 완두콩 안주로 여겨 또 집어 먹은 것이다. 코끝이 찡했다. 얼얼해진 입안을 얼른 술로 가셨다. 오래전의 완두콩 안주는 파삭, 부서지는 식감이 좋았다. 나는 질척질척한 것은 좋아하지 않는다. 먹을거리도 사람도 사람과 사람의 관계도.

"매끼 완두콩만 내리 삼 개월 먹으면 정말 머리가 어질어질하고 막 환청이 들리고 그러겠지?"

내가 물었다.

"어디 완두콩만이겠냐. 제대로 안 먹으면 하늘이 노래지고 핑 돌지."

그가 대답했다.

희곡 「보이체크」의 주인공 보이체크 얘기였다. 보이체크는 의사의 실험 대상이 되어 삼 개월째 매끼 완두콩만 먹고 있다. 사랑하는 여자와 아이를 위하여. 군인이라는 직업 말고도 요즘 말로 알바를 뛴 것이다.

그는 지금 그 연극의 연출자이고 나는 그 연극에서 보이체

크의 동거녀인 마리 역을 맡고 있으며 이 자리는 연습 뒤풀이
자리였다. 다들 가고 그와 나 둘만 남았다. 흐트러졌던 두 개
의 탁자는 대강 치워졌지만 술잔에서 나온 물기, 담뱃재, 찌
개 국물 같은 것이 얼룩져 남아 있었다. 도로 쪽으로 난 창문
에는 Tok이라고 쓴 노란색 LED 네온플렉스가 뒤집힌 채로
보였다. 그 밑으로 자동차의 지붕들이 움직이고 있었다. 택시
의 갓등들이 보였다 안 보였다 했다. 어쩐지 정신은 명료했
다. 오래전에 그와 나는 우르르 모여 있는 술자리에서 몰래
빠져나왔다. 누군가 그것을 훔쳐보았을 것이다.

"봄엔가 언제 낮에 붉은 달이 떴던 적 있잖아."

뜬금없이 그가 말했다.

"붉은 달? 낮에?"

"니가 뭘 알겠냐. 개기월식 말야. 우리나란 반대편이니까
낮이어서 안 보였고."

웬 달 이야기냐고 그에게 물었다.

"붉은 달은 대사에도 나오잖아 왜. 피 묻은 낫 같군 하는
대사. 그다음 보이첵이 마리를 죽이지. 너, 마리 맞아? 상대
대사도 기억 못하고."

그가 다시 푸푸거리며 웃음을 날렸다. 아, 참, 하고 나는 고
개를 끄덕였다.

붉은 달이라.

붉은 달은 아니지만 언젠가의 새벽하늘에서 보았던 그믐달

이 떠올랐다. 문득 잠에서 깨어났을 때 이상한 이끌림에 창문을 열었다. 창밖에는 그믐달이 컴컴한 하늘을 배경으로 떠 있었다. 자다 일어나 초점이 안 맞아서 그런지 눈에 붉은빛이 어렸다. 옆에는 별이 하나 있었는데 그림에 나올 법한 풍경이어서 잠시 바라보았다. 모양이 변하는 달은 해당된 시기마다 주관하는 여신이 다르다고 한다. 그믐달의 여신은 헤카테라는 걸 책에서 읽었다. 그믐밤에 횃불을 들고 개를 데리고 나타난다고. 늙은 달이 으스스하다고 중얼거리며 달과 별을 바라보았다.

그렇게 가끔 불가사의한 경험을 하는 때가 있다. 하늘은, 우주는 닿을 수 없는 곳이었고 우주가 빚어내는 풍경은 나에게 여전히 낯설고 불가사의했다. 자연스러운 별들의 운행일 뿐이지만. 어떤 시기와 맞물렸다는 사실과 함께라면 더더욱 그랬다. 나는 언젠가의 붉은 그믐달과 피 묻은 낫 같은 달을 번갈아 떠올리며 잔에 남은 술을 들이켰다. 완두콩 안주를 집어 먹었다. 찌개나 구운 오징어나 대구포 같은 안주를 어지간히 먹은 뒤였다. 완두콩은 여전히 매웠다. 매운 걸 왜 자꾸 집어 먹느냐고 그가 퉁명스럽게 말하고 덧붙였다. 붉은 달이 서양에서는 흉조라고.

어쩌면 붉은 달은 정말 흉조인지도 모른다. 붉은 달이 떠오른 다음 날 우리나라에서 여객선이 침몰했다. 책임 소재를 놓고 이쪽과 저쪽이 싸운 지도 몇 달째다. 광장에 노란색 리본이 나부끼는 것을 잠깐 보다 지나쳤다. 그런 이야기는 사실 나와는 먼 이야기로 들렸다. 나는 겨우 이 몹쓸 세상, 하며 술이나 마실 뿐이었다.

그리고 마주 앉은 그를 흘끔거렸다. 눈가에 팬 얇은 주름과 푸석푸석한 살갗에서 나이가 읽혔다. 예전에 어깨까지 길었던 머리는 한결 짧아진 채였다. 그와 나는 마흔이 된 것이다.

"볼라면 똑바로 보든가. 언제는 잡아먹을 듯이 봤으면서."

나는 그의 말에 대답은 않고 내 말을 던졌다.

"근데 왜 돌아왔느냐고 물은 말 성립되나? 난 여기 있은 적이 없잖아. 그냥 온 거면 온 거지."

시선을 낮추고 담배를 피우던 그가 내 쪽으로 고개를 틀었다.

"성립 안 되는 건 또 뭐냐?"

반은 사실이고 반은 사실이 아니었다. 그때 나는 가끔 공연의 진행을 맡았다. 계단으로 내려가시면 됩니다, 휴대폰의 전원은 꺼주세요, 이런 말들을 재미 삼아 했었다. 가끔 그 몫의 술값을 호기롭게 내주기도 했다. 그때 나는 그의 여친으로 불렸다. 고작 일 년 남짓이었지만.

뭐, 왔으니까. 그가 말했다. 뭐, 왔으니까? 사실 그 말은 내가 하려던 말이었다. 그다음 말은 아직 나도 모른다. 소주 섞은 맥주를 한두 잔 더 마시고 연습 이야기를 조금 더 하다가 일어섰을 것이다. 어떤 맥락도 없이 시작된 대화였고 끝도 흐지부지였다. 언제나 그랬던 것처럼. 그와 나의 만남이 그랬던 것처럼. 좀 해보자, 이런 말을 서로 했을 것이다.

대낮같이 환한 밤의 거리. 흔들리는 가로등, 흔들리는 사람들, 흔들리는 차량들, 흔들리는 풍경들. 이런 거리 한 귀퉁이에 나는 서 있는 것이다. 택시를 잡으려는데 그가 내 어깨를 두 손으로 꽉 눌렀다. 나는 깜짝 놀라 몸을 휙 빼냈다. 결사항전이라도 하는 양했다. 그는 나를 의아한 눈으로 바라보았다. 그의 얼굴 위로 나뭇가지의 그림자가 어룽댔다. 오래전에 그의 어깨를 그러안았던 적이 있었다. 내 옆에 다른 누군가가 있었으면서도.

집에 돌아온 나는 씻지도 않고 책장에서 어떤 책을 꺼내 들었다. 문고판 크기의 원서와 번역서의 복사본이었다. 웬만한 책들을 사고 버리고 하는 사이에도 두 권의 복사본은 건재했고 건재한 시간만큼 낡아 보였다. 여백에 있는 잔 글자 메모가 지금은 덩어리져 보였다. 연필로 써놓은 탓에 전등불 아래에서 희미했다. 불안감, 쫓기고 있다, 주입받은 도덕, 이런 말들이 부릅뜬 눈에 겨우 보였다. 글씨를 하도 잘게 써서 아예 알아보지 못하는 대목도 있었다. 마리, 당신은 너무 아름다워. 보이체크가 처음으로 마리의 부정을 눈치챘을 때 한 말이었다. 당신은 너무 아름다워, 죄악처럼 말이야. 내가 이런 것을 아직도 가지고 있는 까닭은 무엇일까.

"강현재 씨, 왜 자꾸 감정을 감춰? 마리는 빨간 입술로 할 말 다 하는 여자 아냐? 그렇게 자신이 없어요?"

연출은 물음표 가득한 문장을 내게 던졌다. 연출은 물론 그였다. 다른 남자가 사준 귀고리를 길에서 주웠다고 거짓말하다가 뭐 어쩌라구, 하면서 마리가 발끈하는 장면이었다.

"여긴 마리 캐릭터를 잘 보여줘야 돼. 번쩍번쩍하는 귀고리에 기뻐하고, 의심하는 보이첵에게 도리어 승질내고 자책도하고. 그걸 잘 표현해야 보이첵의 살인 동기가 더 설득력이있다구. 아무리 연습에 늦게 참여했대도 우린 프로 아닙니까. 안 그래요, 강현재 씨?"

값싼 반짝이 귀고리를 두 손에 쥔 나는 그의 시선을 피해천장에 눈을 두었다. 기다란 형광등 두 쌍이 가로로 붙어 있었다. 지하 연습실을 밝히는 유일한 불빛이었다. 형광등 빛이닿아 귀고리가 반짝거렸다. 황금빛 모조 금귀고리로 소용돌이무늬가 새겨진 알이 너덧 개 연결되어 길게 늘어진 모양이었다. 대학로 오가다 연습용 소품으로 리어카에서 산 것이었다. 마리는 자기 자신의 욕망과 보이체크에 대한 애정을 동시에 드러내야 한다.

"아는데, 너무 잘 알고 있는데, 안 되는 걸 어떡합니까."

"지금 그게 할 소리예요, 강현재 씨?"

말끝마다 그는 강현재 씨, 강현재 씨, 불러댔다. 귀에 거슬렸다. 나 때문에 시작된 호칭에 슬슬 질려갔다.

"아이, 형, 왜 이렇게 오바야. 인제 연습 얼마 했다구."

상대역 배우가 그를 다독였다. 그는 나를 잡아먹지 못해 안달하는 사람처럼 굴었다. 그 장면을 열 번도 넘게 반복해야 했다. 의자에 앉아 다음 장면을 기다리는 배우들의 한숨 소리가 느껴졌다. 다시 한번 연습에 들어갔다. 보이체크가 먼저 의심에 가득 찬 목소리를 냈다. 한 쌍을 한꺼번에 줍는 건 보지 못했는걸.

그럼 내가 나쁜 년이라는 말이에요? …… 난 정말 나쁜 계집이야. 칼로 찔러 콱 죽어버리기라도 했으면…… 아, 더러운 세상! 모두 지옥에나 가라, 사내고 계집이고 할 것 없이!

이게 마리다.

마리 역을 맡은 배우가 동네 계단에서 굴러 다리를 다치는 바람에 다시 캐스팅해야 한다고 그가 전화로 말했다. 두 달 전이었다. 누군가를 수소문하는 일은 이 바닥에서 그리 어렵지 않은 일이었다. 마리 역을 해보지 않겠느냐고 그가 제안했다. 왜 나냐고 물었다. 연기를 잘하지도 못하지도 않기 때문이라고 그가 대답했다. 그가 신인 배우들과 함께 극단을 꾸린 지 몇 년 안 된 건 알음알음으로 알고 있었다. 선뜻 받아들이기 어려웠다. 반년 넘게 무대에 서지 못한 처지이기는 했다. 어느 극단에도 소속되지 않은 채였다. 극단에 들어가는 것 또한 선뜻 내키지 않는 일이었다. 통화한 다음 날 밤에 나는 그에게 하겠다고 문자를 보냈다. 꼬박 하루를 고민한 뒤였다. 어쩌면 그날 밤 그믐달과 별을 보았을 것이다. 마치 어떤 전조처럼. 그리고 그 새벽에 낡은 대본을 펼쳐보았을 것이다. 나는 왜 그걸 아직도 가지고 있는 걸까, 생각하며.

　연습실에서 그를 비롯한 배우들과 만났을 때 나는 그에게 안녕하세요, 라고 말했다. 정말 처음 보는 사람에게 하듯 인사를 건넨 것이다. 그와 내가 그렇고 그런 사이였던 걸 아는 사람은 이 극단에는 없었다. 모두 나보다 열 살은 어린 사람들이었다. 알 만한 사람들이라도 거의 잊어버렸을 것이다. 그때 나는 흔히 말하는 이 바닥 사람이 아니었다. 나를 멀뚱히 바라보던 그가 떨떠름하게 고개를 끄덕였다. 니가 정 그렇다면 어디 한번 해보자. 그런 느낌은 전해졌다. 그렇게라도 나는 새롭게 시작하고 싶었다. 여기 왔으니까. 캐스팅이 되고 나서도 마찬가지였다. 안녕하세요. 잘해봅시다. 악수를 나눴다. 그와 내가 그런 식으로 손을 잡은 건 처음 있는 일이었다. 그게 문제가 아니었다. 배우 생활 삼 년차. 어쩌면 지금이 나에게는 기회인지도 모른다. 다른 모든 것은 그다음이라고 스스로 다독였다.

　한 장면을 열 번 이상 되풀이했던 그날, 뒤풀이가 징하게 이어졌다. 중간에 끼어든 나 때문에 연습은 진척이 없었다. 필요 이상으로 그가 집착한 면도 있었다. 꼼장어 집을 거쳐 맥줏집으로 온 뒤 새벽 한시가 넘은 시각이었다. 뒤풀이를 몇 번 피했던 터라 더는 빠질 수 없었다. 꼼장어는 못 먹어서 곁들여 나온 미역 냉국이나 무김치 같은 것을 먹었다. 꼼장어의 힘줄 같은 질긴 부분의 식감이 영 좋아지지 않았다. 연기자들 사이에서 수군대는 소리가 이따금 귀에 들렸다. 웬 고고한 척이야 재수 없게. 아무리 이 바닥에 있어도 여전히 모르는 사람들은 많았고 모르는 사람들과 낯을 익히는 과정을 겪어야 했다. 앙상블은 극 속에서나 극 밖에서나 필요한 일이었다. 저, 어, 언니 오프너 좀 주세요. 단발머리 여자 배우가 마지못해 나에게 언니라고 불렀다. 나는 오프너를 건네주고 남은 잔의 맥주를 마저 들이켰다. 완두콩 모양 과자가 연두색으로 엷게 덩어리져 보였다. 색감이 좋았다. 새싹 같은 느낌이어서. 간장 종지만 한 투명한 그릇에 열 알 넘게 담겨 있는 완두콩을 밥숟가락으로 뜨면 소복할 것 같았다. 나는 두세 알 집어 와작 씹었다. 입안이 홧홧해졌다. 이거 와사비 입혀져서 매운데, 모르셨구나. 내 옆에 앉았던 보이체크 역 배우가 말해주었다. 그러고 나서 다른 배우들을 향해 말했다.

"야, 니들 완두콩이 어디서 왔는지 아냐? 이게 말야, 기원전 백 몇 년이더라 한나라에 장건이라는 사람이 서역에서 가지고 왔대. 그것만이 아니라 포도, 마늘, 호두, 석류 등등도."

다른 배우들 일여덟 명이 어쭈, 하는 시선으로 그를 바라보았다.

"확실하진 않아. 서양에서는 그렇게 믿는데 후대 사신이 가져왔을지도 모른다는 기사도 있네요. 알라면 똑바로 알아야지."

마주 앉은 단발머리 여자 배우가 그를 향해 한마디 던졌다.

말을 마친 그녀는 냉큼 소주 잔을 비웠다. 보이체크가 입을 실룩이면서도 그녀의 잔에 술을 따라주었다. 완두콩이 위에 좋댄다, 마이 먹어라, 웅얼거리며. 존경하는 배우 형님이 책을 한 꾸러미 안겼다고 그 배우는 덧붙였다. 아이고, 머리 터져요 하며 너스레를 떨기까지 했다. 이어 H 형이라고 아시냐고 그 배우가 물었을 때 이름은 안다고 대답했다. 덜컥. 가슴이 내려앉았다. H 얘기를 결국 듣게 되는군. 누군가 나를 보는 시선이 느껴졌다. 누구인지 물론 알 수 있었다.

두 개 붙여놓은 탁자 위에는 갈색 맥주병이 서너 개 흩어져 놓여 있었고 두 탁자가 맞닿는 부분에 함부로 찢어놓은 구운 오징어가 한 접시 놓여 있었다. 갈색 플라스틱 재떨이 바닥에는 담배꽁초들이 반쯤 물에 젖은 채 촘촘히 깔려 있었다. 건물 이층이라도 지하처럼 퀴퀴한 냄새가 났다. 그 사이로 작업 이야기가 조금씩 비어져 나왔다.

"이 연극이 뭐 시민 비극이고 가난한 인물을 처음 주인공으로 삼았다 하는 거는 다 잊어버려. 이건 그냥 인간의 이야기라구. 당시 사회, 어쩌고저쩌고 하는 건 다 지우고 인물을 중심으로 생각하라구. 그건 처음 리딩할 때도 얘기한 거지만."

"형, 아무리 그래도 왜 이걸 하우. 쌈박한 거 좀 하지 그랬어. 이거 케케묵고 너무 칙칙하잖아."

보이체크가 그에게 물었다. 극 속에서는 힘없이 예, 예 대답하는 인물이 현실에서 목소리를 높이는 걸 보니 사뭇 어색

했다.

"야, 인마, 니 논리대로라면 안티고네나 오이디푸스나 템페스트 같은 건 할 필요도 없겠네."

뭐 그렇다기보담, 하며 보이체크가 웅얼거렸다. 말랐다 싶은 체격인데 살을 이삼 킬로그램 더 뺄 거라고 꼼장어 집에서 말했다. 공연까지 삼 주쯤 남은 시점이었다. 보이체크를 맡은 배우는 그 인물이 되기 위해 자신의 몸을 최대한 활용하는 것이다. 살을 찌웠다 뺐다 하는 배우들 이야기는 영화와 관련해 이미 수차례 들어왔다. 그런 배우들을 가리켜 메소드 연기의 표본이라며 칭찬하는 기사들도 많았다.

"그려. 안 그래도 보이첵, 보이첵 노랠 부르더니 결국 하는구만."

별수 없다는 듯 그를 향해 어깨를 으쓱해 보인 보이체크는 잔에 남은 소주를 마저 비웠다. 옆에 앉은 내가 빈 잔을 채워주었다. 보이체크가 누나, 땡큐 했다. 나에게도 술을 따라주려 했으나 내 맥주잔에는 술이 반쯤 남아 있었다. 그의 시선이 어느 틈에 느껴졌다.

"연출님은 왜 이 작품을 택하셨어요?"

불쑥, 그에게 물었다. 연출인 그로부터 연기 이외의 질문은 한 적이 없었다. 사람들의 시선이 잠깐 나에게 모아졌다 흩어졌다.

"아까 말하지 않았나, 한 인간의 이야기라고. 지금도 보이

책 같은 인물은 수두룩하지 않나요? 상사인 대위에게 후달리고 제대로 먹지 못한 탓에 귀에서는 굉음이 들리고 헛것이 보이죠. 있는 놈들한테나 도덕이 있고 보이첵처럼 없는 놈들은 맘대로 오줌도 못 누고 그저 마누라와 자식새끼 먹여 살리느라 알바도 하고 말이죠. 딱하지 않나요. 아, 당신은 마리라서 잘 모르겠군."

나와 대각선 위치에 앉아 있던 그는 마리라고 말할 때 나를 손가락으로 가리켜 보였다. 그 손가락이 마치 갈고리처럼 내 가슴에서 심장을 빼내 갈 것 같았다.

"한 인간의 이야기라면 이것 말고도 얼마든지 있지 않나요? 왜 하필 이 작품을 할까."

"강현재 씨, 뭘 그렇게 따져요, 따지길. 술이나 마십시다. 늦게 합류해서 고생도 고생이고."

왠지 그가 화를 내는 모습이 보고 싶었다.

"다른 이유가 있을지도 모르죠. 실화를 바탕으로 했다니까, 이를테면 보이첵처럼 누군가에게 여자를 빼앗겼다든가 아니면 그 반대든가."

그는 잔에 남은 소주를 단숨에 들이켰다. 누가 채워줄 새도 없이 스스로 잔을 채웠다.

"강현재, 그만하자."

어느 순간 그가 탁자를 내리쳤다. 맥주병 하나가 흔들리다 바닥에 떨어져 퍽삭 깨졌다. 그 소리와 맞물려 실내에 흐르던 노래가 바뀌었다.「이유 한 가지를 내게 대봐」였다.

"애들아, 이분은 말이야, 너희가 코 흘리며 놀 때 대학 원어연극에서 안드레스를 했단다. 그것도 연극이라고. 쳇. 내가 연출 형을 따라갔었는데 말이야, 세트도 만들었는데 말이야. 강현재, 안 그러냐?"

다른 연기자들이 그의 말에 나를 흘끔거렸다. 어쩐지, 수상하다 했어. 그 소리가 내 귀에도 들렸다.

"이 사람은 마리야. 완전 마리. 아주 그냥…… 됐냐?"

마지막 말은 나에게 한 말인지 다른 배우들 들으라고 한 말인지 정확하지 않았다. 그는 충혈된 눈을 부릅떴다. 사람들이 귀를 쫑긋 세우는 게 보이는 듯했다. 정말 연기가 따로 없네. 그들 중 누군가의 말이었다.

대사를 할 때는 상대가 하는 말만큼의 밀도와 강도로 반응해야 한다.

"그래서 뭐? 강현구, 너 술 처마셨으면 곱게 집에 가라, 엉?"

내 말에 다른 연기자들이 눈을 동그랗게 떴다. 나는 그 말을 끝으로 가방을 들고 일어서서 그곳을 빠져나왔다. 내 몫의 술값으로 지폐 몇 장을 탁자 위에 꺼내 놓는 걸 잊지 않았다.

그리고 어두운 거리를 잠시 걸었다. 내가 확인하려던 게 이것이었나. 차라리 잘되었군.

한때 그와 나를 묶어 사람들이 쌍둥이 남매라고들 불렀다. 이름부터가 비슷했다. 그러기도 쉽지 않은데. 남들이 하도 그러니까 남매인 것도 같고 남매끼리는 자면 안 되는데 자고 말았다. 그때 나에게는 형이라고 부르는 애인이 있었다. 카페 화장실로 올라가는 좁은 계단에서 현구와 내가 남몰래 부둥켜안았던 것을 형이라고 부르는 애인은 아마도 목격했을 것이다.

"어, 그렇지 뭐. 마리? 그렇지 뭐."

나를 보고 현구가 손을 흔들었다. 그는 휴대폰으로 통화하며 올라오고 있었다. 워낙 목청이 큰 탓에 그의 말소리가 다 들렸다. 나는 연습실 앞 긴 나무 의자에 앉아서 차가운 커피를 마시고 있었다. 연습실이 있는 건물 일층에는 조그만 카페가 있었고 그 앞에 놓인 큼지막한 도기 화분 하나에는 함박꽃이 피어 있었다. 낮고 기다란 플라스틱 화분에는 한련화가 오종종 모여 있었다. 나는 종종 테이크아웃 커피를 사 들고 연습실 앞 긴 의자에 앉아 있고는 했다. 긴 나무 의자는 도로 쪽에 등을 진 채 놓여 있었다. 도로보다 좀 높은 위치였고 위험을 방지하는 은색 철제 울타리가 의자 등받이 부분 뒤로 도로를 따라 길게 이어져 있었다. 곧 연습이 시작될 터였다. 마리, 라는 대목에서 나는 궁금증이 일었다.

"H 형이야. 오랜만에 통화했네. 생전 연락 안 했는데. 뭐 냄새 맡고 전화하는 건가."

현구가 피식 웃으며 내 손에서 컵을 빼앗아 커피를 벌컥벌컥 들이켰다. 플라스틱 컵 안에서 얼음 부딪치는 소리가 작게 들렸다. 그는 셔츠를 팔꿈치까지 걷어 올린 채였고 어깨에 메고 있는 가방 위에 재킷이 걸쳐져 있었다. 하루 안에 여름과 가을이 동시에 느껴지는 날씨였다. H라는 이름은 등장 없이도 괴력을 발휘했다. 가슴속으로 서늘한 기운이 싸, 내려가는 듯했다. H는 이제 중견 배우로서 무대에 서고 있다. 영화에서도 그의 연기를 볼 수 있었다. 그는 차곡차곡 연기 경력을 쌓아가고 있는 것이다. 오래전 대학의 원어연극을 연출했던 건, 일종의 아르바이트였다. 일 년에 한두 편 겨우 무대에 서던 신인 배우에서 어엿한 중견이 된 것이다. 현구는 그의 후배였고 그 옆을 부록처럼 따라다녔다. 갑자기 머릿속으로 매서운 바람이 휘몰아치는 듯했다. 나는 입술을 앙다물었다. 그런 내 모습을 현구는 지켜보았다.

"새삼스럽게 심각한 척하기는. 그 형도 다 잊었어. 그러니까 나하고 통화도 하고 그러잖아."

나는 대답은 않고 고개만 끄덕였다. 눈길이 아스라이 먼 곳을 향하려는데 현구가 팔뚝을 툭 쳤다. 들어가자며 손가락으로 연습실 계단을 가리켰다.

"커피 줘."

엉뚱하게 그 말이 입에서 튀어나왔다. 목이 마르긴 했다.

"다 마셨어. 다음에 내가 사줄게."

그는 빈 컵을 내게 건넸다. 허물없는 웃음과 함께였다.

극장으로 내려가는 그의 뒷모습이 보였다. 그가 지나쳐 내려간 벽과 거의 나란히 검은색 철문이 안쪽으로 열려 있었다. 문에는 허연 A4 용지가 붙어 있었는데 그 위에는 '공연 중. 조용히 하세요!!!'라는 글자가 빨간색 매직으로 굵게 씌어 있었다. 작년엔가 이곳에서 공연했던 것을 알고 있었다. 빨간색은 이미 바랜 채였고 귀퉁이마다 붙어 있는 녹색 박스 테이프에는 먼지가 끼어 있었다. 쌓이고 쌓인 먼지는 검은 선으로 보였다. 그와 나 사이에, 그리고 H 사이에 강산이 한 번 바뀌었다. 나는 일어서서 도로 쪽에 눈길을 주었다. 차들은 쉼 없이 달리고 있었다. 거리는 이미 어둑어둑해졌다.

연습은 대개 저녁에야 이루어졌다. 다들 또 다른 일을 해야 하므로. 아직까지 무명인 배우들은 편의점이나 마트로, 카페나 음식점으로 움직여야 한다. 금선능독기를 열었다 닫았다 하고 커피나 고기 따위를 수십 번도 더 서빙해야 한다. 공사판에서 막노동을 할지도 모른다. 어쩌면 하늘이 노랗게 보일 지경이 될 때까지. 보이체크처럼. 삼시 세끼 완두콩만 먹는 보이체크의 귀에는 핑음이 들리고 주위에서는 불꽃이 번쩍, 한다. 온 세상이 점점 암흑 속이다. 자기 여자인 마리가 다른 놈팡이와 눈이 맞았다. 이리 치이고 저리 치이는 딱한 사람 보이체크…… 나도 계단을 내려갔다.

"현구야, 나 이거 잘하고 싶었다. 이걸 해내지 못하면 이전까지 내 삶은 아무 의미도 없어. 그건 너도 알 거야."

책에서나 나옴 직한 상투적인 말을 나는 지껄이고 있었다. 하지만 상투적인 말만은 아니었다. 그는 내 말에 고개를 끄덕였다. 그의 「보이체크」는 실패하고 말았다. 서른 명에 가까운 캐스트를 절반 이상 줄인 것도 무리한 일인데다 배우들 간의 호흡도 맞지 않아 불안감을 주었다는 평이 지배적이었다. 볼거리가 너무 없는 초라한 무대였다고 누군가는 블로그에 올리기도 했다. 무대 위에서 폭발하지 못하는 마리 역이 답답하다고도 누군가는 썼다. 공연이 끝난 지 보름쯤 지났다.

"그동안 난 인생을 띄엄띄엄 산 것 같아."

"뭐라구?"

"남들이 줄창 뺑이 칠 때 나는 널널했잖아. 해도 하는 척 정도였고. 직장 다닐 때도 그랬어. 싫으면 관두고 좋으면 다니고. 지속성이 없다는 말이지."

"사람이 죽을 때가 되면 영 달라진다는데 너 혹시 죽을라고 그러냐?"

"농담하지 마. 나는 지금 진지하다구."

자못 엄숙한 표정으로 술을 들이켰다. 빈 잔을 그가 채워주었다.

"그 책 있잖아. 왜 연극합네 하는 사람들이 옆구리에 끼고 다니던 책. 가난한 연극인가 뭔가 하는. 암녹색 바탕에 손바닥 하나가 탁, 찍혀 있는 책. 그 손이 뭔가 절박한 느낌이었는데, 그 책을 얼마 전에야 다 읽었어. 읽고 나서 남는 게 한 가지 있었어."

"뭔데?"

"배우는 자기의 전 존재를 바치는 것이다, 이런 말. 자기 자신을 던지라는 말. 온전히 연기에 바치라는 말. 바친다는 건 무서운 일인 거 같아. 그런 말은 함부로 쓸 수 없겠지. 근데 아버지 할 때는 뭔지 모르지만 좋았어. 아, 내가 드디어 이 판에 들어왔구나 싶었어. 누구보다 먼저 연습실에 와 있었거든. 그거 하나로는 설명이 안 되겠지만."

"어이쿠, 한 소식 하셨네."

그는 그 말을 내뱉고는 푸푸 웃음을 흘렸다.

삼 년 전, 내가 이 판에 발을 들여놓은 뒤 처음으로 오디션을 거쳐 캐스팅된 연극에서였다. 감화원 소녀들 이야기. 일명 '찌꺼기들'. 한 소녀의 피를 보고서야 끝이 나는 연극이었는데 나는 감화원 소녀들 가운데 아버지 역을 맡았었다. 극중극으로 감화원 소녀들이 '신데렐라' 영화를 촬영하는 장면이 나왔다. 말하자면 나는 신데렐라의 아버지 역을 겸한 것이다. 밤마다 몰래 담배를 피우는 여자애들 틈에서 꽁초를 탐내며 망보는 찌질한 역할. 연기 실력과 관계없이 키가 작고 짧은 머리여서 캐스팅되었다. 신체적 조건이 맞은 덕분이었다. 그래도 스무 명쯤 되는 인물 가운데 중간 수준의 비중이었다. 십대 계집애를 연기하면서 그 나이를 새로 겪는 느낌이 들었었다. 거친 여자아이들을 따라 하느라 평상시에도 배우들끼리 말할 때 욕을 넣어서 하기로 설정했다. 이년아, 저리 가. 지랄하고 자빠졌네. 이런 개쌍년. 은근히 통쾌했다. 보통 연기할 때는 안에서부터 감정을 끌어내지만, 밖에서부터 안으로 끌어들이는 것도 넓게 보면 메소드 연기였다.

내가 읽은 그 책에는 이런 말도 씌어 있었다. "이 '성숙'이란 궁극적 세계를 향하여 긴장하고 철저하게 자기를 박탈하고 자기의 가장 깊은 곳을 드러내놓음으로써 비로소 표현되는 것이며 조금이라도 이기주의나 자기만족의 흔적이 있어서는 안 된다." 폴란드 연출가 그로토프스키의 실험연극론 『가난한 연극』. H가 내게 준 책이었다. 그 무렵 딴에는 관심 있는 척을 했던 것이다. 한두 번 들춰보다 처박아두었는데 이번에 작업하면서 다시 한번 읽게 되었다. 그 책을 이제야 비로소 읽은 것인지도 모른다.

"나한테 남은 건 이거밖에 없잖니. 그게 내가 돌아온 이유야. 너도 짐작하겠지만."

참 일찍도 말한다, 고 현구가 궁시렁거렸다. 그리고 잠시 뜸을 들이더니 덧붙였다.

"난 니가 널 깰 수 있었으면 했어. 왜 그렇게 갇혀 있는지 몰라. 너 배우 맞아?"

그러게, 하며 나는 희미하게 웃어 보였다. 그것은 내내 나를 짓누르는 것이기도 했다. 손님처럼 이 판을 들락날락하다 마침내 두 발을 완전히 들여놓았다. 의욕만큼 불안과 고민이 함께했다.

"근데 말야. 전에는 보이첵하고 마리만 보였는데 지금은 다른 게 눈에 들어와."

"뭔데?"

"보이첵이 마리를 죽이러 가기 전에 할머니가 하는 대사 있잖아. 어떤 불쌍한 아이가 외로워서 달나라에도 가고 햇님한테도 가고 그러는 이야기."

있지, 하며 그가 작은 원형 접시에서 건포도를 집어 먹었다.

"마지막으로 지구에 왔는데 지구는 엎질러진 요강이었다잖아. 주위엔 여전히 아무도 없구. 그래서 아이는 주저앉아 엉엉 울고. 지금도 그 아이는 그렇게 앉아 있다고 할머니가 말하잖아. 외롭게 혼자서 말이야."

그가 말없이 고개를 끄덕였다.

"그런 거 같아."

"뭐가?"

"사람 사는 거 말야. 외롭게는 아니고 혼자서. 혼자인 여럿이 함께."

어이구, 두 소식 하셨네, 하며 그는 농담으로 받아넘기면서도 나를 바라보았다.

탁자 위에는 갈색의 맥주병 두 개와 녹색의 소주병 세 개가 서 있었다. 늘 먹던 구운 오징어가 갈가리 찢긴 채 플라스틱 접시 위에 흩어져 있었다. 그중 하나를 뽑아 들어 잘근잘근 씹었다. 소주 섞은 맥주를 한 모금 마셨다.

"현구야, 너하구 내가 마흔이라는구나. 그리고 난 인제 막 연기를 시작했잖아. 그 책에 있더라. 자기의 가장 깊은 곳을 드러내놓아야 한다고. 그런데 아무리 생각해도 그건 나한테 너무 어려운 일이야, 좋은 말이지만."

그러게, 하며 그가 잔을 들었다. 나도 잔을 들었고 그의 술잔에 내 술잔을 부딪쳤다. 챙, 소리가 맑게 울렸다. 단숨에 잔을 비웠다. 그 책을 읽으면서 언젠가 누군가에게 말했던 기억이 떠올랐다. 그래, 형한테 나를 바칠게. 내가 형을 좋아하니까. 실내에는 「이유 한 가지를 내게 대봐」를 부른 가수의 목소리가 굵고 느리게 흘렀다. 여성 보컬이지만 동굴 속에서 울리는 듯한 목소리가 사람의 가슴속을 파고들었다. H의 자취방에서 가끔 들었던 목소리였다. 연습하는 내내 뒤풀이를 했던 이곳에서도 자주 들었다. 주인장은 습관처럼 옛날 노래를 튼 것일 뿐이겠다. 그 사람은 현구와 나와 비슷한 나이이거나 H와 비슷한 나이임 직했다. 창밖에 걸린 노랗게 빛나는 Tok 글자는 비스듬히 보면 노란 선으로도 보였다. 그믐달같이 얇은.

"내가 좀 무리했지. 모르면서 하겠다고 난리 직인 거잖아. 니가 물었던 그런 이유, 없어. 난 그냥 이 작품이 좋아. 도전해볼 만하잖아. 이십 년쯤 뒤에 하면 좀 괜찮을까. 하, 작가는 스물다섯에 세상을 꿰뚫었는데 말이야."

그는 씁쓸하게, 그렇게 말했다. 그리고 덧붙였다.

"그래도 그때 형이 애들 데리고 잘하긴 잘했어. 안 그러냐?"

"애들이라…… 뭐, 그랬을 수 있겠지."

대학생인 사람들을 그는 애들이라고 표현했다. 성인 대열에 들어섰어도 뭐가 뭔지 아직은 모르는 때였다.

「보이체크」는 미완성 희곡이었다. 기승전결 구조도 아니었고 영화처럼 장면 장면 끊어져 있으므로 해체도 가능하고 해석에 따라 새로운 장면을 추가할 수도 있었다. 1913년 11월에 뮌헨에서 초연한 이래로 다양한 버전이 나왔다고 한다. 그러니까 선택의 문제였다. 원어연극 「보이체크」는 마지막에 한 장면을 더 넣었다. 어슴푸레한 조명 아래 보이체크가 무대 가운데 서 있고 세트 곳곳에 선 인물들이 제각기 손전등을 아래에서 위로 비추며 보이체크를 부른다. 마치 귀신이 보이체크를 부르듯. 보이체크, 독주에 약을 타서 마셔봐 곧 나을 거야. 보이체크, 벽에다 오줌 싸는 걸 내가 봤다구. 일을 해, 보이체크, 일을 하라구. 봤으니 어쩌란 말이에요……

……여기 머물 이유 한 가지를 내게 대봐 난 금방 뒤돌아설 테니까…… 왜냐하면 난 당신을 혼자 둔 채 떠나고 싶지 않으니까 하지만 당신은 내가 마음을 바꾸게 만들어야 해…… 가사 내용과 관계없이 나는 여기 있을 이유 한 가지 대보라는 말을 속으로 띄엄띄엄 중얼거렸다. 현구가 내 잔에 맥주를 채워주었다. 소주도, 하며 나는 소주병을 손가락으로

가리켰다. '처음처럼'이라는 이름이 붙은 소주였다. 나도 그의 잔을 채워주었다. 맥주에다 소주를 조금 넣어서. 그리고 다시 잔을 들었다. 다시 챙, 하는 소리가 울렸다.

"술잔이 키스하는 거 같다."

피식 웃는 그에게 그럴 수도 있지 않느냐고 나는 말했다. 그의 얼굴이 잠깐 풋풋하게 보였다. 처음 보았을 때처럼. 나는 마주 앉은 그의 얼굴 쪽으로 내 얼굴을 가까이 가져갔다. 반작용으로 그가 미세하게 뒤로 물러나는 게 느껴졌다.

"내가 키스해줄게."

나는 내가 말한 대로 그의 입술에 나의 입술을 댔다. 그의 얼굴은 정면을 향하고 있었고 나의 얼굴은 오른쪽으로 비스듬히 틀려 있었다. 그래야 코가 부딪히는 일 없이 입을 맞출 수 있었다. H는 이렇게 하는 걸 나에게서 처음 알았다고 했었다. 현구의 입술은 따뜻했다. 입술의 움직임은 더 이상 없었다. 다시 원래대로 돌아왔을 때 현구는 여전히 손에 술잔을 든 채였다.

"좋은데."

"웬 눈웃음이야. 사람 헷갈리게."

그러곤 남은 술을 마저 마시고 일어났다. 서비스 완두콩 안주가 떨어졌다고 주인장이 맥주를 날라다 줄 때 알려주었다. 재미 삼아 내놓았던 게 히트를 쳤다고 넉살 좋게 웃었다. 지금은 완두콩 대신 땅콩과 건포도가 투명한 유리 종지가 아니라 두 칸으로 나누어진 흰색 사각형 플라스틱 그릇에 담겨 있었다. 나는 건포도를 집어 먹었다. 단맛이 진해서 술로 얼른 입안을 가셨다.

"포도도 완두콩도 서역에서 왔대. 보이책 맡은 애가 말해줬잖아. 그 앤 참, 열심이야. 난 서역 하면 너무 멀다고만 생각했었어. 그런데 그리 먼 게 아니더라. 포도랑 완두콩이랑 마늘도 서역에서 왔다잖아. 실크로드를 거쳐서. 그 길을 오랜 세월 동안 수많은 사람들이 오갔고."

그는 말없이 고개를 끄덕였다.

"음, 뭐랄까. 그냥 뭔가가 연결되어 있다는 느낌이 들어. 혼자라도 세상에 따로 떨어져 있는 것은 아니구나. 여기서만 복닥복닥하는데 완두콩을, 아니 완두콩 안주지만 아무튼, 그게 멀고도 먼 곳을 통해서 아주 오래전에 우리나라에 들어왔다는 사실을 알게 되니까 갑자기 그 서역이 친숙해지는 거야. 그가……"

갑자기 말문이 막혔다. 내가 무슨 말을 하려고 했는지 맥락이 잡히지 않았다. 순간 다음 대사를 잊어버린 배우가 된 것 같았다. 대사를 잊어버린 배우를 도와주려 현구가 말을 받은 것일까.

"뭔 멋진 말을 하려고 그러냐? 현재야, 그런 거 다 쓸데없는 짓이다."

그러게, 하며 내가 킥킥대자 그도 킥킥댔다. 하도 웃어서 눈에 눈물이 고일 지경이었다. 그의 말이 맞을지도 모른다.

서역 운운하는 이야기는 H로부터 들었다. 오래전 어느 날, 음악 소리가 사방 벽을 꽝꽝 때려 부술 듯 들리던 곳에서였다. 거기서 춤추고 싶은 사람은 춤을 추었고 술을 마시고 싶은 사람은 술을 마셨다. 지금은 없어졌을 록카페라는 곳이었다. 완두콩과 함께 늘 떠오르는 곳. 이미 역사 속으로 사라져버린 곳. 그것과 더불어 사라져버린 나의 한 시절? 싫어하는 H의 손을 내가 잡아끌었다. 원어연극이 끝난 뒤 나는 H의 옆에서 부록처럼 붙어 다녔다. 내가 좋아했으니까. 그는 그런 곳을 좋아하지 않았다. 작은 병맥주로 건배를 했다. 안주는 말린 완두콩. 파삭, 입안에서 부서지는 완두콩. 이 완두콩이 말야, 실크로드를 통해서 우리나라에 들어왔대. 마늘이나 호두나 석류 같은 것도. 아, 포도도 있구나. 뭐라구? 안 들려. H는 그런 것을 나에게 알려주려 했다. 내 귀에는 잘 들리지 않았다. 현구가 다가오며 손을 흔들었다. 나는 춤을 추었고 그는 술을 마셨다. 그 옆에는 그의 후배인 현구가 어느 틈에 앉아 있었다. 어, 여기서 또 보네요. 반가워요. 나는 그의 후배에게 웃음을 흘렸다.

H가 공연을 보러 온다고 했다는데 나는 보지 못했다. 아직 오지 않았다고 현구가 말했다. 내가 묻지 않아도 알아서 말해주었다. 만나면 웃을 수 있을까 속으로 생각은 해보았다. 공연이 시작되고 일주일이 넘어가면서 H에 대해서는 잊어버렸

다. 나는 내 안에서 마리를 최대한 끌어내야 했다.

　어느 날 불현듯 객석에서 낯익은 얼굴을 발견했다. 마지막 공연을 일주일쯤 앞둔 때였고 하필이면 토요일 낮 공연이었다. 몸과 목이 덜 풀린 상태에서 무대에 올라가야 하기 때문에 배우들이 별로 좋아하지 않는 공연 시간이었다. 스치듯 지나가서 H인지 정확히 알 수 없었다. 슬며시 미소를 지었던 것도 같았다. 그것은 순간의 느낌이었으므로 확신할 수 없었다. 저녁 공연도 끝난 뒤 현구의 말을 듣고서야 H였다는 걸 알았다. 너보고 좀 달라졌다는데. 거울에 현구의 얼굴이 비쳤다. 그 말을 들었을 때 나는 머리에 망을 쓴 채 얼굴에 잔뜩 바른 클렌징크림을 손가락으로 문지르고 있었다. 나는 머리가 짧아서 긴 머리 가발을 써야 했다. 임무를 마친 적갈색 가발은 눈 코 입 없는 얼굴 마네킹 위에 얌전히 얹혀 있었다. 머리카락이 치맛자락 펼쳐지듯 펼쳐진 채였다. 현구의 말을 듣고 슬며시 눈을 뜨는데 크림이 눈에 들어가는 바람에 찔끔 눈물이 났다. 그럼 됐지 않냐? 현구가 말했다. 나는 거울로 현구를 바라보다 습관처럼 고개를 끄덕였다. 그거면 됐지 않냐구? 나는 속으로 중얼거렸다. 클렌징크림을 손으로 마구 문질렀다.

　형, 나 현구랑 잤어. 현구가 좋아. 근데 형도 좋아.

　그 말을 들은 H는 포즈도 없이 내 뺨을 연거푸 세 번 갈겼다. 사방으로 음악이 쾅쾅거렸고 탁자에는 작은 병맥주와 완두콩 안주가 놓여 있었다. 조명이 어두워서 누군가 뺨을 때리고 누군가 뺨을 맞는 것은 잘 보이지 않았다. 흘끔거리는 시선은 몇 있었다. H는 잠시 침묵했다. 행동과 침묵 사이에서는 두번째로 나타나는 것에 방점이 찍힌다. 따귀가 먼저고 침묵이 나중이었으니 침묵에 방점이 찍히는 것이다. 그의 침묵이 무엇을 뜻하는지는 굳이 헤아리지 않았다. 나는 얼른 그 상황을 모면하고 싶을 뿐이었다. 나는 완두콩 안주를 집어 먹었다. 완두콩이 입안에서 파삭, 하고 부서졌다. 그것과 동시에 H는 자리에서 일어나 뚜벅뚜벅 문을 향해 걸어갔다. 나는 그 자리에 그대로 앉은 채 한 알 두 알 완두콩 안주를 다 집어 먹었다. 목이 꽉 메어 작은 병에 담긴 맥주를 들이켰다. 완두콩 안주는 뒤집어진 병뚜껑 모양 안에서 맹랑하게 나를 올려다보고 있었다. 됐니? 아, 뭐가 됐다는 말이지?

보이체크가 보았던 달은 피 묻은 낫 같다고 했으니까 그믐달이었을 것이다. 그 어느 순간 헤카테가 개를 데리고 나타나 저주를 퍼부었을까. 보이체크. 매끼 완두콩을 먹어야 하는, 구석에 몰린, 위안을 얻지 못한 인물. H가 그런 사람이었는지는 모른다. 사람은 옆에 있을수록 더 모른다. 마리마저 등을 돌렸다. 보이체크는 어쩌면 그 사실이 슬펐던 건지도 모른다. 마리가 다른 남자를 희롱했다는 것보다. 마리도 마찬가지였는지 모른다. 빨간 입술을 가졌지만 반짝이는 귀고리는 살 수 없고 믿고 있는 보이체크는 늘 불안에 떨고 있고 어디에 기대야 하나. 가엾은 보이체크, 가엾은 마리, 가엾은 사람들……

보이체크 같은 많은 사람들이 하루하루를 견딘다. 버텨낸다. 나는 그런 사람들의 심정은 잘 모르고 술잔을 기울일 뿐이다. 이 몹쓸 세상, 이 몹쓸 나…… 그리고 매운 완두콩을 재미 삼아 씹는다. 매운 완두콩은 입안에서 파삭, 부서진다. 나는 코끝이 찡해서 눈물이 찔끔 날 뿐이다. 그뿐이다.

밤거리엔 서늘한 기운이 감돌았다. 재킷을 여몄다. 달은 보이지 않았다. 하지만 머잖아 차오르고 또 기울어질 것이다. 새벽녘에 보았던 달은 그냥 달일 뿐일 것이다. H도, 그 이름이 H일 뿐일 것이다. 과연 그럴까. 후후, 나는 혼자서 조용히 웃었다.

강현재, 거기서 뭐 하니? 가자.

어떤 목소리가 나를 부르고 있었다. 그 목소리는 다른 사람의 것이기도 했지만 내 목소리이기도 했다.

나는 어디로 가야 하지? 내가 여기, 라고 말하지 않았나?

대
명
빌
리
지
옆

선드레스를 살까 말까 고민하는 사이, 버스가 대명빌리지 정류장을 떠났다. 왠지 휴양지를 떠난 느낌이 들었다.

대명빌리지는 아파트 이름일 뿐이지만 내게는 언제부턴가 휴양지의 이미지를 띠게 되었다. 빌리지라는 말 때문일까. 그렇지는 않을 것이다. 빌리지가 들어가는 아파트 이름은 전국 각지에 있을 것이다. 그런 게 아니라면 빌리지 피플이라는 밴드 때문일까. 미국의 밴드가 부른 노래 「YMCA」는 우리나라에서 엄청나게 인기를 끌었다. 빌리지 피플(The Village People)은 우리말로 마을 사람들이고 마을 사람들이 부르는 노래라서인지 무척 흥겨웠다. 보안관도 경찰관도 노동자도 있다. 도시의 사람들이려나. 휴양지 사람들은 어떨까. 어떤 유튜버는 동남아 어디로 여행을 갔다가 그곳 주민들이 축제라고 밤새 노래하고 춤추는 바람에 잠을 못 잤다며 하소연하는 장면을 영상으로 찍었다. 그래도 일출 광경은 장관이라며 입을 다물지 못했다. 내가 사는 수도권 한 지역에 있는 무수한 아파트 가운데 하나인 대명빌리지. 그 정류장을 지나고 서너 정류장을 더 지나면 집에 도착한다. 휴양지를 지나 집으로 돌아오는 것 같다. 휴양지는 잊어버리라고 버스가 일 분쯤 정차하는 느낌이었다.

도서관으로 가는 마을버스는 대개 그 정류장을 거쳤다. 갈 때는 오른쪽에 동물병원과 미장원과 드럼 연습실을 지나고 올 때는 맞은편 또 다른 아파트 울타리를 지났다. 버스가 모퉁이를 따라 우회전하면 반대편에 파리바게뜨와 그 옆에 작은 옷가게가 보였다. 밀라노라는 영문 간판이 붙은 가게는 쇼윈도 옆에 대형 홍보판을 연결해놓았다. 디자이너 조르지오 아르마니 얼굴이 프린트된 원피스 차림의 모델 사진이 판에 꽉 차게 붙어 있었다. 아래에 밀라노라고 영문이 씌어 있는 걸 보면 밀라노 패션쇼의 런웨이 장면을 프린트한 것 같았다. 그 옷가게 쇼윈도에 선드레스를 걸친 보디스가 세워져 있었다. 보름째 보기만 했다. 버스가 밀라노 옷가게를 지나고 대명빌리지 정류장을 떠났어도 나는 머릿속으로 선드레스를 떠올리고 있었다.

올여름 휴가 가서 입어볼까. 생각이 가득했다.

아르마니는 금세 알아보았지만 어느 아파트가 대명빌리지
인지는 몰랐다. 동물병원 맞은편에 있는 아파트를 그 아파트
로 알았다. 이번 정류장은 대명빌리지, 대명빌리지 정류장입
니다, 하는 안내 방송을 들으며 버스 안에서 창밖을 내다보고
는 했다. 울타리와 벽면이 보여서 그 아파트려니 했다. 그러
나 아니었다. 그 아파트 맞은편 오층 높이의 아파트가 대명빌
리지였다. 동물병원 쪽이었다. 대명당구장, 이런 간판이 낮은
상가 건물 옥상에 돌출해 있는 것을 뒤늦게 보았다. 야자나무
도 없고 바다도 없고 모래사장도 없지만 대명빌리지는 이름
만으로 휴양지 느낌을 물씬 풍겼다. 휴가다운 휴가를 가본 적
없는 내게 주어진 선물일까. 버스는 어느새 도서관 부근 정류
장에 도착했다.

'P 자기 아가이브'의 눈을 열었다. 조명을 밝혔다. 진열대
마다 가지런히 세워진 P 작가의 책들이 보였다. 양쪽 벽에 각
각 유리판이 가로로 서너 줄 끼워져 있는 진열대가 셋, 나무
로 칸이 나뉘어 있는 진열대가 둘이었다. 나무판으로 세 줄
나뉜 진열대 위에 작가의 사진이 큼지막하게 인화되어 걸려
있었다. 왼쪽에서 기역 자로 꺾어지는 벽에는 모니터와 작
가의 이력이 적힌 패널이 부착되어 있었다. 입구와 마주 보
는 위치여서 사람들이 종종 흘끔거렸다. 흘끔거리는 사람들
이 내가 앉은 자리에서는 안 보였지만 발소리와 목소리로 짐
작했다. 작가의 일생을 요약한 영상을 계속 틀어두었다. 추모

의 의미를 담아 북콘서트용으로 제작된 거였다. 생전에 집에서 편안하게 인터뷰하거나 도서관에서 사인회를 열거나 하는 장면에 이어 장례 미사 장면 등이 편집된 영상이었다. 결혼식 장면이 있는 게 이채로웠다. 부유하지 않으면 찍기 어려웠을 텐데 하는 생각이 들었다. 작가는 1953년에 결혼했다고 주요 연표 패널에 적혀 있었다. 패널에는 출생부터 등단, 작품 발표, 도서 출간, 수상 이력, 사망에 이르기까지 그녀의 삶이 요약되어 있었다. 영상에서 작가는 G시의 마을이 고향과 무척 닮았다며 애정을 드러냈다.

G시에서 말년을 보낸 작가의 사후에 아카이브가 운영되고 있었다. 작가는 자신의 이름으로 기념관이 생기는 걸 꺼렸다고 했다. 시에서는 아카이브라는 이름으로 유족이 기증한 자료를 전시하는 것으로 그녀를 기리고 있는 셈이었다. 시로서는 적잖이 홍보 효과도 있었다. 나는 화요일부터 금요일까지, 오전 열시부터 오후 네시까지 아카이브를 지키면 되었다. 주말에는 다른 근무자가 나왔다.

아직까지 주말 근무자를 만난 적이 없다. 그녀는 이제 일년 되었는데 만날 일이 없다. 아카이브 관리 담당 상사가 만든 단톡방에서 이야기를 한다. 때때로 프로필 사진이나 배경 사진을 바꿔놓아 안 만나고도 만난 듯했다. 남편과 함께 찍은 사진이 대부분이었다. 나는 프로필 사진으로 오래된 캐리커처를 붙박이로 놓고 주로 풍경 사진을 배경에 두었다. 집 근처 공원의 나무나 강변 공원에서 본 달을 찍은 사진이었다.
가끔 그녀가 개인 톡으로 말을 걸었다. 단톡방에서 보고 먼저
나를 친구로 추가했다. 이번 주 주말에 나올 수 있어요? 일이
있어서요. 이런 내용이 대부분이었다. 그녀는 열에 일곱 번쯤
말했고 나는 스무 번에 한 번쯤 말했다. 나는 바꿔주는 편이
었으나 그녀는 아니었다. 샘은 싱글이잖아요. 그 말이 그녀의
무기였다. 나는 그런 것과 관계없이 시간에 구애받지 않아서
바꿔준 것이다. 정해진 틀을 웬만하면 지키려는 습성을 가지
고도 있었다. 매주 화요일에 벽 진열대와 가운데 유리 진열장
을 닦는 것도 내가 정한 것이다. 아카이브가 월요일에는 휴관
이어서 상사가 주중 하루 청소를 하면 좋겠다고 말했다. 전시
물의 변경, 관련 행사 기획은 모두 상사가 했다. 팀이 있지만
나는 교류가 없고 아카이브만 맡으면 되었다. 일용직 노동자
로, 매년 연말에 지원해 면접을 보아야 했다. 오 년째 근무하
고 있다.

　삼단이나 사단으로 짜인 진열대에서 맨 위는 의자를 딛고
도 팔이 안 닿았다. 아래에서 두 단까지 또는 그보다 높이 손
이 닿는 곳까지 매주 닦고 그 위는 분기별로 한 번씩 닦았다.
상반기와 하반기에 한 번씩 벽 진열대 전체를 닦는다. 종합자
료실의 창고에서 스툴을 가져와 발을 딛고 올라서야 했다. 간
당간당했다. 저 밑에 벼랑이 있는 느낌이었다. 한 손에 세정
제를, 다른 손에 부직포를 들었다. 손이 닿는 곳을 세정제 뿌

린 부직포로 닦았다. 한 열씩 스툴을 딛고 올라섰다 내려와서 옆 열로 이동했다. 능선을 타는 기분이 들었다.

스툴에 올라갔다 내려갔다를 열 번쯤 하니 등짝으로 땀이 흘렀다. 정말 산을 올랐다 내려온 것 같았다. 흰색 셔츠 안에 브라만 착용한 터라 땀에 젖은 셔츠가 등에 들러붙는 느낌이 었다. 세정재와 부직포를 책상 서랍 안에 넣고 의자에 앉았 다. 등받이에서 등을 뗀 채 선풍기 바람을 쐬었다. 손을 등 뒤 로 돌려 셔츠를 펄럭펄럭했다. 냉방 장치가 가동되고 있으나 눈에 보이지 않아서 냉방이 안 된다고 자주 착각을 했다. 또 너무 덥다 싶으면 선풍기를 켰다.

아카이브 관람객은 그리 많지 않았다. 하루에 두세 명이었 고 많아야 일여덟이었다. 주 단위로 적게는 스무 명, 많게는 마흔 명이 아카이브를 둘러보았다. 도서관에 왔다가 뭔가 하 고 들르는 사람들이 대부분이었다. 일부러 찾아오는 사람은 거의 없었다. 근무 일지를 보면 주말에는 관람객들이 확실히 많았다. 주말 근무자가 버거워할 수도 있겠구나 싶었다. 방학 때는 주중에도 사람들이 많았다. 다른 수도권 지역 도서관 관 계자나 국어 교사들이 단체로 관람을 했다. 일일 교사 연수 같은 것이었는데 학생들이 현장학습을 하는 분위기였다. 작 가 사진을 보고 몇 마디 하거나 아니면 책 표지를 보고 나 이 거 읽었는데 하고 말하는 사람들이 종종 있었다.

화요일은 주초라서인지 관람객이 적은 편이었다. 어느 정도 땀을 식힌 나는 일한 만큼 쉬며 점심을 들었다. 출근할 때 사 온 김밥을 가방에서 꺼내어 포일을 벗겼다. 텀블러 뚜껑을 열어 차가운 물을 들이켠 뒤였다. 처음에는 도서관 삼층에 있는 구내식당에서 점심을 먹었다. 아카이브를 비워도 되냐고 상사에게 물었을 때 괜찮다는 말을 들었다. 삼십 분을 넘지 않으면 된다고 했다. 그사이 사람들은 뭔가 싶어 아카이브로 들어왔다 나갈 뿐이고 내 소지품이 없어지는 일은 없었다. 구내식당에서 점심을 먹고 왔을 때 사람들이 있는 걸 몇 번 보았다. 식당의 백반은 가성비가 좋아 도서관을 이용하지 않아도 밥만 먹으러 오는 사람들이 늘어났다. 도서관 강좌를 듣는 듯한 무리도 있었고 늙수그레한 남자들도 여럿 있었다. 많이 기다려야 해서 출근길에 김밥이나 샌드위치를 사 오거나 내키면 직접 만들어서 가져오기도 했다. 다른 직원들은 점심시간에 함께 밥을 먹으러 나가기도 하지만 근무 공간이 다른 나는 그럴 일이 없었다. 김밥이나 샌드위치로는 사실 조금 부족했지만, 곧 익숙해졌다. 세 시간쯤 버티면 될 일이었다.

김밥을 우물우물 씹으며 스마트폰 검색으로 선드레스 이미지를 보았다. 오늘은 선드레스를 입어보리라 마음먹고 있었다. 밀라노 옷가게 쇼윈도를 버스 안에서 스치듯 보다 눈에 들어왔다. 쇼윈도에 진열된 보디스 세 개에 여름옷이 입혀져 있었고 그중 하나가 선드레스였다. 어깨가 끈으로 연결되고 파란색 계열의 크고 작은 꽃들이 프린트된 것이었다. 선드레스는 여름철 휴양지에서 빠질 수 없는 옷이었다. 수영하다 잠시 선베드에 누워 쉬거나 점심을 먹으러 갈 때 수영복 위에 가볍게 걸칠 수 있다. 발목까지 오는 긴 드레스에 납작한 샌들을 신고 유유자적 걷고 싶다. 시칠리아든 니스든 칸이든 해변을 배경으로 걸어가는 나를 그려보았다. 집 근처 강변이라도 걸어볼까. 물론 내가 그런 옷을 입을 리는 없다. 그 옷은 나에게 실용적이지 않았다. 여름철에 강변을 걸을 때 나는 반팔 티셔츠와 무릎까지 오는 반바지 차림에 운동화를 신었다. 시폰 소재 긴 원피스를 가진 적은 있었다. 서너 번 입고 일 년을 묵혔다가 의류수거함에 넣고 말았다. 입을 일이 있을까 싶어 한 해 더 두었지만 그런 일은 일어나지 않았다. 온라인 오프라인 매장에는 이미 여름옷이 걸려 있고 선드레스도 많았다. 더 좋은 기성복 브랜드의 것도 얼마든지 있었다. 하지만 밀라노 쇼윈도에 있는 선드레스를 입고 싶었다. 밀라노의 선드레스를 입고 찍은 사진을 카톡 배경사진으로 올릴까. 생각만 해도 어설퍼 웃음이 났다.

　조금 아쉬운 점심을 먹은 뒤 작가의 전집 중 한 권을 책장에서 꺼냈다. 연표 패널 앞에 있는 원형 책장에서 책을 꺼내어 자리에 앉았다. 비로소 아카이브 일을 하는 순간이었다. 지킴이 말이다. 『그대 아직도 꿈꾸고 있는가』라는 책을 오월부터 읽고 있고 거의 다 읽어갔다. 아카이브에 근무하면서 처음에는 다른 책을 읽었으나 P 작가를 기리는 공간이니만큼 그 작가의 작품을 읽는 것이 맞다 싶었다. 전집을 이 년째 읽고 있고 연말이면 다 읽을 것 같았다. 표지가 다른 버전이 세 가지 있는데 가장 먼저 출간된 판본을 택했다. 가장 먼저 출간된 것이기 때문이었다. 이후에 나온 판은 가장 먼저 출간된 판본에 작품을 추가해 권수도 많다. 내가 읽고 있는 판본은 모두 열네 권이다. 나는 번호순과 관계없이 내키는 대로 읽고 있다. 하지만 오늘은 잘 읽히지 않았다. 오전에 진열대를 닦느라 땀을 흘리기도 한데다 생각이 선드레스에 이어진 휴가에 가 있었다.

바다를 생각하고 있었다. 휴가철에 앞서서 미리 다녀올 생각이었다. 사람들이 바글바글한 바다는 버거울 터였다. 구체적인 계획은 세우지 않았다. 혼자라도 상관없었다. 작년 이맘때였다면 좀 달랐겠지. 그 녀석이 있었으니까. 그 녀석이 아니라도 휴가 생각은 설렜다.

한 달쯤 쉴 수 있다면 산보다 바다를 택할 것 같다. 아무 생각 없이 쉴 수 있다면 정말 아무 생각 없이 쉬고 싶었다. 산이 있으면 올라가야 할 것 같았다. 그렇다고 내가 산 없이 못 사는 사람은 아니다. 두 달에 한 번쯤 동네 산에 오르는 것이면 충분했다. 그것보다 산-휴양, 이런 생각이 들면 독일 작가의 작품이 떠올랐다. 산에 있는 요양시설의 풍경과 그곳에 머무는 사람들과 그 사람들 사이의 일화를 담고 있는데, 짙은 산 안개가 끼는 그런 곳에 살면 건강한 사람도 병에 걸릴 것만 같았다. 아무 생각 없이 쉬는 거라면 역시 바다가 낫다. 바람에 펄럭이는 선드레스를 입고 챙 넓은 밀짚모자를 쓰고 저녁의 바닷가를 걷는다면. 생각만 해도 기분이 좋아졌다. 프랑스든 이탈리아든 한국이든 어느 바닷가라도 좋을 것이다.

이탈리아에서 소렌토의 바다를 보았다. 늦가을이어서 써늘해 보였다. 밀라노는 못 가봤다. 십 년도 더 전에 서유럽으로 단체 여행을 다녀왔다. 육 개국을 열흘 동안 유람하는 빡빡한 일정이었다. 이탈리아에서는 로마, 폼페이, 베네치아를 들렀다. 프랑스에서는 파리만 돌아보았다. 하루나 이틀 머물렀다 다음 나라, 다음 도시로 이동했다. 비행기를 처음 타는 나에게는 가는 모든 곳이 놀라울 따름이었다. 이탈리아에서만 사흘을 묵었으니 전체 일정의 삼 분의 일을 그 나라에서 보낸 셈이었다. 웬일인지 이탈리아가 인상에 남았다. 다른 나라보다 하루라도 더 오래 머물기도 했고 이유 없이 가깝게 느껴졌다. 처음 가보는 곳이 익숙하다면 먼 옛날의 전생에 그곳에서 살았던 거라고 책에서 읽었다. 정말 그런가 싶기도 했다. 소매치기가 여전히 우글거린다는 글을 블로그에서 읽고 피식 웃기도 했다. 나중에 다른 도시들도 가봐야지 생각만 해온 게 몇 해였다. 요 몇 년 사이에는 바이러스 감염증 탓도 있지만 시간과 주머니 사정이 늘 엇갈렸다. 시간이 많으면 주머니가 가벼웠고 주머니가 두둑하면 시간이 없었다. 어딘가 가고 싶다는 생각은 들었다. 이제는 대중교통 마스크 착용 의무가 해제

되었다. 사 개월쯤 되었고 휴가철을 앞두고도 있었다.

내년 여름에 같이 여행 갈까요? 그 녀석이 말했었다. 시에서 첫번째 확진자가 발생했다고 도서관 구내방송을 들었던 이월 초, 아카이브에 있던 유일한 관람객이 그였다. 당황하여 종합자료실에 물어보니 사서가 마스크부터 끼라고 한 장 주었다. 관람객도 있다고 하니 하나 더 주었다. 그 관람객이 그였음을 그가 나중에 알려주었다. 나 기억 안 나요? 그는 주말 오후 광장에서 공원으로 향하는 나를 여러 번 보았다고 했다.

밀라노 옷가게를 오른쪽 옆에 두면 직진 방향으로 도로 양 옆에 줄지어 선 나무가 보였다. 여름이면 나무들은 푸른 이파리를 거의 온몸에 두른 채였다. 녹빛이 눈부셨다. 언뜻 휴양지의 한가한 도로 풍경으로 보이기도 했다. 도로가 좀 더 길게 이어졌으면 더 좋았을 거라는 생각이 들었다. 밀라노에서 바라보는 나무 이파리의 녹빛에 끌렸다. 나는 어느새 옷가게를 그냥 밀라노라 부르고 있었다. 그 옆은 파리바게뜨이니 나는 밀라노와 파리를 늘 지나치는 셈이다. 철 따라 다채로운 옷이 걸리는 밀라노와 눈이 쌓이거나 푸른 이파리가 바람에 흔들리는 가로수를 바라보며 나는 여기가, 여기가 아닌 다른 곳이라고 여겼다.

여름날 저녁에 강변으로 나갈 때 그런 생각이 자주 들었다. 집 근처에 오밀조밀 공원이 조성되어 있고 어느 때고 사람들이 많았다. 내가 사는 아파트 부근의 공원은 한강시민공원으로 이어졌다. 강변 따라 길이 잘 닦여 있었다. 한쪽에서는 자전거족이 씽씽 달리고 한쪽에서는 걷는 사람들이 끊이지 않았다. 휴일에는 가족끼리, 친구끼리 잔디밭에 텐트를 쳐놓고 이야기를 나누거나 편의점 라면을 먹는 광경을 맞닥뜨리곤 한다. 그 언저리를 걷다 보면 가끔 라면 냄새에 코를 킁킁거리고 입맛을 다시기도 한다. 마성의 편의점 라면이었다. 아직 먹어본 적은 없다. 나는 내가 정한 반환점에 있는 긴 나무 의자에서 잠시 숨을 고르며 하늘을 바라보고 한강을 바라보았다. 겨우 삼사십 분 걸었을 뿐인데 먼 곳에 온 느낌이 들었다. 그래서 이곳은 휴양지다, 가끔 생각했다.

작년 여름날 어느 저녁에는 걷다가 교각에 불이 들어오는 것을 보았다. 어느 시간이 오면 유백색 조명이 천천히 켜졌다. 양쪽 끝에서 켜지는 조명이 둥근 아치에서 만났다. 여느 교각들의 조명이 알록달록한 것에 비해 조촐했다. 둥근 아치 부분에 세로로 철근 일여덟 개가 버티고 있어 내 눈에는 상어 아가리나 철창 같은 이미지를 띠었다. 물 위로 떠오르는 태양을 상징한다는 것을 모른 채 오랫동안 보아왔다. 때때로 밤의 교각 사진을 블로그에 올렸다. 달과 별을 찍은 사진들도 포스팅을 했다. 집에서 보통 걸음으로 삼사십 분 걸리는 그곳은 아파트들이 늘어선 집 근처와 확연히 다른 풍경을 보여주었다. 그러고 보면 나에게는 강변 공원이 휴양지인 것 같기도 했다. 강변, 공원, 나무, 긴 의자는 휴양지에 충분히 있을 법한 것들이 아닌가. 낮이 짧은 겨울철의 주말에는 오후에 강변을 걸었다. 집에 돌아올 때쯤 하늘에는 달이 보이고 별이 보였다. 서쪽 하늘에서 목성과 금성을 종종 보았다. 목성보다 금성이 확실히 밝구나 하는 것이 느껴졌다. 태양, 달을 제외하고 가장 밝은 별이 금성이라고 한다.

이 년 전 가을에는 산 너머로 지는 금성을 처음으로 보았다. 사흘 내리 본 적도 있었다. 해가 지는 걸 하루에 수십 번 보았다는 소설 속 인물이 떠오르기도 했다. 나에게 그런 쓸쓸함은 없었다. 한갓지게 별을 보는 건 휴양지에서 할 수 있는 일이 아닐까 생각했다.

지나간 일이 앞으로 다가올 일보다 더 많아지는 나이에 이른 걸까. 게다가 더 오래전 일도 마음속에 품고 있다. 나는 어떤 기억은 오래 간직하는 편이다.

십 년도 더 되었는데 한 시트콤에서 들었던 휴양지라는 말이 오래도록 기억에 남아 있다. 인물이 전시회에서 본 그림 제목이 '마지막 휴양지'였다. 비가 퍼붓는 가운데 빨간색 차 옆에 한 사람이 서 있고 왼쪽에 있는 건물에 들어서려는 장면이었다. 그 그림을 유심히 바라보던 여자에게 남자가 다가와 휴양지가 마지막이라니 조금 슬프다고 말했다. 여자는 그림 속의 인물처럼 빨간색 목도리를 두르고 있었다. 그들은 어린 가정부와 주인집 막내아들 사이였다. 시트콤 마지막회 방영분에서 여자는 아버지를 따라 외국에 가려고 공항에 가야

했고 남자가 여자를 차로 바래다준다. 빗길에 교통사고로 그
들이 사망했다는 사실이 삼 년 후 장면에서 밝혀진다. 이대로
시간이 멈췄으면 좋겠다고 말하는 여자를 남자가 고개를 돌
려서 바라보았다. 남자의 눈가가 그렁그렁했다.

그들이 본 그림을 그린 이는 이탈리아 사람인데 미술 교육
을 받지 않은 만큼 자유롭게 그림을 그린 것 같았다. 그 사람
의 그림이 담긴 책을 도서관에서 대출한 적이 있다. 인터넷에
서 시트콤의 그 장면 영상을 보다 문득 생각났을 거였다. 바
로 검색하여 아동실에 책이 있는 걸 알아두고 다음 날 근무를
마치고 아동실에 갔다. 책등이 얇아서 쉽게 눈에 들어오지 않
았다. 결국 사서의 도움을 받았다. 한 호텔에 묵은 인물들의
이야기였다. '마지막 휴양지'라는 제목만 알았지 내용은 전혀
모르는 채였다. 그래서 내용보다 그림이 먼저 눈에 들어왔다.
채도가 좀 낮은 색감이 좋았다. 뭐랄까 표정이 풍부하달까 그
런 느낌으로 다가왔다.

또 다른 이탈리아 사람 조르지오 아르마니는 의대생이었
다가 디자이너가 된 사람이었다. 남부 출신으로 평범한 집안
에서 태어난 그는 휴가 기간에 광고 알바를 뛰다가 디자이너
가 되었다. 밀라노에서도 활동한 터라 세계 4대 패션쇼 가운
데 하나인 밀라노 위크에 패션쇼를 열 때마다 의기양양한 기
분이었을까. 하도 여러 번이어서 아무런 감흥이 없을까. 내가
본 대형 홍보판의 사진은 2011년 밀라노 패션쇼 장면이라고

온라인 기사가 알려주었다. 아르마니가 밀라노에 갈 때마다 느끼는 감정은 알 수 없을 것이다. 그런 것은 개인적인 영역이므로.

P 작가는 노란 집이라고 부르는 집에서 살다가 세상을 떠났다. 그 노란 집을 지나쳐 산에 가는 사람들이 더러 있는가 보았다. 아카이브에 와서 그 집을 어떻게 가느냐고 인터넷에도 안 나오더라고 묻는 사람들도 있었다. 현재 개인이 살고 있어서 그럴 거라고 말해주었다. 나는 아직 가보지 않았다. 산에 가더라도 그 집이 있는 쪽은 아니었다. 넓지 않은 소도시에 살아도 모르는 곳, 안 가본 곳이 많다. 대명빌리지는 가까이 있어도 가지 않는 곳이었다. 갈 일이 없었다. 그 옆을 지나칠 뿐이었다. 가끔, 바라보는 것이 좋을 때가 있다.

빌리지라는 이름이 들어간 곳 중에 전 세계적으로 가장 유명한 곳은 아마 그리니치빌리지일 것이다. 미국 뉴욕 맨해튼 섬 남부에 있어 동쪽은 브로드웨이, 서쪽은 허드슨 강이 흐르는 그곳은 1910년 이후 반체제 작가나 화가, 보헤미안, 재즈 뮤지션들이 모여들었고 아방가르드 풍의 작품을 전시하는 미술관들이 들어섰다. 맨해튼 다리 아래 지역이라는 뜻인 덤보(DUMBO) 공장지대의 폐공장이나 창고를 개조한 갤러리들이었다. 나는 앉은자리에서 세계 곳곳의 사람들이며 장소며 알아가고 있다. 덤보 지역에서 댄스페스티벌을 기획한 한국인 무용가의 이야기를 책에서 읽었다. 레스토랑이나 카페 들이 많은 그리니치빌리지는 파리의 뒷골목과 비슷한 분위기라고 한다. 고작 이틀 동안 파리에 있었던 나는 뒷골목 분위기는 모른다. 맛 좋은 레스토랑이 많은 걸로도 유명한 뉴욕의 그곳을 나는 영화나 방송 프로그램에서 보았다. 먹고 마시는 분위기가 강해도 그곳은 결국 삶의 한 공간이다. 휴양지는 아니라도 막간의 휴식은 누릴 수 있다. 어느 오후에 길거리 카페에 앉아서. 그곳에 가고 싶다. 어디 가고 싶지 않은 곳이 있으랴. 여기가 아니면 좋겠다는 마음인걸.

미국의 밴드 빌리지 피플이 그리니치빌리지 출신이라고 한다. 70년대 후반 디스코 열풍을 타고 경찰관, 보안관, 아메리카 원주민, 건설 노동자 등으로 분장한 멤버들이 YMCA, YMCA 노래를 불렀다. 군가 같기도 한 노래였다. 근육질의 그들이 그냥 마을 사람들이 아니라 게이 피플이라는 것을 새롭게 알았다. 게이든 아니든 마을 사람들인 건 맞겠다. 슈트를 입은 사람이 없는 걸 보면 그저 평범한 남자들을 표현하는 것도 같았다. 멤버들은 이름이 아니라 캐릭터로 불린다고 한다. 그리니치빌리지에서 태어났을 뿐 그들은 그리니치빌리지로 대표되는 보헤미안이나 반체제 인사 같은 이미지는 아니었다. 게이라는 정체성을 은근히, 아니 대놓고 주장하는 뮤지션들인가. 아무려면 어떠랴. 어느 마을이든 다종다양한 사람들이 살고 있고 또 그곳 출신도 타향 사람도 있게 마련이다. 삶의 터전을 옮긴 거라고 좀 거창한 말로 표현할 수 있으려나.

하지만 잠깐 머물 수도 있을 것이다. 그『마지막 휴양지』라는 책에서처럼. 주인공은 그림 그리는 일이 안 풀려 그곳, 마지막 휴양지에 오게 된다. 마을 이름은 '어딘지아무도몰라'였다. 시트콤에 나왔던 그림이 책에 있었다. 번쩍, 번개가 치고 비가 퍼붓는 가운데 빨간색 승용차에서 내린 사내의 모습. 요약하면 그림을 그리는 주인공 남자가 잃어버린 상상력을 되찾는다는 내용이었다. 아이들이 이해할까 싶은 생각이 한편으로 들었다. 주인공 '나'가 호텔에 들어서기 직전의 모습이 뭔가 극적인 느낌을 주어서 그것만 보면 내내 무거울 것 같은 분위기였지만, 전혀 아니었다. 주인공은 여러 투숙객들과도 교류한다. 자신이 원하는 것을 찾은 사람들은 호텔을 떠나간다. 주인공도 상상력을 되찾고 떠난다. 삶으로 다시 뛰어들기 전 마지막으로 쉰다는 뜻으로 호텔 이름을 마지막 휴양지라고 지은 것일까. 그런 곳에 잠시 들렀다가 떠나고 싶어졌다. 그런데 원하는 것을 찾지 못하면? 원하는 것이 무엇인지 모르면? 그거야말로 큰일일 거다. 그 호텔을 찾아온 사람들은 하나같이 자신이 원하는 것이 무엇인지 알고 있고 그것을 찾고 나서 떠난다. 그런 곳이 정말 있다면 나는 영영 그 호텔로 가지 못하리라는 생각이 들었다.

현실 속에서 흔히 휴양지라고 부르는 곳에서도 삶은 계속된다. 한 철 사람들이 몰려왔다 가고 난 뒤에도 그곳에 사는 사람들은 그들의 삶을 이어갈 것이다. 하나의 장소가 누군가에게는 휴양지로, 누군가에게는 삶의 터전으로 여겨진다. 나는 하루하루 살아가면서 휴양지에 가는 기분으로 강변을 간다. 여름날의 저녁 무렵에, 겨울날의 늦은 오후에 나는 잠시 일상에서 벗어난다. 강변을 걷는 것은 일상인 동시에 일상이 아니었다. 내 머릿속에서는 휴양지로 생각되니까. 그리고 나는 대명빌리지 근처에 살지 않나. 나에게 휴양지의 분위기를 느끼게 해주는 곳 말이다.

나는 대명빌리지 안으로 들어가고 싶은 걸까. 궁금하기는 했다. 항상 버스의 창밖으로만 보아왔다. 정말로 휴양지와 비슷할 수도 있지 않나. 그것이 아니라면 어느 휴양지의 콘도미니엄이나 펜션 같은 느낌이 들 수도 있는 일이었다. 지금 살고 있는 아파트를 처음 보러 왔을 때 짐이 하나도 없는, 텅 빈 공간을 보니 콘도나 펜션에 온 느낌이었다. 대명빌리지 가까이 강은 없어도 나무와 긴 의자와 단지 내 작은 공원이 조성되어 있을 것이다. 아직까지 한 번도 가지 않았다. 굳이 가고 싶지 않았다. 휴양지로 부풀려진 것이 더 낫다. 남겨두는 것이 좋다.

대신 밀라노로 들어갔다. 퇴근하자마자 마을버스를 타고 대명빌리지 정류장에서 내린 뒤 횡단보도를 건너 밀라노에 들어선 것이다. 판매원이 어서 오세요 인사를 마치기도 전에 나는 손으로 선드레스를 가리켰다.

"입어볼 수 있을까요?"

칠부 소매가 달린 헐렁한 보트넥 상의에 버뮤다팬츠를 입은 여자는 그러믄요 하며 밝게 웃었다. 사십대 후반이나 오십대 초반일까. 나보다 나이가 들어 뵈는 여자는 같은 디자인의 다른 색상 선드레스가 걸려 있는 행어 쪽으로 몸을 틀어 옷을 꺼내주었다. 내가 꼽은 색은 파란색, 연두색, 분홍색 중에서 파란색이었다. 꽃무늬가 단색으로 프린트되어 있는 슬립 스타일이었다. 탈의실은, 하고 물으니 여자가 행어 끝 구석에 있는 공간을 가리켰다. 달랑 커튼만 쳐져 있었다. 땀을 먹어 조금 척척한 셔츠와 청바지를 벗고 선드레스를 입었다. 브래지어 끈이 원피스 끈 옆에 드러났다. 거울은, 하고 물으니 탈의실 맞은편 계산대 옆을 가리켰다. 등신대 거울을 바라보았다. 옷을 벗느라 발갛게 상기된 얼굴이 보였다. 선드레스는 길이가 길어서 발목까지 왔다. 너무 길지 않느냐고 거울에 비친 여자의 얼굴을 바라보며 물었다. 원래 그렇다고 여자가 말해주었다. 저녁을 앞둔 시간 때문인지 여자는 심드렁해 보였다. 잠깐 밝게 웃었던 것뿐이었던가. 저녁으로 또 도시락을 배달해서 먹어야 하나, 이런 생각을 하고 있을 것만 같았다.

"다른 색 입어봐도 될까요?"

"그러세요."

이번엔 내가 행어로 가서 분홍색을 집었다. 선명한 분홍색이었다. 핫핑크나 푸시아 핑크일까. 다시 거울 앞에 섰다.

"어때요?"

"뭐가요? 아, 색깔요?"

여자가 되물었다. 나는 고개를 끄덕였다.

"괜찮아요. 이건 누구나 다 어울려요."

여자는 매니큐어 바른 손톱의 거스러미를 떼어내며 말했다. 양쪽 팔에 실버 팔찌를 여러 개 끼고 있어서 팔을 움직일 때마다 차르륵 소리가 났다. 어서 나가주기를 바라는 인상이 짙었다. 옷가게 직원에게 오후 네시와 다섯시 사이는 좀 어정쩡한 시간이었다. 직장인들이 퇴근하고 몰려오는 시간은 그보다 뒤였다. 그때를 위해 에너지를 비축해놓는 것이 차라리 나을 수도 있었다. 여자와 달리 나는 이를 데 없이 신중해졌다. 옷 입은 태를 세심히 거울에 비춰보고 천천히 한 바퀴 돌기까지 했다. 파란색 좋아한다고 파란색만 입기보다 붉은 계열도 나쁘지 않을 것 같았다. 하지만 이걸 입고 갈 데가 아직 없었다. 바다라고 생각만 했지 구체적인 계획은 세우지 않았다. 선드레스를 사면 계획이 선명해질까. 나는 분홍색 선드레스를 입은 채 행어로 가서 연두색에 손을 뻗었다.

"여름 한 철 입을 건데 뭘 그리 고민하세요. 하나 사서 여름마다 입으시면 좋죠. 요새 가장 잘 나가는 옷이에요."

여자가 마지막 판결을 내리듯 말했다. 나도 여자에 부응해야 한다는 생각이 들었지만 대답은 않고 탈의실로 들어갔다. 홀렁 선드레스를 벗고 셔츠와 청바지를 도로 입었다. 옷을 갈아입고도 선드레스를 잠시 손에서 놓지 못했다. 입고 싶은데,

입을 수 있을까. 이 년 전에 산 시폰 롱 원피스는 결국 아파트 의류수거함에 넣고 말았다. 집에서라도 선드레스를 입을 수 있지 않을까. 나는 생각의 끝자락까지 놓지 못했다. 탈의실의 커튼을 열어젖혔다. 선드레스를 여자에게 넘겨주었다.

"급한 건 아니라서요. 다음에 올게요."

네, 그러세요, 하며 여자는 심드렁하게 말했다. 내가 안 살 줄 이미 알고 있는 눈치였다. 나는 왠지 도망치듯 밀라노를 빠져나왔다. 연두색 선드레스도 마저 입어볼걸 그랬다는 생각이 뒤늦게 들었다. 거기서부터 집까지 걸어갔다. 몇 정거장 안 되는 거리였다. 땀은 이미 등짝으로 뺨으로 흘러내리고 있었다. 씻으면 그만이었다. 옛 기억도 씻기려나.

선드레스는 나에게 로망이었다. 어릴 적, 같은 동네에 살았던 내 또래 자매가 여름이면 선드레스를 자주 입었다. 어깨 끈과 가슴 부분이 하얀색이고 그 밑으로 연두색 옷자락이 길게 늘어지는 옷이었다. 윗부분이 겹겹이 곡선을 그리면서 사이사이 아주 작은 구멍이 뚫려 있고 가슴 부분에 꽃이 수놓인 그 옷은 내가 가질 수 없는 옷이었다.

인디고블루만큼 짙은 하늘을 바라보며 강변 공원을 걷고 있다. 라운드넥 티셔츠에 헐렁한 면 반바지 차림이었다. 자전거 도로에서는 자전거들이 쌩쌩 지나갔고 보행자 전용 보도에서는 사람들이 걷거나 달리고 있었다. 오른쪽으로 고개를 돌리면 서쪽이고 그 하늘에 금성은 보이지 않았다. 고개를 위로 조금 드니 목성이 보였다. 잘 보면 토성도 보였다. 육안으로 고리가 보일 리는 없었다. 알아서 알아보는 게 아니라 그즈음 목성 가까이 보이는 행성이 토성이라는 것을 인터넷 기사에서 읽은 것일 뿐이었다. 나는 그런 별 사진을 블로그에 자주 올렸다. 별은 조그맣게 빛나는 점으로 보였다. 사람들은 목성에 무척 많은 관심을 가지고 있었다. 내 블로그에서 목성이 제목으로 붙은 글은 검색수도 높고 조회수도 많았다. 지난 삼 년 동안 나는 꾸준히 강변을 걸었고 걸을 때마다 가끔 밤하늘의 달과 별을 사진으로 남겨 블로그에 올렸다. 여기가 아닌 다른 곳으로 갈 생각은 하지 않았다. 할 필요가 없었다. 대신 온라인의 세상으로 기어들어갔다.

이제는 가고 싶다는 생각이 들었다. 혼자라도 상관없었다.

그해 그 시간이 지나면 행성 위치가 달라진다. 지구의 자전과 공전, 다른 행성들의 자전과 공전으로 달라지는 것이다. 어느 해 여름 새벽에는 수성, 금성, 화성, 목성, 천왕성을 한꺼번에 볼 수 있었고 달도 함께였다. 나는 그런 것까지 관측할 정도는 아니었으므로 기자나 블로거가 찍은 사진을 보았다. 교각의 한가운데 둥근 아치 부분을 따라 유백색 조명이 켜지고 있었다. 삼십 분 조금 넘게 걷고 난 뒤여서 긴 의자에 앉았다. 내가 반환점이라고 정한 위치였다. 해가 지고 나서 십오분쯤 후에 교각의 조명이 켜진다고 했다. 조촐하고 은은

했다. 어느 휴양지의 평화로운 저녁 빛 같다.

민소매 티셔츠에 짧은 트레이닝팬츠를 입은 근육질의 남자가 내 앞을 지나쳐 달려갔다. 나는 YMCA, YMCA 뚜뚜루 뚜루뚜루 하며 낮게 흥얼거렸다.

작년 이맘때 풍경이 떠올랐다. 해가 지는 광경을 하루에도 수십 번 보았다는 소설 속 인물과 아주 조금 닮은 사람과 함께 이름도 모르는 산 너머로 지는 금성을 보았다. 나 기억 안 나요? 내가 주말 오후에 공원을 걷고 때때로 편의점에서 캔 음료를 사던 어느 날 그가 불쑥 말했다. 그는 광장 편의점에서 아르바이트를 하고 있었다. 마스크 위로 눈빛이 빛났다.

"저기, 저쪽에 지는 별이 금성이야."

"잘 안 보여요. 어디 있어요?"

저기, 라고 오른팔을 쭉 뻗어 가리켜 보여주었다. 저건가, 하는 그의 말에 저거야, 하고 나는 대답했다. 그가 정말 보았는지는 알 수 없었다. 나는 별이 진 하늘을 바라보았다.

"별에 대해서 잘 아나 봐요."

그의 목소리에 놀라는 빛이 어렸다. 그에게 해, 달, 금성의 밝기를 말해주었다. 지구에서 보는 별 중 가장 빛나는 것이 태양이고 그다음이 달, 그다음이 금성이었다. 금성, 목성 같은 건 자전과 공전을 하는 행성이래. 사자자리, 물병자리 같은 건 움직이지 않는 항성이래. 그런 말을 더 하고 싶었다.

"별만 보고 알았겠니? 어디선가 읽고 안 거지."

그런 걸 아는 사람은 많지 않다며 그는 내 팔을 툭 쳤다. 그리고 한마디 덧붙였다. 좋다!

그는 그 말을 하고 긴 나무 의자 등받이에 몸을 기대고 두 팔을 쭉 뻗었다. 그 바람에 내가 그의 팔 안에 들어간 꼴이 되었다. 나는 그에게 팔을 치우라고 말하는 대신 허리를 곧게 세웠다.

"어디 휴양지에 온 것 같아요. 진작 알려주지 그랬어요."

그의 말을 들으니 정말 휴양지에 온 것 같았다. 그때 마지막 휴양지라는 말을 떠올렸던가.

"언제든 알았을 텐데 뭐."

그 녀석과 좀 더 가까워졌다면 어쩌면 올여름 밀라노에서 산 선드레스를 입고 바닷가를 거닐게 될지도 모를 일이었다. 아니, 그 녀석이 선드레스를 입은 또래 여자아이와 함께 바닷가를 거닐지도 모르겠다.

편안히 쉬면서 몸과 마음을 보양하기에 알맞은 곳을 휴양지라고 하고 보통 바다를 끼고 있거나 온천이 있는 곳이 많다. 여기는 야자나무도 없고 바다도 없고 모래사장도 없지만, 가끔 나에게 휴양지 느낌을 안겨주었다. 강과 나무와 풀과 꽃은 휴양지여도 휴양지가 아니어도 볼 수 있다. 나는 휴양지를 떠올렸다. 하루에 한 시간 남짓 쉬면서 몸과 마음을 보양한다. 보양한다는 말이 거창하다면 잠깐 몸과 마음을 쉰다고 할 수 있겠다. 모든 것은 마음에서 비롯된다고 한다. 휴양지라 생각하면 휴양지가 되고 전쟁터라 생각하면 전쟁터가 되는 것일까.

휴양지는 누군가에게는 휴양지이지만 누군가에게는 삶의 터전이다. 그런 삶의 터전에는 그곳 출신도 있지만 그곳 출신이 아닌 타향 사람도 살고 있을 것이다.

올여름엔, 어디를 갈까?

생각만 해도 설렜다. 마음은 벌써 여기를 벗어나 있었다. 먼 곳에 있다는 객창감마저 들었다. 사실 일용직인 나에게 휴가는 따로 없다. 근무를 안 하는 주말에 알아서 어딘가 다녀오면 될 일이었다. 휴가가 정해지지 않은 것이 나쁘기도 하고 좋기도 했다.

그때 휴대폰이 진동했다. 어깨끈이 긴 작은 파우치를 열어 휴대폰을 꺼냈다. 주말 근무자의 문자 메시지였다. 다음 주 주말에 휴가 가는데 대체근무를 해줄 수 있느냐는 거였다. 그러면 그렇지. 나는 밀라노의 여자와 같은 마음이 되었다. 네. 짧게 대답했다. 주말 근무자는 완전 고마워, 하며 물결표에 빨간색 하트 세 개를 붙여 답장을 보내왔다.

아무러나 올여름엔 어디, 갈까?

어딘지아무도몰라 마을에 있는 마지막 휴양지라도 갈 수 있을까. 무엇을 찾기 위해, 무엇을 위해 그곳에 가려는지도 알 수 없는 사람은 그런 곳으로는 갈 수 없다.

나는 현실의 휴양지 비슷한 곳을 앞에 두고 휴양지를 꿈꾸고 있었다. 행성인지 항성인지 저녁 하늘에 별들이 반짝반짝 빛나는 걸 바라보고만 있었다.

* P 작가 아카이브는 '박완서자료실'로 경기도 구리시 인창도서관 안에 있다. 화요일 부터 일요일까지 운영되는데 주중에는 오전과 오후로 나눠 2인의 자원봉사자가 교 대로 관리하고 주말에는 문화해설사가 해설 및 체험 프로그램을 진행한다.

영
길
의

축
제

그즈음 영길은 생각했다. 인생은 이상하게도 늘어지고, 앞으로 나가기를 주저하는 듯 혹은 그 방향을 바꾸려고 하는 것이 아닐까 싶은 한때가 있는 법이라고. 어느 소설에서 읽은 것인데 그러한 것은 현실에서도 일어나고 있었다. 벌거벗은 자기 자신과 맞닥뜨려야 하는 것 말이다.

겨울에서 봄으로 접어드는 무렵 영길은 자기 자신을 돌아보기 시작했다. 마치 죽음을 앞둔 사람처럼. 물론 영길은 죽음을 앞둔 사람은 아니었다. 그것에 버금가는 심정은 품고 있었다. 어느 때보다 자기 자신에 대해서 더 많이 생각했고 시간을 거슬러 그녀 자신의 행위에 대해서도 스스로 묻고 스스로 답해가며 어떤 해답을 찾으려 하고 있었다. 그녀를 잘 아는 사람으로서 하는 말이다. 그러던 어느 봄날, 영길은 원행을 떠났다. 일 때문이기도 했지만 그녀는 용기를 얻고자 했는 지도 모른다.

터미널 광장에 있는 관광안내소 앞에서 그들을 만났을 때 영길은 여자 쪽과 남자 쪽과 각각 가볍게 포옹을 했다. 일 년 전처럼. 그때 영길은 여자와 짧게 포옹을 하고 여자의 한쪽 뺨을 손으로 쓸어주었다. 그녀가 누군가에게 그렇게 한 것은 드문 일이었다. 여자는 영길이 있던 원룸에서 드물게 알고 지낸 사람이었다. 그들이 떠나는 날 아침에 자작자작 비가 내렸던 게 떠올랐다. 지금은 쾌청했다. 영길의 마음은 반청이었다. 꿈 탓도 있었다. 늘 보던 길을 영길은 지난밤 꿈속에서도 보았다. 영길이 자주 걷던 길이었다. 그 길 끝에 누군가 서 있는 것 같아서 얼른 달려갔지만 거기 서 있던 이는 사라지고 없었다. 떨떠름한 기분을 떨칠 수 없었다.

얼굴에 색깔이 없다고 여자가 말했을 때 영길은 멀미 때문일 거라고 대답했다. 옷 색깔에 맞춰 산호색 립스틱을 꼼꼼히 발랐건만, 긴장해서 손등으로 눈을 비비거나 손바닥으로 뺨을 만져대거나 해서 화장이 지워졌을 것이다. 안 그래도 네 시간 가까이 버스를 타고 내려온 길이었다. 취재를 겸한 일정이었으므로 피할 수 없는 일이었다. 대학 선배가 운영하는 지역신문사에 객원 기자라는 이름으로 근무한 지 몇 달 되지 않았다.

남자와 여자는 영길과 달리 화사한 빛깔 속에 있는 듯했다. 남자는 노란색 바탕에 빨간색과 녹색과 파란색의 기하학적 문양이 새겨진 셔츠를 입고 청재킷을 입고 있었다. 하의는 연한 베이지색 면바지였다. 챙 넓은 베이지색 모자를 쓴 여자는 버튼다운 셔츠에 연어 그림이 그려진 넥타이를 매고 있었다. 통이 풍성한 검은색 바지를 받쳐 입은 모습이 어울리지 않은 듯 어울려 보였다. 자유로워 뵈는 차림이었다. 히피처럼. 영길은 청바지에 모자 달린 산호색 긴팔 외투를 입고 있었다. 영어명 코랄로 더 많이들 부르는 산호색은 분홍색과 오렌지색의 중간쯤 되는 빛깔인데, 영길의 옷 색깔은 분홍색에 조금 더 가깝고 채도가 낮았다. 컬러테라피스트를 취재한 지 얼마 안 된 터라 색깔이라는 것에 신경이 쓰였다. 이면에 심리를 담고 있기 때문이었다. 산호색이 눈에 잘 띄지 않아도 은근한 색깔이어서 영길은 그 외투를 오랫동안 입어왔다. 영길은 웬만해선 물건을 버리지 않는 사람이었다.

여자가 운전하는 차에 올랐다. 여자와 남자는 일정을 어떻게 할 것이냐를 놓고 말을 주고받았다. 일단 간단히 먹기로했다. 오후 세시라는 영어가 귀에 들렸다. 여자에게 다른 약속이 있는 모양이었다. 뒷좌석에 웅크리고 앉은 영길은 날을 잘못 택한 게 아닐까 우려스러웠다.

쇼핑몰 지하에 차를 세워놓고 지상으로 올라왔다. 봄이라고 하기에는 좀 덥다 싶은 날씨였다. 영길은 온몸으로 땀이 쏴, 퍼지는 걸 느꼈다. 외투는 벗지 않았다.

　여기저기 두리번거리다 피자집에 들어왔다. 영길은 피자 조각을 계속 입안에 밀어 넣었다. 시장했던 모양이라는 여자의 말에 그녀는 배시시 웃었다. 먹어도 먹어도 배가 고파요. 남자가 멀뚱히 바라보자 여자가 통역을 해주었다. 남자는 한국 여자와 이십 년 가까이 살면서도 한국어는 제대로 하지 못했다. 여자의 말을 들은 남자가 빙긋 웃었다. 그러면서 두 팔을 양쪽으로 벌리더니 차츰 폭을 넓혔다. 뚱뚱해진다는 뜻 같아서 영길은 샐쭉 웃었다. 남자는 살이 찌지도 마르지도 않은 체격이었다. 배는 조금 나왔다.

　나른한 오후의 햇발이 지붕 없는 거리를 가득 메웠다. 오후 세시가 훌쩍 넘어갔을 때야 여자는 약속 장소로 이동했다. 여자가 돌아오기까지 영길은 남자와 함께 움직여야 했다. 남자는 취재 대상이었으므로 영길은 그의 말에 귀를 기울였다. 가만가만 졸음이 몰려왔다. 영길은 눕고 싶은 걸 가까스로 참았다. 아무것도 안 하면 유 다이아. 너 죽는다구. 지역신문사를 운영하는 대학 선배가 그녀를 끌어들였다. 영길은 문화 면을 맡았다. 몸도 쓸 수 있을 때 쓰는 거야, 짜샤. 장 선배가 자신을 스무 살 먹은 사내 녀석 취급을 하는 것이 영길은 마땅치 않았다. 일면 수긍은 갔다. 그녀 스스로도 여전히 스무 살 먹은 풋내기로 여겨졌기 때문이었다. 선배 말대로 영길은 뭔가 해야 한다고 생각했다. 그들을 떠올렸다. 그림을 그리는 부부 이야기는 지역에서라면 먹힐 것 같았다. 그들이 보고 싶기도 했다. 이건 니가 원해서 보내주는 거다. 뭐 쌈박한 거 좀 잡아 와라. 아무리 지역신문이고 아무리 객원 기자라도 그럴수록 뭔가 더 해야지 않겠어? 장 선배는 입에 거품을 물었다. 등을 떠다미는 그의 마음을 영길은 모르지 않았다.

거리 바닥에는 거뭇거뭇한 돌이 일정한 간격으로 깔려 있었고 한지 공예점, 그릇점, 고가구점 같은 상점들이 오밀조밀 모여 있었다. 인사동 거리가 떠올랐고 그 거리에서 술을 마시던 기억이 아슴푸레했다. 빨간색에 검은색 테두리가 있는 플라밍고 의상을 입은 여자 두 명이 보였다. 개방된 작은 부스 앞에서 관계자로 뵈는 사람들 두엇과 이야기를 나누고 있었다. 남자는 이 거리를 무척 좋아한다며 매주 한 번씩 나온다고 영길에게 말해주었다. 예술의 거리라는 이름 아래 화랑들이 세 집 건너 하나쯤 보였다. 남자가 어느 한 곳을 가리키며 저기서 전시회를 연 적도 있다고 말했다. 남자가 말하는 영어를 영길은 반쯤 알아들었다. 갤러리 앞에 남자를 세워두고 작은 디지털 카메라로 사진을 몇 장 찍었다. 사진기자가 따로 없어서 서툰 대로 영길이 사진을 찍어야 했다. 니가 쌈박한 거 물어오면 쌈박한 디카 하나 사주지. 장 선배는 그런 식으로 영길을 북돋웠다.

영길은 사이사이 수첩에다 메모를 해가며 남자와 나란히

거리를 걸었다. 이 끝에서 저 끝까지 이백 미터가 좀 넘을 거리를 천천히 걸어가는 동안, 남자는 마주치는 사람들 몇몇과 자연스럽게 인사를 나누었다. 남자는 스스로 터주대감인 양했다. 영길은 다시 카메라를 손안에 들었다. 연사를 찍듯 계속 셔터를 눌렀다. 잘 찍지 못한다면 많이 찍어서 선택의 폭을 넓히는 것이다. 남자는 여자와 함께 살기 전에도 이 도시에서 혼자 지낸 경험이 있다고 했다. 남자의 오래된 과거에 대해서 영길은 알지 못한다. 그건 남자의 과거였다. 남자가 누군가에게는 영길을 기자라고 소개했다. 그 사람으로부터 건네받은 명함을 눈으로 훑었다. '우리 지역 문화 지킴이'라는 단체 이름이 보였고 오렌지색 로고가 눈에 들어왔다. 오렌지색은 다시금 도약을 꿈꾸는 사람들이 선호하는 색깔이라고 컬러테라피스트가 했던 말이 떠올랐다. 한 이동통신회사의 초기 광고에서 그 색깔을 썼던 게 생각났다. 사회성 강한 의미를 담은 색이라 사용되었다고 한다. 영길은 자신이 메고 있는 백팩이 주황색이라는 걸 상기했다. 이전에 들던 검은색 백팩이 낡아서 새로 구입한 것이었다. 선명하고 따뜻한 느낌에서 골랐다. 주황색이라고 해도 오렌지색과 귤색의 중간색이었다. 너무 환한가도 싶었다.

　남자가 그 사람과 이야기를 나누며 오다가 길 중간쯤에 섰을 때 사람들이 몰려 있는 게 눈에 들어왔다. 기웃거리니 책상을 놓고 두 남자가 앉아 있었다. 무료 점을 봐주는 거라며 남자와 영어로 이야기 나누던 사람이 말해주었다. 마주 보이는 나무 책상에는 '무료 점 사주 팔자'라고 각각 붓글씨로 써놓은 A4 종이 두 장이 압정에 꽂혀 있었다. 영길은 일단 카메라 셔터를 눌렀다. 왼쪽은 갈색 체크무늬 헌팅캡에 검은색 점퍼 차림이었고 오른쪽은 타이 없이 셔츠에 갈색 재킷을 입고 있었다. 남색 조끼를 입은 게 시선을 끌긴 했지만 어느 쪽이든 봄날에 어울리지 않는 우중충한 분위기를 띠었다. 남자도 영길도 어정쩡하니 줄에 끼어들었다. 관상과 손금에 대해 재킷 입은 남자가 두서없이 말하는 소리가 들렸다. 식복이 있네요, 재물운을 타고났네, 남자한테 안달복달하지 않아도 돼요, 이런 말들. 옆에서 점퍼가 한두 마디 덧붙였다. 말을 듣는 이는 주로 여자들이었다. 뭐라고 하는 거냐고 남자가 통역을 해달라고 말했으나 영길은 두 손을 내저었다. 저분이 해주실 거라고 문화 지킴이 남자를 손짓으로 가리켰다.

영길은 차례가 되어 등받이 없는 빨간 플라스틱 의자에 앉았다. 눈이 맑아 보인다고 재킷 입은 남자가 말했다. 사주를 묻는 말에 영길은 생년월일시를 말해주었다. A4 용지 묶음에 메모하고 사주를 푸는 잠깐의 시간이 흐른 뒤 그 남자는 허허, 웃음소리를 냈다. 상당히 강한 사주네요. 첫번째 풀이였다. 뭐 이것도 구식이라면 구식 해석이니까 현대에는 좀 다르겠죠. 그 말은 왠지 영길을 안심시켰다. 남자 없이도 척척 해내겠어요. 옆에서 들여다보던 남자가 덧붙였다. 우두머리 상이지. 영길은 덤덤했다. 역술, 이런 거 배워도 좋겠습니다. 함 생각해보세요. 자, 다음.

남자가 의자에 앉았을 때 재킷이 사주를 적어달라고 말했다. 남자는 그 말을 알아듣고 A4 용지에 써서 건넸다. 잠시 뒤 재킷이 남자에게 비즈니스로 돈을 벌지 않았느냐, 고 물었다. 남자는 통역해주는 사람의 말을 듣고 고개를 저었다. 허니문을 두 번 간 것 같다는 말이 들렸다. 그 뒤로도 몇 마디 더 말이 나왔지만 영길은 듣지 않고 주위를 두리번거렸다. 빨간색 플라멩코 옷을 입은 여자 두 명이 각자 춤을 추고 있는 게 좀 떨어져서 보였다. 폭 넓은 드레스 자락이 여자들의 손목 움직임에 따라 출렁거렸다. 음악은 없었으므로 리허설을 하는 모양이었다. 태양이 머리 위에서 하얗게 빛나고 있었다. 영길은 누구에겐가 받은 얇은 소개 책자로 차양을 만들었다. 군불을 지핀 듯 뜨거웠지만 외투는 벗지 않았다. 외투가 갑옷 같다고 영길은 생각했다. 무엇으로부터 보호하기 위한 것일까. 그것이 무엇인지는 몰라도 영길은 스스로 보호막을 가져야 한다고 언제부터인가 마음먹었다. 남자 없이도 척척 해내겠다고 좀 전에 역술인이 말했잖아. 그걸 나는 이미 알고 있었는지도 몰라. 영길은 생각했다. 나도 이런 거 배워볼까 봐. 영길은 한 해 한 번쯤 사주를 보았고 그때마다 사주에 남자가 없다는 말을 들었다. 남자를 밀어낸다, 남자보다 세다, 하는 식으로 표현이 다를 뿐이었다. 사주란 건 네 개의 기둥이고 그 기둥은 붙박이처럼 사람의 인생을 따라다니니까 말이다. 요즘 대학가에서 사주니 타로니 하는 것이 유행이라고 하지만 실은 이미 십여 년 전에도 유행했었다. 어느 시대든 불안의 시대가 아닌 적이 있었던가.

다 틀려, 저 사람 뭘 잘 모르는가 봐. 남자가 어느새 영길 옆에 다가왔다. 그녀도 고개를 끄덕였다. 남자가 비즈니스를 한 적이 없다는 걸 알고 있었기 때문이다. 다 틀리다는 남자의 말이 어쩐지 영길에게는 위로가 되었다.

남자와 영길은 거리 중간에서 다시 앞으로 걸어갔다. 들어온 쪽에서 멀어졌다. 오른쪽에 고가구를 파는 노점이 보였다. 거기서 남자가 영길에게 말했다. 내가 말이야, 언젠가 어여쁜 단지를 하나 샀는데 알고 보니 요강이라는 거야. 우스갯소리로만 알고 있던 일을 실제로 경험한 사람을 만난 건 처음이었다. 그녀는 빙긋 웃었다. 그리고 다시 한 컷. 바닥에 깔아놓은 자리 위에 놓인 옛 물건들을 보는 장면이었다. 경대, 곰방대, 빛바랜 동양화 같은 것들은 여전히 유효했다. 그런 걸 바라보는 외국인의 모습도.

그러고도 거리 저 끝에서 비보이의 춤을 보았고 다시 길을 거슬러 오다가 무료 점 코너 못 미쳐 탱고를 추는 한 쌍의 짧은 공연을 지켜보았다. 좀 전에는 뵈지 않던 이들이었다. 길이 이백 미터가 좀 넘을 이 공간이 날마다 축제인 것 같다고 영길은 생각했다. 의미는 다르겠지만 삶은 무의미의 축제라고 어느 작가도 말했다. 금요일부터 사흘 동안 북적거린다고 거리 초입에 들어섰을 때 여자가 말했었다. 축제가 막 시작된 셈이로군. 영길은 생각하며 사진을 여러 장 찍었다. 사람들이 북적대는 장면은 기사에 꼭 필요한 요소였다. 비닐장판을 깔아놓은 바닥에서 댄서들은 차차차나 룸바도 추었다. 춤추기 전에 남자 댄서가 짧게 설명해주었다. 머리를 노랗게 물들인 남자 댄서는 어쩐지 백색증에 걸린 사람 같은 인상을 주었다. 머리는 노랗게 염색했고 얼굴은 창백해 보였다. 그 사람도 얼굴에 색깔이 없는 건가. 그러자 영화에서 보았던 창백한 얼굴의 남자가 떠올랐다. 자기 몸을 채찍질하는 고난을 택한 수도사였다. 그 인물은 남자치고 몸이 가냘팠고 낯빛은 하얗다 못해 푸르스름했다.

뭘 좀 건졌어요? 영길은 소리가 난 쪽으로 고개를 돌렸다. 여자가 큰 입으로 함박웃음을 짓고 있었다. 적당히요. 영길은 빙긋 웃었다. 여자와 남자가 앞서가며 조곤조곤 이야기 나누는 소리가 들렸다. 안 하기로 했다고 여자가 말했다. 일자리에 대한 것인가 보다고 영길은 짐작했다. 보헤미안 같은 그들이 닻을 내리려는가. 일자리 운운하는 것이 영길의 잘못된 추측일지도 모르지만, 그들은 충분히 정착하려는 모양새를 띠었다. 영길은 스스로도 그래야 한다고 여기며 차에 올랐다.

여자는 묵묵히 운전에 열중했고 남자는 졸기라도 하는지 말이 없었다. 영길은 차창 밖을 내다보았다. 축제 중에 잠깐 쉬는 느낌이었다. 시외버스로 승용차로 제법 오랜 시간 동안 이동한 끝이었다. 하지만 곧 누군가의 목소리가 공간을 흔들어 깨웠다.

아, 저기 호수요. 남자가 목청을 돋웠다. lake라고 했는지 pond라고 했는지는 바로 잊어버렸다. 다만 영길은 호수에 눈길을 주었다. 굽이도는 낮은 산길에서 호수는 조금씩 모습을 드러냈다. 석양의 햇빛을 받은 물결이 반짝 빛났다. 영실, 봐 봐, 좋지 않아? 남자는 호수를 처음 본 듯 감탄하며 여자의 동의를 구하는 눈치였다. 영 자만 듣고 영길은 자신을 부르는 줄 알았다. 여자는 레이첼이나 에이미 같은 영어 이름을 사용하지 않고 한국 이름을 고수했다. 고집 같은 것이 느껴졌다. 자기 이름 그대로 불리는 것이 당연한 일이지만 그렇지 않은 사례는 무수하다. 영길의 지인 중 한 명은 미국 시민권을 따면서 제니퍼라는 서양식 이름을 취했다. 그건 선택의 문제였으므로 이렇고 저렇고 말할 일은 아니었다. 다만 영길은 자신과 비슷한 이름을 가진 여자에게 친근함 같은 걸 느꼈다.

약간 경사진 위치에 있는 이층 건물이 보였다. 집 뒤로는 산이었고 비교적 정비된 산길을 타고 올라왔다. 집주인이 일층에 기거하고 별채처럼 지어져 있는 또 다른 방에 사람들이 세들어 산다고 했다. 일상적인 삶에서 좀 벗어난 사람들인 것 같다고 여자가 마당에 들어섰을 때 말해주었다. 바깥에 별도의 계단이 나 있어 이층이라도 독채 느낌이 들었다.

그들이 이제는 정주하는 것인가, 영길은 계단을 올라가면서 잠깐 생각했다. 본가가 미국 캘리포니아에 있는 그들은 태국 치앙마이에서 몇 년, 유럽 여행으로 몇 달, 네팔 트레킹으로 몇 달을 보냈다고 들었다. 보헤미안처럼 머무르지 않고 유랑하듯 세계 이곳저곳을 누볐던 사람들. 경제적인 여유가 있고 마음의 여유가 있어야 할 수 있는 일이 아닐까, 하고 영길은 생각했다. 조금 부러워하면서. 이제 한국에서 머문 지 사년이 넘어가는 그들이었다.

　이층으로 들어서자 왼쪽의 창문으로 호수가 보였다. 차를 타고 올 때 감질나게 보이던 호수였다. 호수로군. 영길은 읊조리며 고개를 돌렸다. 맞은편 바닥에 그들의 신발이 나란히 놓여 있었다. 정다워 보였다. 한 발 딛고 서면 툇마루 비슷한 공간이 있고 그 너머가 거실이었다. 반쯤 열린 간유리 사이로 원탁이 보였다. 펜션을 위해서 지어진 집을 집주인이 사서 세놓고 있다고 차를 타고 오면서 여자가 말해주었다.

　남자는 거실로 들어서기 무섭게 영길에게 이것저것 실내 풍경을 설명해주었다. 영길, 이건 내 첫번째 와이프야, 하고 거실 왼쪽 구석에 있는 커다란 여자 얼굴상부터 가리켜 보였다. 영길이 거실 한가운데 놓인 식탁 의자 옆에 백팩을 간신히 내려놓은 뒤였다. 남자는 자신에게 집중하라는 듯 큰 소리로 말했다. 여자 얼굴상 옆에는 미닫이문이 반쯤 열린 방이 있었다. 자기 작업실이라며 남자는 성큼성큼 들어갔다. 들어와 보라고 영길에게도 손짓했다. 그 방은 책상이 놓인 벽을 제외한 삼면이 온통 그림으로 가득 채워져 있었다. 노랗고 빨갛고 파란 원색의 그림들이었다. 색감은 다르지만 언뜻 파울 클레의 분위기도 풍겼다. 모두 남자가 젊은 날에 화가였음을 증명하는 것들이었다. 거실에도 그림 몇 점이 걸려 있었다. 원탁과 마주한 위치의 툭 튀어나온 벽에는 여인 그림이 걸려 있었다. 익숙한 낯이었다. 이거 혹시? 영길이 말을 마치기도 전에 여자의 목소리가 들렸다. 내 얼굴 그린 거예요. 어느새 옷을 갈아입고 나온 여자의 말이었다. 남자의 영향으로 그림을 그리며 개인전도 열었다고 그들이 원룸에서 살 때 들었다. 사람은 서로가 서로에게 영향을 주고 영향을 받는다. 영길은 주로 영향을 받는 편이었다.

거실 문과 마주한 반대편 벽에는 태피스트리 같기도 하고 극세사 담요 같기도 한 것이 꽉 채워 붙어 있었다. 원형의 출생 차트를 그린 것으로 보였다. 회색 바탕에 검은색 선이 보이고 피자 조각처럼 나뉜 자리마다 열두 개의 별자리 표식이 각각 들어가 있었다. 영길은 가끔 인터넷에서 별자리 운세를 보고는 했다. 자기 인생인데도 다른 무언가에게 물어보는 것이다. 오늘은 어떨까, 내일은, 내년은……

그런 생각을 하는 영길 앞에 노란색 스마일 표시가 크게 보였다. 여자가 갈아입은 검은색 티셔츠에 프린트된 것이었다. 스마일 표시가 곧 앞치마에 가려졌다. 앞치마를 두른 여자가 장바구니를 싱크대로 가져가는 걸 보고 영길이 자리에서 일어서려 하자 그냥 앉아 있으라고 말했다. 먼 길 왔잖아요. 여자는 덧붙이며 웃었다. 이어 채소를 씻고 고기를 프라이팬에 얹기 시작했다. 영길은 잠시 의자에 앉기로 했다. 창문 너머 멀리 호수가 보였다. 보였다기보다 영길이 의도적으로 살피고 있었다.

물이로군.

영길에게 물은 차가운 느낌으로 각인되었고 불안한 이미지와 늘 함께였다. 어떤 사무실에서는 생수통을 갈다가 손이 미끄러져 떨어뜨렸고 또 어떤 사무실에서는 가습기 물을 갈려고 잘못 들었다가 물을 쏟았다. 사무실 바닥으로, 책상 위로 물이 콸콸 쏟아져 나왔다. 모두 직장을 그만두어야 하나 고민하던 무렵이었다. 두 번의 직장생활이 물을 쏟은 그 시점에서 얼마 지나지 않아 끝나고 말았으므로 영길에게 물은 파탄, 회의, 실패의 이미지였다. 게다가 모두 겨울이었다.

저기에 물이 있지만 지금은 봄이고 영길은 나름 꼼지락거리고 있었다.

식탁 위에는 구운 고기, 쌈채소, 땅콩과 스낵류가 각각 접시에 놓여 있었다. 벌써 절반쯤 비어 있었다. 조촐한 환영 파티의 현장이었다. 영길이 가져온 레드와인도 절반쯤 비어 있었다. 피노 누아 품종의 와인이었다. 첫 잔을 들었을 때 쨍, 부딪히고 홀짝홀짝 잔을 비웠다. 영길이 타인과 더불어 한잔 기울이는 것은 오랜만의 일이었다. 와인이 목에서 부드럽게 넘어갔다. 산도가 적당한 것 같다고 여자가 말했다. 남자는 엄지를 치켜들었다. 과장하여 표현하는 것은 그의 버릇이었다. 예전에도 그러한 행동을 보고 영길은 자주 웃었었다. 괜찮네. 비싸겠다. 여자의 말에 영길은 아니라고 대형 마트에서 할인하는 걸 산 거라고 대답했다. 과일 향이 나면서 드라이한 게 좋네. 여자가 말하는 사이에 영길은 남자가 따라주는 와인을 잔에 받았다. 보통 잔보다 작아서 와인이 콸콸 넘칠 지경이었다. 와인 속에 빠질 것 같다고 영길은 생각했다. 말간 핏빛 액체가 천장의 전등 빛에 반짝였다. 영길은 어떤 남자를 잠깐 떠올렸다.

여자가 새로 구운 고기를 접시에 담았다. 이이는 나보고 워커홀릭이래요. 많이 걷는다고. 여자가 청경채로 싼 고기를 다 삼키더니 한 말이었다. 이사 온 뒤로도 많이 걷느냐고 내가 물어서 여자가 대답한 것이다. 캘리포니아에서 여자가 해변을 따라 종종 달리곤 했던 걸 영길도 알고 있었다. 여기 와서 산도 가끔 가는데 이이는 아이고, 손사래예요. 자기는 오션이 좋대. 평화롭다며. 여자의 말을 눈치로 읽은 남자는 피스풀, 하고 두 팔을 활짝 벌리며 외쳤다.

여자는 이제 겨우 화구들을 꺼내기 시작했다고 말을 이어갔다. 정신줄을 간신히 붙잡았네요. 다시 함박웃음을 지었다. 앞치마에 가려진 노란 스마일 표시도 웃고 있을 터였다.

그 웃음이 어쩌면 그녀를 견디게 하는 힘인지도 모른다고 영길은 생각했다. 그들이 여기로 내려온 뒤 보름 만인가 노을을 바라보며 한잔하고 있습니다, 하는 문자를 받았었다. 그들은 영길이 어떻게 지냈는지를 궁금해했다.

지난 일월에 난소에 생긴 물혹 제거 수술을 받았다고 영길은 떠듬떠듬 영어로 말했다. 마치 넘어져서 무릎이 까졌다고 말하는 느낌이었다. 단어를 나열한 정도라 여자가 보충해서 남자에게 설명해주었다. 지금은 괜찮느냐고 여자가 물어서 영길은 고개를 끄덕였다. 여자는 자기도 자궁에 아주 작은 물혹이 있지만 그리 심각한 건 아니라고 했다. 우리나라 여성 사십 퍼센트 이상이 그런 증상으로 같은 수술을 받는다고 신문 헬스 면에서 읽었다. 얼마 전에 마지막 검진에서 괜찮다는 말을 들었다고 영길은 덧붙였다. 열흘 전의 일이었다.

수술은 잘 끝났다고 퇴원하기 전에 의사가 알려주었다. 영길은 나흘 만에 퇴원했다. 시한부선고를 받은 것 같은 일은 아니었지만 영길에게는 그것에 버금가는 일이었다. 인생에서 처음 겪는 일이었으므로. 요즘엔 일부만 절개해서 복강경으로 수술한다며 같은 병실에 입원했던 한 중년 여자가 말하던 게 기억났다. 육인용 병실에는 영길과 비슷한 또래로 영길과 같은 수술을 받는 사람이 세 명이나 되었었다. 영길의 경우 배꼽 부근과 물혹이 달린 왼쪽 난소 부근과 하복부 일부를 조금 절개했다. 수술하고 한 달쯤 지난 어느 날 아침, 영길은 시트 위에서 조그만 각질 같은 것을 발견했다. 지름이 일 센티미터쯤 되는 동그란 그것은 눌린 종이꽃처럼도 보였다. 뭔가 했는데 배꼽 자리에서 떨어진 실밥이었다. 실은 피부에 섞여 녹는다고 의사는 말하면서 혹 나중에 풀리면서 떨어져 나올지 모른다고도 했었다. 실밥이 엉긴 덩어리는 만져보았을 때 고무 비슷한 느낌이 났다. 영길은 그 기이한 느낌을 잊을 수 없었다. 마흔세 살에 영길은 새 배꼽을 갖게 된 것이다.

이야기하는 틈틈이 여자는 고기를 더 굽거나 모자란 쌈채소를 접시에 더 채웠다. 그럴 때마다 영길은 여자를 흘끔거렸다. 한국 남자와 결혼하든 외국 남자와 결혼하든 여인의 삶이구나 생각하며. 이이는 뼛속까지 코리안이에요. 여자가 말했었다. 부엌에는 아예 못 오게 해. 글쎄 결혼하고 미국에서 살 때 달걀을 삶으라고 했더니 단지를 태워먹었지 뭐야. 한국말은 잘하지 못하는데 한국인이라고 말하니 어쩐지 맞지 않는다고 여겨졌다. 어떤 방송 프로그램에서는 젊은 외국인들이 모여 한국어로 토론을 벌이기까지 한다. 그들은 모두 다른 국적을 가지고 있으면서 유창하게 한국어로 말했다. 어쨌든 그들 부부의 일이었다. 그보다 영길은 누군가와 더불어 부부간의 소소한 삶을 겪을 일은 없을 거라고 생각했다. 영길은 자기 자신의 삶에 대해서는 어쩐지 부정적이었다. 낮에 사주 풀이를 들었기 때문만은 아니었다.

영길이 사 온 와인을 비우고 그들이 가지고 있던 반 남은 와인도 비웠을 때 파티가 끝났군, 하며 남자가 어깨를 으쓱해 보였다. 여자와 영길은 잠깐 눈을 마주치며 웃었다. 일찍 자는 습관이 있는 남자의 말에 자연스럽게 자리가 마무리되었다. 오늘 오후에 점을 보지 않았소. 내일 영길에게 선물을 주리다. 남자가 일어나며 한 말이었다. 영길은 어리둥절했다. 점과 관련된 어떤 것이라고는 짐작했다. 영길은 여자를 도와 남은 음식이 담긴 접시를 랩 씌워 냉장고에 넣고 빈 접시나 수저 따위를 개수대에 넣었다. 영길은 여자에게 뭔가 말하고 싶었지만, 하지 않았다.

자정이 갓 넘은 시각, 씻고 난 영길은 잠시 창밖을 내다보고 주위를 둘러보았다. 남자의 작업실이 하룻밤의 안식처가 되었다. 요새는 누군가의 집을 방문해도 거기서 묵지는 않는다고 한다. 그 말을 했더니 여자는 무슨 소리냐며 편하게 있으라고 말했다. 여자의 마음씀이 영길은 고마웠다. 어둠에 묻힌 호수는 보이지 않았다. 물이 넘칠락 말락 하는 욕조에 잠기듯 영길은 잠에 빠져들고 있었다. 이제야 쉬는구나 싶었다. 겨우 네 시간 거리일 뿐인데도 먼 길을 달려왔다는 착각에 빠졌다. 영길에게 집이 아니고는 모두 먼 곳이었다. 영길의 별자리가 웬만해서는 움직이지 않는다는 황소자리인 것과 연관 있을지는 모르겠다. 하지만 꼭 그렇지는 않을 것이다. 남자도 황소자리이지만 세계 이곳저곳을 돌아다니지 않았는가 말이다. 영길은 피식 웃었다.

물론 아주 오랜 옛날에는 동양이든 서양이든 별들의 운행을 보고 미래를 예측했다. 미국의 한 퍼스트레이디가 국사를 결정하려는 때 점술가의 예언을 참고했다는 사례도 있다. 믿고 안 믿고는 선택의 문제였다. 지난 네다섯 달 동안 영길은 신문사에 관계된 사람들을 제외하고는 이야기를 나눈 사람이 거의 없었다. 자리에 누우면서 영길은 왜 자신은 삶에 달려들지 못하는지에 대해 생각했다. 객원 기자만 해도 언제든 발을 뺄 수 있는 자리였다.

영길은 퍼뜩 일어났다. 책상 위에 놓인 스탠드를 켠 뒤 백팩을 뒤적여 수첩을 꺼냈다. 낮에 본 풍경들을 떠올리며 카메라를 꺼내 들었다. 작은 액정판의 불빛이 강렬하게 눈을 찔렀다. 수십 장은 찍은 것 같은데 건질 만한 사진은 몇 되지 않았다. 삭제, 삭제, 삭제. 인간사는 삭제 버튼을 누를 수 없지. 머릿속에 새겨지는 것이지. 영화 속 남자처럼 온몸을 채찍질하는 고행을 해야 하는 걸까. 영길은 다시금 멀미를 느꼈다. 아니 취기였던가. 그런데 어떤 사진에 눈길이 멈추었다. 탱고 공연을 보는 사람들 사이에 있는 어떤 남자였다. 호리호리한 체격에 남색 카디건을 입고 재킷은 손에 들고 있었다. 영길은 잠깐 그 사진을 뚫어지게 바라보았다.

이건 바디감이 풍부하네요. 와인을 가리키며 K가 했던 말이었다. 그는 떠나고 와인이 남은 것 같다. 영길은 그를 만나지 않게 된 뒤로 와인이란 것을 궁금히 여기며 책을 뒤적거렸다. 이미 열풍이 다 지나갔는데 말이나. 영길의 시산은 늘 다른 사람보다 느리게 흘러갔다.

영길은 토요일마다 도서관에서 상영하는 다큐를 보았다. 백 석 가까운 객석에 관객은 한두 명밖에 없었다. 그 점이 좋았다. 지난가을 무렵 영길은 꼬박 사 주 동안 춤에 관련된 다큐를 보았다. 이전에 춤과 관련된 잡지사에서 근무한 이력 때문인지 마음이 쏠렸다. 마지막 날, 영사실에서 나오던 K가 영길에게 말을 걸었다. 늘 혼자 오시는군요. 그를 인터뷰에서 다시 만났다. 지역의 도서관 탐방이라는 꼭지였고 장 선배 일을 시작한 지 얼마 안 되었을 때였다. 담당자가 K였다. 회색 셔츠와 남색 카디건이 정갈해 보였다. 가슴이 두근거렸다.

다음 날 아침, 스크램블드에그와 바나나와 딸기에 커피를 곁들였다. 여자와 함께 설거지를 하던 영길은 창문으로 쏟아지는 오전의 햇살에 눈을 가늘게 떴다. 쏟아지는 햇살은 견뎌내기 힘들었다. 왠지 숨을 곳을 찾아야 할 것만 같았다.

여자와 남자와 영길은 말끔히 치워진 원탁에 둘러앉았다. 원탁 위에는 진홍색 비단이 펼쳐져 있고 그 위에 옛날 동전이 여섯 개 놓여 있었다. 여자는 A4 용지 몇 장과 볼펜을 탁자 위에 올려놓았다. 선물 풀어야죠, 하며 여자는 영길에게 옛날 동전 세 개를 여섯 번 던져보라고 말했다. 아마 육효점일 것이다. 근본 뜻은 잘 모르고 인터넷 운세 코너에서 영길도 해본 적이 있었다. 모니터에 보이는 옛날 동전을 여섯 번씩 클릭해서 나온 운세를 읽는 식이었다. 남자가 꺼내 온 두툼한 영문 서적 표지에 'I Ching'이라고 씌어 있는 게 보였다. 그것이 『주역』이라는 것만 영길은 알고 있었다. 남자는 중국에선가 미국에선가 『주역』 강연을 한 적이 있다고 했었다. 영길은 동전을 여섯 번 던졌다. 가지런히 누벼진 진홍색 비단 위로 동전이 떨어졌다. 가장 소망하는 것을 생각하며 던지세요. 여자가 옆에서 말했다. 똑같은 상황이 여러 번 나왔다. 이를테면 두 개는 앞이고 한 개는 뒤인 모양으로. 그건 상황이 크게 달라지지 않는다는 뜻이에요. 여자의 목소리가 나지막했다. 남자가 영어 문장을 읽으면 여자가 요약해서 종이에 적어주었다. 영길은 영어 문장을 듣고 보며 자신의 삶의 변화를 기대하고 있었다. 이른 오전의 풍경이 마치 한밤의 풍경인 양 고즈넉했다.

과거에서 멀어져라. 작은 것에 열쇠가 있다. 요약하면 그런 문장이 남았다. 과거에서 등을 돌리고 미래를 향해 앞으로 걸어가는 것. 나쁘지 않은 것 같네요. 잘해봐요, 영길 씨. 여자가 영길의 왼쪽 어깨를 토닥여주었다. 영길, 인생은 아무도 모르는 거요. 뜬금없이 남자가 말했다. 그녀보다 스무 살쯤 많은 남자의 말이었다. 영길은 그 말에 빙긋 웃을 따름이었다.

아침 녘의 고요한 순간은 끝나고 그들과 영길과의 짧은 만남도 끝났다. 기사는 다음 주에 게시되는 거죠? 여자가 물어서 그럴 거라고 영길은 내답했나. 엉길은 다시 여자와 남자와 각각 포옹을 했다. 전날 만났을 때처럼. 영길은 산호색 외투를 입었다. 단추는 잠그지 않았다. 전날보다 날이 더 더운 것 같았다.

영길은 터미널을 향해 버스로 달려가고 있었다. 멀미약은 있지만 먹지 않았다. 햇살이 뺨에 와 닿았다. 따뜻했다. 따뜻한 바닷가에 있는 것 같았다. 산호나 산호초가 있으려나…… 눈꺼풀이 내려앉으려 했다. 잠에 이르는 순간이 무의식에 가장 가깝게 다가갈 수 있는 순간이라지. 졸음의 틈새로 생각이 비어져 나오기 시작했다. 어쩌면 영길은 여자와 남자에게 다른 말을 하고 싶었는지도 모른다. 일 년 전 그들의 이사를 앞두고 환송 파티를 했을 때, 영길은 끝이 정해진 오랜 연애가 깨어졌고 그것 때문에 적잖이 아픈 시간을 보냈었다고 남자에게 털어놓았다. 아마도 술을 마셨기 때문인지도 모르겠다. 가슴속에 품어왔던 일이었는데 그 이야기를 털어놓는 순간, 넘어져서 무릎이 까졌어요, 라고 말하는 느낌이 들었다. 우리말이 아닌 다른 언어로 말했기에 더 쉽게 나왔는지도 모른다. 털어놓으면 이미 그 일로부터 벗어난 거라는 말도 그 순간에 떠올렸었다. 그리고 일 년 뒤 그런 사랑을 또다시 하려는 것만 같아서 영길은 두려워하고 있었다. 창백한 얼굴의 수도사처럼 자기 몸을 채찍으로 때리는 고행을 택해야 하는 걸까. 영길은 졸음에 겨워하면서도 오렌지색 배낭을 붙안았다. 백팩

밑에는 새로 생긴 배꼽이 자리 잡고 있을 터였다.

얇은 습자지 같은, 눌린 종이꽃 같은 실밥 덩어리가 떨어진 자리에 새로 생긴 배꼽.

어쩌면 이미 그들에게 말한 것인지도 모른다. 과거에서 멀어져라. 작은 것에 열쇠가 있다. 그런 말을 그들로부터 들었으니까. 단지 점괘일 뿐이라도 상관없었다. 그 말은 정말 그들이 영길에게 주는 선물인지도 모른다.

영길은 터미널에 도착할 때까지 삼십 분도 안 되는 짧은 시간 동안 혼곤한 잠에 빠져들었다. 꿈속에서 영길은 길 위에 서 있었다. 늘 보던, 늘 걷던 그 길이었다. 영길은 묵묵히 걸어갔다. 눈앞으로 어떤 사람의 모습이 영상처럼 스치듯 지나갔다. 영길이 알아왔던, 영길이 스쳐 갔던 사람들의 낯이 클로즈업되었다가 사라졌다. 장 선배도 있었고 컬러테라피스트도 있었고 전날 예술가의 거리에서 만났던 빨간 플라멩코 아가씨들, 창백한 얼굴의 남자 댄서도 있었다. 헌팅캡도 재킷도 있었다. 그들에게 영길은 손을 흔들어주었다. 잘 가라는 인사 같았다. 어, 이거 어떤 소설 비슷한걸, 하며 생시인 듯 생각하면서도 영길은 손을 흔들었다. 오랜 연애의 상대에게도 손을 흔들어주었다. 남색이, 남색 카디건이 보였다. 남색은, 인디고라고 부르는 색깔은 판단하는 색깔. 판관을 상징하는 색깔이라고 한다. K에게는 선뜻 손이 올라가지 않았다. 잠깐 머뭇거리다가 손을 흔들었다. 어쩌면 거기에 여자와 남자도 포함되어 있는지 모른다. 순간이 지나면 모든 것은 과거가 될 테니까. 그리고 어느 순간 그 수많은 얼굴들이 모여 어떤 형상을 빚어내고 있었다. 자그마한 몸집에 모자 달린 산호색 긴팔 외투를 입고 있었다. 영길, 그녀 자신이었다. 어쩌면 그것이 영길이 과거에서 멀어지는 방법인지도 모른다. 영길, 너는 네가 보고 싶어 하는 너를 만난 거니?

 늦여름의 주말 오후에 영길은 집 근처 산책로를 따라 걷다가 웬 노파와 마주쳤다고 나에게 말해주었다. 여자와 함께 이따금 걸었던 길이며 영길이 늘 걷던 길인 걸 나도 알고 있었다. 자전거도로 끝에서 왼쪽으로는 자동차도로로 이어졌고 오른쪽으로는 저수지에 닿았다. 영길은 남녘의 호수를 가끔 떠올렸다. 물은 이제 영길에게 아무런 감정을 일으키지 않았다. 물은 그냥 물이었다. 지금 생각해보면 물에 대해 가져왔던 차갑고 불안한 이미지는 결국 마음에서 나온 것일 뿐이었다. 영길은 그렇게 여기기로 했다. 이차선의 좁은 자전거도로 양쪽엔 봄이면 영춘화, 명자나무, 조팝나무, 산딸나무 들의 꽃이 피고 여름이면 개망초가 하얗게 흐드러지고 가을이면 쑥부쟁이, 산국, 구절초 들이 길 따라 만발했다. 좀작살나무의 보랏빛 열매와 맥문동의 까만 열매가 겨우내 달려 있었다. 영길은 지난 일월에도 때때로 그 길을 걸었다.
 그날따라 사람 그림자도 자전거 그림자도 보이지 않았다. 영길은 그 길에서 어떤 노파와 마주쳤다. 허리가 꾸부정한 노파가 지팡이를 짚은 채 영길보다 앞서 걸어가고 있었다. 오렌지색 티셔츠를 입고 있었고 왼손에 같은 색 외투를 들고 있었다.

노파의 얼굴을 보는 것이 영길은 왠지 두려웠다. 여우의 얼굴이거나 뱀의 대가리이거나 마귀할멈의 얼굴일 것 같았다. 드라마를 많이 본 탓일 거라고 생각하며 영길은 좀 더 빨리 걸어서 노파를 지나쳤다. 어디 가? 그 순간 온몸에 소름이 돋았다. 영길은 걸음을 멈추고 소리가 들린 쪽으로 반쯤 몸을 틀었다. 노파의 얼굴이 보였다. 노파의 얼굴은 여우의 얼굴도 뱀의 대가리도 마귀할멈의 얼굴도 아니었다. 적당히 볕에 그을렸고 적당히 주름져 있었다. 얼굴에서는 땀방울이 뚝뚝 듣고 있었다. 목 중간까지 오는 짧은 파마머리는 온통 하얀빛이었다. 신산스러운 분위기가 풍겼다. 흥겨운 축제를 겪어본 적 없을 것만 같은 낯빛이었다. 아니다. 마지막 축제가 하나 남아 있긴 했다. 죽은 이를 위한 산 자들의 축제. 이 길은 왜 가는 거여? 노파가 물었다. 영길은 잠시 머뭇거렸다. 어디 가는 거여? 노파가 두번째 물음을 던졌을 때 영길은 그냥 걸어가는 거라고 겨우 대답했다. 그냥 걸어가는 거여? 그렇지, 그런 거여. 쉬엄쉬엄. 암만. 노파는 잠시 말이 없었다. 잘 가여. 또 봐. 흐흐. 그 소리는 영길의 등 뒤에서 들렸다. 영길은 이미 노파에게서 벗어나 있었던 것이다. 뒤에서 탁, 탁, 탁, 지팡이 짚는 소리가 들렸다. 왠지 모르게 소름이 끼쳤다. 뒤를 돌아볼까도 했으나 그렇게 하지 않았다. 만약 돌아보면 노파가 없을 것 같은 느낌이 들었기 때문이었다.

영길은 달릴 듯 걸었다. 그 길 끝이 어딘지 잘 알면서도 길이 끝날 것 같지 않다는 생각에 사로잡힌 채.

노파의 얼굴이 자신의 얼굴인 것만 같아서 두려웠다고 영길은 숨을 헐떡이며 나에게 말해주었다. 그건 망상일 뿐이라고 나는 대답했다. 영길은 여전히 그 길을 걷고 있다. 마치 삶의 길을 걷는 것처럼. 아직까지 지역신문사에 한 발을 딛고 있고 아직도 좀 더 나은 디카는 얻지 못했지만, 전보다 손쉽게 사진을 찍게는 되었다. 이 모든 이야기를 영길은 나에게 들려주었다. 넘어져서 무릎이 까졌어, 하고 말하는 듯이. 그러다가도 K는…… 말하려다 말고 입을 다물었다. 그 일만큼은 선뜻 말하고 싶지 않은 모양이었다. 내버려두기로 했다. 언젠가는 나에게 말할 테니까.

내가 누구냐고 물을 사람이 혹 있다면 나는 누구보다도 영길과 가까운 사람이라고 말할 수 있겠다. 영길과 똑같은 모자 달린 산호색 긴팔 외투를 가지고도 있다고. 그리고 며칠 전 영길은 이런 말을 내게 건넸다. 언젠가 진짜 산호를 볼 수 있을까. 인생은 누구도 모르는 거라니까, 라고.

어떤 공원 풍경

내가 사는 아파트 가까이 있는 작은 호수 공원을 자주 걷는다. 인공호수를 따라 조성된 둘레길을 제법 많은 사람들이 걸었다. 둘레길 한쪽의 넓은 공지에는 또 다른 보행로가 만들어졌다. 자전거전용도로임을 표시하는 마크로 자전거 모양이 바닥에 흰색 페인트로 칠해져 있으나 자전거도 다니고 사람도 다녔다. 성인 키만 한 가로등이 일정한 간격으로 있어 등이 켜질 때면 제법 운치 있는 풍경이 만들어지기도 했다. 공원의 조명은 키가 좀 낮은 게 좋다고 속으로 생각하며 걸었다. 벚꽃 피고 조팝나무 꽃 피고 이팝나무 꽃 피는 철이 오면 사람들은 공원 잔디밭에 자리를 깔고 앉아 오후의 시간을 누렸다. 공원이 없었으면 어땠을까 싶었다. 근처 먹자골목에서 사 왔음 직한 햄버거나 프라이드치킨을 들면서 평화로움을 만끽하는 모습이었다. 언젠가 나도 저렇게 하고 싶다, 고 생각하곤 했다. 주중의 이른 저녁, 도서관에서 돌아오는 길에 공원을 바라보았다. 공원 광장에는 부모와 함께 나온 아이들이 많이 보였다. 배드민턴을 치는 모녀도 찍찍이판에 붙는 공으로 캐치볼을 하는 부자도 보였다. 여름에는 광장 바닥에서 분수가 뿜어져 나왔다. 어린아이들이 까르르 웃으며 그 주위를 뛰어다녔다. 어느 여름날 나도 뛰어들었다. 솟았다가 툭 떨어지는 물이 얼굴에 닿자 조금 따가웠다. 그해 여름, 광장의 분수는 가동되지 않았다.

그해 봄에는 도서관 종합자료실 한쪽에 놓인 작은 의자 아홉 개가 네 개로 줄어들었다. 사람들은 마스크를 끼고 앉아 있었다. 이월 초 G시에서 첫 확진자가 발생한 이후의 일이었다. 잠정 폐쇄되었다가 다시 문을 연 도서관은 정부 지침에 따라 휴관과 개관을 반복했다. 출퇴근하듯 했던 나는 더 이상 도서관에 가지 않았다. 공원은 걸었다. 주중에도 걸을 수 있게 되었다. 꽃잎이 눈송이처럼 날리는 가운데 걷는 느낌이 좋았다. 위로 차가 다니는 굴다리 앞에서 여러 사람들이 자주 걸음을 멈추었다. 꽃이 활짝 핀 벚나무가 있어서 마스크를 낀 채 사진을 찍었다. 눈이 웃고 있었다. 걷다가 문득 바라본 풍경 속에서 하얀 마스크가 도드라졌다. 나는 이계(異界)에 있는 듯한 착각에 빠졌다. 마스크 하나로 풍경은 기이함마저 띠었다. 그해 벚꽃 피고 조팝나무 꽃 피고 이팝나무 꽃 피는 철이 되어도 사람들은 잔디밭에 돗자리를 펴고 앉을 수 없었다. 금지되었다. 걷는 사람도 벤치에 앉는 사람도 간격을 유지했다. 공원 입구와 중간에는 두 팔을 벌린 사람이 그려진 현수막이 나무와 나무 사이에 걸려 있었고 그림 옆에는 2M라는 글자가 씌어 있었다. 벤치의 앉는 부분 중간에는 '앉지 마세요'라고 인쇄된 스티커가 붙어 있었다. 나는 달라진 풍경을 기꺼이 받아들였다. 그것 또한 내가 살고 있는 곳의 한 풍경이 되었으므로. 그리고 나는 그런 풍경 속에서 일을 하게 되었다.

신종 코로나 바이러스 감염증−19 발생으로 생업을 잃거나 일자리를 잃은 시민들을 대상으로 시에서 일자리를 주었다. 그냥 준 것은 아니었다. 지원해서 채택되어야 했다. 행정주민센터 부근 가로수 사이에 걸린 현수막에서 언뜻 보았었다. 그 이전에 시에서 마련한 프리랜서 지원사업과 관련해 주민센터에 문의한 적이 있었다. 얼마 없는 정기예금액 때문에 지원조차 할 수 없었다. 돈이 없는 것도 있는 것도 아닌 상황이었다. 나는 탈락할까 봐 고민하다 일자리 사업에 지원했다. 업무는 분야별로 다양했다. 언뜻 보기엔 그랬지만, 거의 한 가지밖에 없었다. 환경미화. 시의 공원을 청소하는 것이다. 내가 지원한 일자리는 아트홀 업무 보조였다. 자주 공연을 보러 가고 공연 관련 잡지사에 근무한 이력을 지원서에 빽빽이 적어 넣

었다. 뭘 그렇게 많이 적느냐는 센터 직원의 말에 나는 아랑
곳하지 않았다. 탈락되지 않기 위해서 노력을 다하는 것이었
으므로. 볼펜으로 꾹꾹 눌러 쓰는 손에 땀이 찼다. 혹시 모를
까 해서 여러 일자리에 동그라미를 그렸다. 일주일쯤 뒤 채택
문자를 받았다. 아트홀 일은 아니었다. 아트홀 일을 하기에는
나이를 먹은 것이다. 나는 삼십대 초반에도 나이를 먹었고 그
로부터 십 년이 훌쩍 지난 지금도 나이를 먹은 사람이었다.
구인구직 사이트를 들어가보면 어느 직종이든 정규직은 경력
직이 아니고는 대개 이십대 후반의 사람들을 원했다. 시간제
근무는 직종이 더 다양하고 채용 연령대도 한결 폭이 넓지만
그만큼 일이 힘들다. 나는 이제 시간제 근무자가 되어 공원으
로 가게 되었다.

　오리엔테이션을 거쳐 업무가 시작되는 팔월 첫날, 나와 같
은 일을 할 사람들 오륙십 명이 중앙공원 관리소로 모여들었
다. 업무 구역을 정하기 위해서였다. G시에서 가장 큰 공원이
라고 하는데 나는 처음 가보는 곳이었다. 사십대이거나 오십
대인 듯한 사람들은 뚱한 표정으로 두리번거리거나 다른 사
람을 흘끔거렸다. 나도 그런 사람 가운데 하나였을 것이다.
어려 뵈는 사람도 드물게 보였다. 업무를 총괄하는 사람이 의
자에 서서 말하기 시작했다. 나는 그 사람에게 눈길을 돌렸
다. 선생님들! 이 사업에 모시게 된 걸 환영합니다. 잠깐만 집

중해주세요. 탁한 목소리가 들리고 주위는 조용해졌다. 들어서 아시겠지만 우리 시에 공원이 팔십 개가 넘어요. 그거 다 정하려면 시간이 꽤 걸리니 집중하세요. 구역 말하면 할 수 있는 분 손들어주세요. 구역이 정해진 사람들은 담당자가 인솔해서 관리소 밖으로 나갔다. 이삼십 분 흘러가자 탁한 목소리가 더 탁한 소리로 말했다. 자, 자, 아줌마, 거기 아저씨, 빨리빨리 움직이세요! 나는 호수 공원이 있는지 물었으나 그곳은 사업에서 제외되었다고 했다. 또 다른 시립도서관과 가까운 곳이 어디냐고 물어서 그곳을 택했다. 떨떠름한 기분으로 구역 담당자를 따라 나갔다. 담당자 앞으로 열 명이 모였다. 여자는 나를 포함해 네 명이었다. 작업조를 나누고 세부 구역을 정했다. 구역 담당자는 험한 곳은 남자들에게 배정했다. 이어 어느 곳은 쓰레기가 많아 힘들다고 말했을 때 나는 그곳을 하겠다고 말했다. 또 다른 여자도 말했다. 그녀와 나는 파트너가 되었다. 나머지 두 명은 다른 곳을 원했다. 쓰레기 많으면 곤란하죠. 구역이 정해지고 나서 파트너는 정말 쓰레기가 많을까요, 아닐 수도 있을 것 같네, 라고 나를 보며 말을 건넸다. 맞아요. 나는 짧게 대답했다. 그녀는 나와 같이 일하게 되어서 좋다고 말했다. 나는 엷게 웃었다. 글쎄요. 속으로 중얼거렸다.

다음 날부터 일은 시작되었다. 오전 아홉시 출근, 오후 한시 퇴근이었다. 그 네 시간이 사 개월 동안 나의 하루를 지배

했다.

　주공 아파트 단지 공원은 파트너의 예상대로 쓰레기가 많지 않았다. 먼저 쓰레기를 줍고 잡초를 뽑았다. 집게로 과자 봉지나 음료 캔이나 담배꽁초를 주워 주황색 긴 자루 쓰레받기에 담았고 다 모아지면 대용량 쓰레기봉투에 담았다. 쓰레기봉투는 쉼터 쪽 화단에 있는 리어카 모양의 푸른색 도구함 귀퉁이에 재활용 쓰레기 마대와 함께 걸려 있었다. 도구함은 세 개의 번호를 맞추는 자물쇠로 채워져 있었다. 지금 그 번호는 기억나지 않는다. 일이 끝난 순간 바로 잊어버렸다.

　공원은 사방이 화단이고 중간이 통로인 직사각형 구조였다. 단독주택으로 치면 마당이었다. 한쪽에 쉼터와 놀이터가 통로 사이에 자리했다. 반대편은 바닥에 농구 코트 모양으로 흰색 선이 그어져 있고 그 끝부분에는 청록색 아크릴 지붕 아래 운동기구들이 대여섯 개 놓여 있었다. 거기에서 통로를 사이에 두고 놀이터가 이어졌다. 놀이터와 운동기구 쪽 화단 너머는 보도를 사이에 두고 아파트 관리사무소 건물이었다. 일층에 경로당과 화장실이 있었다. 그 뒤로는 다 아파트 단지였다. 화단 쉼터와 운동기구 쪽에는 지붕이 있어서 쉬는 시간에 햇빛을 피할 수 있었다. 사람들이 앉거나 운동을 하면 일어났다. 지글지글 끓어오르는 해를 정수리에 인 채 선 캡을 쓰고 긴팔 윗옷과 긴바지를 입고 목장갑을 끼고 있었다. 목장갑은 매주 월요일마다 두 켤레씩 주어졌다. 이삼십 분 일했을 뿐인데 마스크 안이 벌써 땀으로 흥건했다.

잡초를 뽑으려면 고개를 숙여야 했다. 머리가 어질어질했다. 어지럽다고 내가 말하자 파트너는 수분 부족일 거라고 말했다. 땀을 많이 흘리나 봐. 그녀는 얇은 검은색 점퍼와 검은색 바지에 황금색 스니커즈를 신었다. 긴 머리를 묶은 그녀는 나보다 더 더울 법한데 땀은 많이 흘리는 것 같지 않았다. 사오십 분 일하고 쉬는 시간에 나는 텀블러를 꺼내 물을 마셨다. 오백 밀리리터 중 거의 절반을 마셨다. 공원 근무라 따로 쉬는 장소도 없고 정수기 같은 것은 당연히 없었다. 나는 어깨에 메는 작은 가방에 텀블러를 넣어 가지고 왔다. 미리 챙겨서 다행이다 싶었다.

잡초와 잡초 아닌 것을 구분하는 것은 까다로운 일이었다. 담당자가 와서 가르쳐주었지만 아리송했다. 언뜻 보면 난 종류 같은데 하나는 난이고 하나는 아니었다. 더 갸름하고 더 도톰한 것은 뽑으면 안 되었다. 그 나머지는 다 뽑았다. 난 아닌 것은 호미 없이 손으로 뽑았고 뿌리가 깊은 것들은 호미를 사용했다. 잡초 뽑는 사이사이 나는 파트너에게 말을 걸었다. 점 보느냐고 대뜸 물었다. 그즈음 웬일인지 무속인 유튜브 영상을 보게 되었다. 호기심에 한 영상을 보고 나니 비슷한 영상이 화면 오른쪽에 늘어서 있었다. 무속인들까지 유튜브를 하는 세상이었다. 파트너는 점 같은 거 보지 말라는 말을 들었다면서 그녀 자신이 더 영안이라는 말도 들었다고 했다. 나에세도 그런 거 보지 말라고 덧붙였다. 재미 삼아 보는 거예요, 좀 지나면 자연히 안 볼 거예요, 라고 나는 말했다. 내가 풀을 보고 난인지 아닌지 자꾸 물어보자 파트너는 그것도 모르면 일을 어떻게 하냐고 퉁명스럽게 한마디했다. 그렇네요. 나는 고개를 끄덕거렸다.

그녀는 나보다 학번이 칠 년 위고 아이가 둘이라고 했다. 일을 처음 시작한 날 서로 짧게 자기소개를 했다. 딸은 의류 회사에 다니고 아들은 카이스트인지 포항공대인지의 대학원에 다닌다고 자랑스러워했다. 나는 싱글이고 엄마와 함께 산다고 말했다. 기생하는 거죠 뭐. 학번이 위니까 선배님이라 부르겠다고 했다. 그녀는 그러세요, 했다.

오후 한시쯤 일을 마치면 도구함에 청소 도구와 호미 등을 도로 넣었다. 좁은 쪽 몸통에 뚫린 구멍에 긴 빗자루를 맞춰 넣었다. 돌아가는 길에도 파트너와 함께였다. 길목에 다른 아파트 단지의 화단에 여러 가지 화초가 심어져 있는 게 보였다. 키 작은 화초들이 오밀조밀했다. 저건 옥잠화예요, 라고 파트너가 말했다. 비비추 아니에요? 내가 되묻자 그녀는 그러냐고 떨떠름하게 대답했다. 잡초와 잡초 아닌 것도 구분 못하면서 어떻게 아느냐는 눈치였다. 그러곤 그녀와 나는 말없이 걸어갔다. 안녕히 가세요, 내일 뵈어요. 내가 말했다. 잘 가요. 그녀가 말했다. 그녀는 집까지 걸어갔고 나는 마을버스를 탔다. 첫번째 주가 끝나는 금요일이었다. 집에 돌아온 나는 땀을 씻어내고 더위를 식힌 뒤에야 늦은 점심을 먹었다. 몸이 노곤해져 까무룩 잠에 들었다. 월요일부터 금요일까지 주 5회 근무가 그러한 패턴으로 이어졌다.

SNS의 단톡방에 사진을 올리는 것으로 업무 보고가 이루어졌다. 중순이 넘어가면서 그렇게 하게 되었다. 시에서도 이런 사업이 처음이었으므로 사업을 진행하면서 자리를 잡아가는 느낌이었다. 단체 조끼와 모자도 받았다. 오전에 담당자가 업무 확인 사인을 받으러 온 것은 처음부터 이루어졌다. 목장갑 같은 필요한 물품을 주러 오면서 이탈자가 없는지 확인하는 거였다. 전자 온도계로 열 체크를 했다. 한눈에도 단단한 체구인 담당자는 이 년 넘게 근무하는 용역 직원이라고 했다. 더운데, 너무 열심히 안 해도 돼요. 인정 어린 말이었다. 파트너와 나는 담당자의 말에도 열심히 일했다. 그녀와 나의 공통된 점이었다. 업무 보고 사진으로 처음에는 서로를 찍었다. 얼굴은 찍지 마세요. 그녀도 나도 말했다. 주황색 쓰레받기를 앞이 보이게 놓고 빗자루를 들고 서 있는 모습이나 화단가에서 잡초 뽑는 모습을 서로 찍었다. 그건 사이가 좋았을 때 일이었고 나중에는 기간을 정해 각기 찍어 올렸다.

팔월 한 달 동안 그녀와 나는 대체로 가깝게 지냈다. 어쩌면 너무 가까웠는지도 모른다. 서로 말이란 건 처음 하는 사람들 같았다. 내 쪽이 더 그랬던 듯하다. 알바 이야기, 마트 이야기, 화장품이나 옷 이야기를 나누었다. 그녀는 나이에 비해서 젊어 보였다. 키는 크지 않았으나 커 보였고 강마른 체구였다. 너무 말라서 손등에는 실핏줄이 퍼렇게 도드라졌다. 끼고 있는 반지가 무거울 정도였다. 양쪽 손가락에 두세 개씩 반지를 끼었고 목에는 금빛 목걸이를 둘렀다. 그녀가 손을 들어 올릴 때마다 반지의 금빛이 햇빛에 반사되었다. 바스라질 것 같은 몸피가 액세서리에 눌리는 느낌이었는데 그녀는 금색 액세서리를 몸에 지녀야 마음이 편하다고 했다. 나는 단추형 귀고리와 반지 하나를 착용했다. 한시 전까지 두 번쯤 쉴 수 있었다. 대개 쉼터 쪽 화단 앞에 놓인 벤치에 앉았다. 이런 알바가 꿀알바라고 말하는 그녀에게 나는 막장이죠, 하고는 곧바로 후회했다. 막장이라는 말은 호텔 연회장 워서 알바로 일할 때 들은 말이었다. 그녀는 안경 너머로 잠깐 나를 보고 나서 다시 한번 꿀알바임을 강조했다. 적게 일하고 그에 비해 좀 받으면 좋잖아. 돈 벌면 그만이지. 그녀는 딸을 타이르듯 나에게 말했다. 나는 너무 더워서 다시 물을 들이켰다.

그런 것과 관계없이 아침에 일찍 일어나는 기분은 상쾌했다. 첫날의 떨떠름한 기분은 사라졌다. 역시 출근을 해야 일을 하는 건가 싶었다. 또 그래야 엄마는 내가 일을 하는 걸로 인식했다. 나는 파트너보다 조금 일찍 도착해 청소 도구를 꺼내놓았다. 쓰레기는 월요일에 가장 많았고 갈수록 줄어들었다. 화단은 공원 바닥보다 이 미터도 안 되는 높이였지만 흙을 밟으니 산에 있는 것 같았다. 사방 화단에는 벚나무가 대부분이었고 소나무와 단풍나무가 서너 그루씩 보였다. 참나무 종류인 나무들도 심어져 있고 흙바닥에는 솔방울과 도토리 비슷한 열매가 여기저기 떨어져 있었다. 키 작은 관목은 철쭉인 듯싶었다. 집 근처 공원에서 보아서 잎의 모양이 눈에 익었다. 이 작은 공원이 봄에는 무척 예뻤겠다 싶었다. 그녀와 내가 나란히 앉아서 쉬었던 벤치에서 하늘을 올려다보면 통로 바닥의 은행나무 가지와 벤치 뒤 화단의 벚나무 가지가 공중에서 만났다. 나는 때때로 그 광경을 사진으로 찍었다. 푸릇푸릇했던 이파리들이 조금씩 퇴색해가는 것을 넉 달 동안 지켜볼 수 있었다.

　업무 첫날, 벤치에 앉아서 쉴 때 내가 물병을 꺼낸 걸 보고 그녀는 생각 못했다며 물을 청했었다. 그 뒤 그녀는 나에게 건강 음료나 비타민 정제 같은 걸 주었다. 나는 답례로 초코파이나 귤 같은 것을 가져왔다. 그녀도 나도 전에 무슨 일을 했는지 말하지 않았다. 대신 그녀는 예전에 했던 골프나 수영을 몇 년 전부터 안 한다고 말했다. 나는 자전거를 타고 요가를 한 적이 있다고 말했다. 산에 가는 거 좋아하지만 자주 못 간다 하니 그녀도 공감했다. 언제 같이 가도 좋겠어요. 나는 불쑥 말했다. 가면 좋지. 그녀는 말했다. 나는 곧 후회했다. 그녀와 함께 산에 가지 않을 것을 이미 알았기 때문이었다. 그때 그녀의 휴대전화 벨이 울렸다. 「해 뜨는 집」이었다. 나는 그녀의 통화가 끝나기를 기다렸다가 팝송이나 록 음악을 좋아하느냐고 물었다. 칠십 년대 팝송 좋아한다고 그녀가 대답했다. 나는 딥 퍼플, 롤링 스톤스 같은 밴드 이름을 언급했다. 그녀가 잠깐 나를 빤히 바라보는 시선이 느껴졌다. 다음 날 무슨 이야기를 하다 그녀는 남에게 질문하지 않는다고 말했다. 전날 내가 많이 물어본 것이 떠올랐다.

서로 제법 익숙해진 팔월 말쯤 벤치에서 물을 마실 때였다. 내 첫인상을 물었다. 남에게 질문하지 않는다는 그녀의 말을 기억하면서도 그녀에게 질문을 한 것이다. 우울감이 짙어 보였다고 그녀는 대답했다. 얼굴에 표정이 없었어, 무표정했어. 또 나에게 피터 팬 이미지가 있다고 덧붙였다. 그녀의 말에 나는 사람에 대해 섣불리 판단하지 않는다고 말했다. 그 짧은 사이에 서로를 얼마나 알 것인가. 바람이 세차게 불었다. 며칠 동안 태풍이 예보되고 있었다. 구역 담당자가 와서 함께 나무 사이에 걸려 있던 현수막을 더 단단히 묶었다. 코로나19 예방수칙이 그림으로 그려진 현수막이었다. 화단가에 떨어져 있던 나뭇가지들을 주워 운동기구 쪽 화단에 쌓아두었다. 다음 날 태풍 바비가 불어닥쳤다. 비가 퍼붓는 코트에서 그녀는 우비를 입고 집게로 쓰레기를 주웠다. 나도 그녀와 같은 모습이었을 것이다.

구월에 접어들면서부터 시간이 빠르게 흘러갔다. 조금씩 낙엽이 흩날리기 시작했다. 파트너는 정자 모양 쉼터와 그 옆 벤치에서 이어지는 농구 코트 쪽에서, 나는 놀이터와 운동기구 코너에서 낙엽을 쓸어 모았다. 농구 코트 절반이 갈린 위치였다. 옆으로 긴 직사각형 공간에 보이지 않는 금이 그어졌다. 오전에 구역 담당자가 쉼터에 오면 그쪽으로 가서 사인을 한 뒤에 놀이터나 운동기구 쪽으로 돌아왔다. 제법 써늘한 가운데 손은 시렸지만 등에는 땀이 찼다. 한 시간쯤 빡세게 하고 나면 그녀와 나는 알아서 쉬었다. 잠깐 쉬겠다는 말은 했다.

낙엽은 시월 말 십일월 초에 절정이었다. 농구 코트에서 쓸기 시작해 운동기구 쪽 화단가를 따라 쓸어둔 낙엽이 바다를 이루었다. 오전의 햇빛을 받아 낙엽은 황금빛으로 물들었다. 어느 날엔 회오리바람 속에서 낙엽들이 휘날렸다. 바라만 보면 좋다. 나는 녹색 플라스틱 모가 달린 긴 빗자루로 낙엽을 쓸어 운동기구 쪽 화단가 깊은 구석으로 몰았다가 마대에 담았다. 중형 마대가 빵빵해질 정도로 가득 차면 더 큰 마대에 쏟아 부었다. 쉴 틈 없이 그 작업을 몇 번이나 되풀이한 뒤에야 코트가 드러났다. 꼬박 사흘이 걸렸다. 대형 마대가 꽉 차면 사방에 달려 있는 로프로 꽁꽁 묶었다. 그녀와 나는 말없이 함께 몸을 움직였다. 항공 마대로 불리는 마대 겉에 1000KG이라고 검은색으로 굵게 인쇄되어 있었다. 마대 안에서 낙엽들은 켜켜이 층을 이루었다. 바닥에 떨어진 낙엽은 조금이라도 모이면 절대 흩어지지 않는다고 담당자가 말했었다. 낙엽에 관해 알게 된 새로운 사실이었다. 나는 그 말을 듣고 낙엽을 화단가 따라 조금씩 모아두었다가 마대에 담았다.

나는 지금도 그 밀을 떠올리곤 한다.

시월 말이었던가 근무가 연장된다고 담당자가 오전 점검 중에 말해주었다. 파트너는 그 자리에서 하겠다고 말했다. 고민스러웠다. 글을 써야 한다는 생각이 들어서였다. 하지만 별수 없었다. 나도 하겠다고 전화로 알려주었다. 잘했어요, 그게 맞지. 담당자가 한마디 건넸다. 절정이 지나가고 낙엽은 한결 줄어들었다.

십이월 초에는 일주일간 공동 작업을 했다. 같은 조의 사람들을 다시 보았다. 무더운 여름에 처음 보고 손이 곱아지는 겨울에 다시 보는 것이었다. 낯은 설어도 같은 모자와 같은 조끼를 착용하고 있다는 것만으로 성큼 친숙해졌다. 모두 일곱 명이었다. 그사이 탈락자가 생겼다. 파트너와 싸움을 벌여 그만두었다고 담당자가 말해주었다. 그 말을 들으며 파트너와 나를 생각했다. 아슬아슬하게 함께 일하고 있음을 굳이 드러내지 않았다. 다른 조는 어떤지 모르겠다. 여자 한 조, 남자한 조, 그리고 혼자 일하는 남자. 다들 수더분해 보였다. 처음에 쓰레기 많은 곳을 피했던 여자들은 뜻밖에 친절했다. 파트너가 같이 일해서 좋다고 말했을 무렵에 나도 수더분한 사람으로 보였을까.

다음 날부터 구역 근무자들을 모두 포함해 이 사업에 투입된 전 인원이 중앙공원 낙엽 치우기에 동원되었다. 공원 올라가는 길 자체가 몹시 가팔랐다. 안으로 들어가면 곳곳에 정자가 보이고 보행로에는 벤치가 간격을 두고 놓여 있었다. 담당자는 산을 깎아 만든 공원이라 험하니 등산화를 신는 게 낫겠다고 미리 일러주었다. 그 말대로 나는 등산화를 신고 갔다. 각기 플라스틱 긴 자루 갈퀴와 빗자루가 주어졌다. 최대한 팔을 뻗어 갈퀴로 낙엽을 긁어 내렸다. 먼저 꼭대기로 올라가서 아래로 내려오는 방식이었다. 가방을 놓아둔 벤치 주변에서 잠깐 쉴 때 남자 근무자가 나 보고 몸 쓰는 게 다르다면서 운동한 사람 같다고 말했다. 한동안 자전거를 탔었다고 대답했다. 그도 탄다며 언제 같이 타러 가도 좋겠다고 덧붙였다. 강변 따라 달리면 얼마나 좋은데요. 그는 낙엽 사이를 어슬렁거리는 고양이를 보자 일하다 말고 다가갔다. 얘 오드 아이예요. 봐봐, 눈 색깔이 다르잖아. 그 소리에 주위에 있던 여자들이 피식거렸다. 근무자들 중에서 그는 나이가 가장 적은 사람이었다. 여자들은 철없는 남동생 대하듯 그를 대했다. 왜캐 다들 열심이야. 아, 힘들어. 그가 투덜거리는 소리에 맞물려 짧은 휴식 시간이 끝났다. 웬수야, 마대 들고 빨랑 따라와. 그의 파트너가 그를 재촉했다. 하나둘 작업 중이던 곳으로 걸어갔다. 걸음이 조금 무겁게 끌리는 듯 보였다.

아래로, 아래로 낙엽을 쓸어내렸다. 정말 산을 타고 내려오는 기분이었다. 사람들이 가지고 올라왔던 항공 마대들도 바닥으로 내려졌다. 열네 개가 낙엽으로 터질 듯했다. 세 시산 넘는 작업의 결과였다. 그 일을 일곱 명이 함께 해낸 것이다. 중앙공원 곳곳에 터질 듯한 항공 마대가 열 지어 놓여 있는 게 보였다. 그 모든 마대가 낙엽으로 가득 찼다는 것이 놀라웠다. 껍종이나 비닐봉지나 담배꽁초 같은 것이 쓸려 들어가기는 했지만 그건 극히 적은 양이었다. 지난해에는 그 많은 낙엽을 어떻게 치웠을까 궁금했다.

끝이 보였다.

일주일이 지난 뒤 마지막 근무일까지 담당자가 맡은 구역을 차례로 돌면서 낙엽을 치웠다. 담당자 보조로 남자 한 명이 합세했다. 일이 많다는 뜻이었다. 오전에 전철역 부근의 구역 관리 사무소에 모였다가 녹차나 커피로 몸을 데운 후 해당 공원으로 이동했다. 중앙공원만큼은 아니라도 거의 매일 항공 마대 일고여덟 개가 낙엽으로 채워졌다.

구역 순회 첫날, 나는 아침 출근길에 엉뚱한 공원에서 헤맸다. 공원 이름을 담당자가 알려주었으나 도무지 찾을 수 없었다. 파트너에게 전화를 걸었다. 그녀는 왜 모르냐고 대뜸 화부터 냈다. 딸에게 화내는 말투였다. 늘 일하는 공원 근처라고 그녀가 말해주었다. 도착하고 보니 나도 어이가 없었다. 그곳은 내가 작은 공원이라고 속으로 부르던 곳이었다. 잘 알던 것을 잊어버린 내가 한심하기도 했다. 하지만 화부터 내는 그녀를 이해할 수 없었다. 이미 작업을 시작한 사람들 사이에서 그녀는 왜 그것도 모르느냐고 지금까지 뭘 안 거냐고 목소리를 높였다. 통화할 때 조용히 위치만 말해줘도 되는데 왜 화를 내느냐고 나도 목소리를 높였다. 그녀는 그 뒤로 나와 말을 섞지 않았다. 나도 말하지 않았다. 다른 사람들은 개의치 않았다. 그것보다 중요한 것은 공원의 낙엽을 치우는 것이었다.

먼저 화단으로 들어가 항공 마대를 놓고 갈퀴를 써서 최대한 많은 낙엽을 그 주위로 그러모았다. 여자 둘이 항공 마대를 잡고 있으면 남자 둘이 양쪽에서 갈퀴의 부챗살 부분을 맞붙여 낙엽을 마대에 쏟아부었다. 구역 담당 보조는 브루어인지 블러인지 하는 기계로 낙엽을 한데 모아놓았다. 기계를 작동하면 바람이 나와서 흩어져 있는 낙엽을 원하는 방향으로 몰 수 있었다. 갈퀴로 하는 것보다 훨씬 빨랐다. 나이가 제일 많은 남자는 혼자서 갈퀴로만 하는데도 아주 빠른 속도로 마대를 채워갔다.

여덟아홉 군데 공원을 순회한 것 같다. 모두 처음 가보는 공원이었다. 내가 알고 자주 가는 공원은 집 근처의 호수 공원뿐이었다. 공원마다 분위기가 조금씩 달랐다. 돌고래 모양으로 타일이 붙여진 조그만 수영장이 딸린 공원이 있는가 하면 작은 무대가 마련된 공원이 있었다. 원룸 단지 사이에 있는 공원에는 맥주 캔이나 담배꽁초가 유달리 많았다. 파트너와 내가 맡은 공원 화단의 낙엽도 어지간히 치워졌다. 여름의 잡초들도 쓸려갔을 것이다.

공원 순회가 두번째 주에 들어선 무렵이었다. 사람들은 퇴
근을 앞두고 난롯가에서 손을 녹이고 있었다. 그때쯤에는 한
시간 일찍 퇴근했다. 파트너 말대로 정말 꿀알바였다. 일도
같이하는데 밥이라도 한번 먹자고 누가 제안했다. 혼자 일했
던, 나이가 가장 많은 남자였다. 술 마시는 시늉을 하면서 맨
날 집에서 혼자 마시기 썰렁하다고 덧붙였다. 그래요, 회식
합시다. 구역 담당자가 말했다. 며칠 뒤인 금요일 퇴근 시간
에 사무소에서 회비를 모았다. 누군가 중국 음식점에 음식을
주문했고 몇몇은 근처 마트에서 맥주와 소주를 사 왔다. 누군
가는 담당자가 꺼내준 은박 자리와 신문지를 바닥에 깔아놓
았다. 이거 위에서 알면 안 되니까 하며 담당자가 입에 지퍼
를 채웠다. 사람들이 너도나도 고개를 끄덕였다. 취향대로 맥
주나 소주를 따른 종이컵들이 공중에서 부딪쳤다. 사람들과
더불어 술잔을 기울인 것이 얼마 만인지 모른다. 파트너와 두
여자는 식사로 시킨 짜장면이나 짬뽕, 탕수육을 먹었다. 일하
는 틈틈이 짧게 이어졌던 대화에서 여자들의 나이가 파트너
와 나의 나이와 같다는 걸 알게 되었다. 나와 동갑인 여자는
자기 파트너를 언니라 부르며 살갑게 대했다. 내 파트너에게
도 언니라고 부르는 소리를 들었다. 나는 그녀의 파트너를 선
배님이라고 불렀다. 나의 파트너를 부르듯.

마지막 근무일은 크리스마스 이브였다. 각자의 구역에서

쓰레기 줍는 것으로 업무를 마쳤다. 관리 사무소에 모였을 때 서로들 고생했다고 말했다. 해방이다, 당분간 공원 쪽은 쳐다도 안 볼 거야. 남동생 같은 남자가 말했다. 네가 제일 농땡이였어, 이 웬수야. 그 파트너가 말했다. 아쉬운데 한잔할까, 하고 연장자가 중얼거렸다. 좋다고 남자들은 동의했다. 나도 싫지 않았다. 오후 네시쯤 다시 관리소에서 보기로 했다. 사회적 거리 두기 단계로 호프집에서는 5인 이상 모일 수 없었다. 먼저 사무소를 나온 파트너와 여자들 두 명이 이야기를 나누고 있었다. 카트 가져올걸 그랬어, 난 장바구니 가져왔어, 하는 소리가 들렸다. 어딘가 함께 가는 모양이었다. 나는 그 주위에서 멀지도 않고 가깝지도 않게 서서 기회를 엿보았다. 파트너에게 한 걸음 다가갔다. 고생하셨다고 그녀에게 말했다. 파트너는 네, 하고 짧게 대답했다. 그뿐이었다. 나는 그들을 뒤로하고 마을버스 정류장 쪽으로 걸어갔다.

두 번 출근하는 것처럼 오후에 관리 사무소로 갔다. 그 전에 우체국에 들렀다. 지인에게 연말 선물로 와인을 택배로 보내려고 간 것인데 혹시나 해서 보안요원에게 물었더니 병이 깨질 우려가 있어 보낼 수 없다는 말을 들었다. 마을버스에 오르면서 도리어 잘되었는지도 모르겠다는 생각이 들었다. 관리 사무소에 가니 담당자 두 명과 남자 근무자 두 명이 있었다. 남동생 같은 남자는 자전거 약속을 깜박해서 못 왔다고 그 파트너가 알려주었다. 연장자가 오징어 숙회와 프라이

드치킨을 배달 주문했다. 나는 남자 근무자와 함께 마트에 가서 맥주와 소주를 사 왔다. 끝이 나네, 언제 더웠는지 모르겠어요. 남자가 말했다. 그러네요, 끝이 났네요. 나도 공감했다. 담당자 두 명이 사무소 바닥에 깔아놓은 자리 위에서 한잔 기울였다. 늦은 오후의 소풍 같았다. 호수 공원에서 봐온 풍경 속에 내가 들어가 있었다.

내가 말예요, 대학 때 화염병 던질 때보다 더 열심히 했어요. 연장자는 벌컥벌컥 들이켜는 소주에 취해갔다. 그가 무슨 일을 했었는지 모르지만 누구보다 열심히 더 빨리, 더 많이 낙엽을 마대에 쓸어 담은 건 알고 있다. 내가 아는 데, 거기 갑시다. 그는 취중에 일행을 이끌었다. 구역 담당자 차로 이동했다. 그는 장소를 기억해내지 못했다. 휴대폰으로 상호를 검색해서 전화를 하니 아니라는 말을 들었다. 그가 오락가락하자 댁에 모셔다드려야겠다고 담당자가 조용히 말했다. 집 앞에 도착하자 몸을 휘청거리면서 그가 웅얼거렸다. 다들 고생했어요, 다 복 받을 거요. 아홉시 가까운 시각이라 맥줏집에도 들어가기 애매했다. 들어가더라도 열시에는 나와야 했다. 어디 갈까요? 남자 근무자가 남은 사람들에게 물었다. 나는 호수 공원은 어떠냐고 제안하며 와인이 있다고 말했다. 그 좋은 걸 왜 이제야 꺼내냐며 좋다고 했다. 우체국 택배 이야기를 꺼내니 운명이네, 누군가 말했다.

네 명은 어두운 공원의 스탠드 맨 위 구석에 자리를 잡았다. 맞은편에는 박쥐 날개 같은 천장 아래 무대가 흐릿하게 보였다. 실제로 무용 공연이나 클래식기타 연주가 이루어지는 걸 오며 가며 보았었다. 나는 집에 가서 와인 따는 것과 슬라이스치즈와 블랙올리브를 가지고 왔다. 보조 남자는 블랙올리브를 먹고 이게 무슨 맛이냐고 얼굴을 찌푸렸다. 덥다 덥다 하더니 금세 추워졌네요. 담당자가 말했다. 작업 뒷이야기가 자연스럽게 이어졌다. 그 아줌마가 일 제일 안 한 거 같아. 보조 남자가 툭 던졌다. 그런 말이 어딨어, 다 열심히 했지. 너무 열심히 해서 칭찬 받은 거 몰라? 담당자가 맞받았다. 그 밤에 와인 한 병을 다 비우고도 모자라 근처 편의점에서 큰 맥주 캔을 두세 개 더 사왔다. 대리 부를까 보다고 담당자는 아쉬워했다. 맥주도 다 마셨다. 나는 정량을 초과한 지 오래였다. 취하지 않았다. 늦은 밤, 야외에서 여럿이 함께 있는 것은 정말 오랜만이었다. 대학 시절에 몰려다니는 기분이었다. 같은 모자와 같은 조끼에 같은 일을 해온 사람들. 코로나19가 사람들을 멀리 떼어놓기도 했지만 사람들을 가까이 부르기도 했다. 그런가, 생각하며 하늘을 보았다. 겨울밤을 지켜주는 오리온자리의 별들과 시리우스가 빛나고 있었다.

그리고 다시 낙엽 지는 계절이 왔다. 낙엽은 예전에 내가 바라보던 낙엽이 아니었다. 그것을 바라보는 마음과 그것을 쓸어 담는 마음을 이제는 안다. 고작 두어 달 낙엽을 쓸어 담은 것뿐인데 이십 년 동안 낙엽을 쓸어 담은 사람처럼 나는 말하고 있다. 두 달이라도 낙엽을 쓸어본 적 있는 사람과 그런 일을 전혀 해보지 않은 사람의 마음은 다르다고 생각한다. 늦가을, 아파트 마당 사이사이에 낙엽이 모아진 걸 보고 나는 슬며시 웃었다.

어떤 영화가 떠올랐다. 주인공은 살기 위해서 도망쳐야 했다. 그녀가 가로지르는 숲에 낙엽이 잔뜩 깔려 있었다. 그 장면만 봤다면 만추의 즐거운 순간으로 보였을 듯싶다. 그러나 그녀는 그녀 자신이 속했으면서도 그녀를 억압하고 그녀의 삶을 통제하는 무리로부터 벗어나려 하고 있었다. 그녀는 내일을 위해서 오늘 도망치고 있다. 넓은 숲을 헤치고 낙엽을 밟고 지나간 그녀에게 내일이 있을까. 그녀의 이름은 로나였다. 영화에서 가장 많이 불린 이름이었다. 그녀의 이름을 부르는 것이 마치 구원의 손길에 닿으려는 것 같았다.

그 영화를 보고 난 뒤 나는 가끔 코로나를 로나라고 불렀다. 두 해째 이 세상을 지배하고 있고 당분간 이 세상을 지배할 그 이름에서 한 글자 뺀 이름 로나. 영화의 로나는 Lorna 고 내가 말하는 로나는 Rona다. 코로나가 라틴어로 왕관을 뜻하는 말이라고 검색해보고서야 알았다. 코로나 바이러스의 모양이 왕관과 닮았다고 해서 그 이름이 붙었단다. 그 말에서 한 글자 빼니 뭔가 자유로워진 느낌이었다. 영화 속 로나는 불합리한 것들로 고통을 겪지만, 현실에서 내가 말하는 로나는 그렇게 말함으로써 좀 가벼워진 느낌이었다. 내 느낌일 뿐이겠지만.

상반기에는 책 교정 프로젝트를 마치느라 꼼짝없이 집콕하며 보냈다. 집이 사무실이니까. 곁에 있는 엄마나 종종 방문하는 자매들은 무슨, 일이라도 하는 거냐고 물었다. 나는 하고 있다고 대답했다. 거의 매일 오후에 공원을 걸었다. 때때로 아침에도 걸었다. 마스크는 하나의 풍경이 되었다. 두 팔 벌린 사람이 그려진 현수막은 아직도 나무 사이에 걸려 있었다. 달라진 건 아무것도 없었다. 매일 어느 언론 매체에서든 감염증 확진자 수가 보도되고 있었다.

그런 가운데 십이월 초에, 함께 일했던 사람들을 만나게 되었다. 마지막 순간을 나눈 사람들이었다. 지금은 저마다 다른 일을 하고 있는데 시에서 마련한 또 다른 일자리 모집에 지원한 사람도 있었다. 어떻게들 지내는지 궁금해했다. 정말 아슬아슬했어요. 담당자가 나에게 말을 건넸다. 내가 일부러 커피사 가지고 가고 그랬다니까. 나는 조금 놀랐다. 말 안 해도 다 보여요. 그 말에 파트너를 떠올렸다. 딸이 직장 근처로 독립했다는 말도 떠올랐다. 파트너는 퉁명스러움으로 믿음과 외로움을 감추었을지도 모른다는 생각이 들었다.

꽃 피는 봄에 다시 만나자고 사람들과 말하면서 헤어졌다. 그들과 언제까지 알고 지낼지 알 수 없다. 동지애 같은 것은 느껴졌다. 넉 달이라는 기간 동안 함께했던 그 일로. 지금보

나 나이를 덜 먹었을 적 몰려다니던 시절의 느낌을 되새기게 해준 것이 나에게는 더 컸다. 그것은 잊었던 느낌이고 문득 그리워지는 느낌이었다. 혼자인 걸 좋아하는 것만큼 이따금 여럿이 어울리는 그런 순간, 그런 느낌.

지금 그들과의 만남을 떠올리며, 컴퓨터 화면으로 업무 보고용 사진을 들여다보고 있다. 농구 코트와 화단 사이 말끔해진 보도, 그 화단가에 비스듬히 기대놓은 녹색 빗자루, 운동기구 화단가의 황금빛 낙엽 바다, 열 지은 항공 마대들…… 공중에서 만나는 은행나무와 벚나무 가지를 차례로 불렀다. 로르샤흐의 그림 같던 가지들은 점차 얇은 선화의 그림으로 달라져갔다. 훑어보다가 팔월 초에 찍은 잡초 사진에 다시 멈추었다. 나중에 검색하려고 찍어두었던가 보다. 잊어버렸었다. 근무 초반에 파트너와 나누었던 옥잠화, 비비추 이야기가 떠올랐다.

파트너를 다시 보게 될 일은 아마 없을 것이다. 문득 떠올릴지도 모른다. 한때 함께 낙엽을 쓸던, 낙엽 같은 사람, 낙엽 같은 사람들. 낙엽이 바다를 이루는 풍경 속에서 나는 어쩌면 달아나는 낙엽이었는지도 모른다.

나는 늘 해오던 대로 글을 짓거나 글을 다듬는 일을 하고 있고 오후에는 호수 공원을 걸었다. 봄이 오면 큰 나무들 아래 잘 보이지 않는, 잡초일 수도 있고 아닐 수도 있는 것을 사이사이 보게 될지도 모른다. 난일 수도 있고 아닐 수도 있는 식물의 이름은 아직도 모른다. 알 수 없게 되었다. 조금 도톰하고 매끈한 잎을 가진 것을 화단에서 보게 되면 좀 더 자세히 들여다보게 될까. 자꾸 들여다보고 눈에 익고 검색하다 보면 이름을 알게 될지도 모를 일이다. 이름 없는 화초는 없다고 하니까.

고
래
밥

T는 엄청나게 큰 돌덩어리를 보고 고래 같다고 말했다. 나는 물개라고 생각했는데 그가 고래라고 말하니 정말 고래인 것 같았다. 길이는 육 미터쯤 되고 높이와 폭은 일 미터가 넘어 뵈는 돌덩어리였다. 돌덩어리 전체는 진회색이었고 고래의 머리쯤이라고 할 수 있는 부분에 연한 갈색 세로 줄무늬가 박혀 있었다. 저 돌은 처음부터 저렇게 생겼을까. 어떻게 운반했을까. 코끼리 상이나 양 모자 상처럼 이름이 붙은 것이 있었지만 그 돌은 이름표가 없었다. 보는 사람의 상상에 맡겨놓은 것일까. 고래로 보든 물개로 보든 그 어떤 것으로 보든. 흔히 수석이라고 하는 것이지만 내게는 그냥 엄청나게 큰 돌덩어리였다. 모르니까. 그런데 그 고래라고 하는 엄청난 생물

체가 내 눈앞에 존재한다고 생각하니 숨이 턱 막혔다. 땅이 지글지글 끓고 있었다. 폭염. 그리고 이따금 한 사람이 머릿속에 떠올랐다. 그는 물론 T가 아니었다.

끓는 국숫물처럼 하얗게 끓어오르는 태양을 쳐다보다 T에게 눈길을 돌렸다. 그는 고래 모양의 돌덩어리에서 벗어나 분재들을 보고 있었다. 나는 옆에서 한 장짜리 리플릿으로 연이어 부채질을 했다. 펼치면 한 장인 종이를 두 번 접어놓은 것이었다. 높이가 일 미터쯤인 모과나무, 해송, 주목, 철쭉 등이 기다란 화분에 심어져 있었다. 이름표에 적힌 수령(樹齡)에 눈길이 갔다. 가장 오래된 것은 주목으로 수령이 450년이었다. 그냥 아득하기만 했다. 모과나무 분재에는 진짜 모과가 달려 있었다. 분재는 어쩐지 장난감 같기도 했다. 잘 모르기도 하거니와 억지로 구겨뜨린 것 같은 느낌 탓에 좋아하지도 않았다. 다만 오래전 그것을 만든 이는 없지만 후대의 사람이 같은 나무를 볼 수 있다는 사실이 신기했다. 그렇게 세월이 이어지는 것일까. K와 나의 세월은 그런 것에 비하면 짧디짧았다. 솔직히, 만난 듯한데 만난 건지 만난 게 아닌 건지 모르겠다. 이런 이야기를 언젠가 T에게 했을 때 그는 아무것도 아니라고 잘라 말했다.

"만난 거면 만난 거지 아닌 건 또 뭐야?"

"잘 모르겠단 말이지."

"이 사람아, 그게 미련이라는 거야. 잘 알면서."

설명하기 어려웠다. 현실감이 없다는 뜻이었는데 T는 믿지 않을 터였다. 밤에 눈을 한 번 감았다 뜨니 아침이 되어버린 느낌. 말하자면 그런 느낌이었다.

"더워 죽겠어."

"그래. 소도 덥겠다고 주인이 얼음 핥으라고 소에게 주더라. 기온이 삼십육 도가 넘는다지."

T는 나를 보며 피식 웃더니 담배를 피웠다. 수석과 분재를 거쳐 정자에 앉은 뒤였다. 앞서 고택과 미술관도 건성으로 훑었다. 그야말로 순식간이었다. 정자는 미술관을 나온 다음 낮은 언덕길에 있는 쬐그만 연못을 지나면 보인다. 작은 연못은 연잎으로 가득했고 연꽃 몇 송이가 피어 있었다. 연못 둘레에 수북한 비비추를 흘끔거리며 걷다 보니 정자였다. 바람이 불어오는가 싶었으나 잠시뿐이었다. 나는 담배를 피우면서도 한 손으로는 리플릿을 흔들어댔다. 리플릿에는 알 만한 화가가 살던 고택과 그의 그림이 전시된 미술관과 그 화가의 약력이 요약되어 있었다. 운보(雲甫)였다. 고택은 그가 아내를 떠나보낸 뒤 여생을 보낸 곳이었다. 미음 자 형태의 고택 안에는 화가의 화실이 보존되어 있고 그가 쓰던 붓이며 먹이며 벼루와 함께 그의 사진과 아내 우향(雨鄕)의 사진이 전시되어 있었다. 어떤 사진은 병풍으로까지 만들어져 있었다. 귀는 먹었지만 화가는 눈과 손과 가슴으로 그림을 그린 것이다. 그의 뒤에는 먼저 그림을 시작한 아내의 헌신적인 노력이 있었

다. 미술관 한구석에 우항을 그리워하는 운보의 절절한 심정이 담긴 시가 액자에 걸려 있는 걸 보았다. T와 나는 그저 볼 만한 구경거리를 찾아온 것일 뿐이었다. 그리고 그는 할 말이 있다고 했다.

내가 리플릿을 흔들어대던 사이로 조각품 너덧 점이 보였다. 산이 맞닿아 있는 왼쪽에는 나체의 여인이, 잔디밭 가운데쯤에는 두 명의 마릴린 먼로가 서 있었다. 먼로의 트레이드마크인 펄럭이는 치마를 손으로 내리누르는 모습이었다. 그 장면이 나오는 영화를 나는 아직도 못 보았다. 먼로 조각상은 수석이나 분재와는 사뭇 동떨어진 느낌이었다. 내가 사진으로 알고 있던 먼로보다 키도 더 커 보여 먼로 같지 않았다. 사진 속 먼로는 통통하고 섹시하면서 귀엽기도 했는데 먼로 조각상은 크기만 했다. 먼로가 고래가 된 것 같았다. 나는 고래는 못 보고 고래밥은 보았다. 진짜 고래의 먹이가 아니라 이름이 고래밥인 과자였다. 재미로 먹고 맛으로 먹는다는.

"고래밥이 처음 나왔을 때 백오십 원인가 이백 원이었는데 지금은 얼만지 모르겠어."

"천 원쯤 할걸. 고래밥은 왜?"

"아까 돌덩어리 보고 니가 고래 같다고 해서 생각났어."

"너, 그거 좋아했지. 난 별로지만."

대학 시절엔 소주 마실 때 안주로 고래밥을 종종 먹었었다. T가 강소주를 들이붓는 동안, 나는 소주는 조금 마시고 안주인 고래밥을 더 많이 집어 먹었다. 고래, 불가사리, 오징어, 상어 같은 바다 생물들이 귀엽게 축소된 모양이어서 한 줌에도 여러 마리를 낚는 기분이었다. 조그만 예쁜 고래 한 마리, 두 마리, 세 마리, 아 많다. 많지만, 고래는 소설에서나 노랫말에서나 닿을 수 없는 존재였다. 그런 고래를, 아니 고래 모양 과자를 나는 씹어 먹는 것이다. 고래밥 맛이 어때? 고래밥 맛이지. K는 과자를 좋아하지 않았다. 과자는 애들이나 먹는 거라고 말했다. 딸아이는 닭다리 모양 과자를 좋아한다고 했다. 그 과자는 나도 좋아하는 거였다. 모텔에 들 때마다 캔맥주와 가벼운 안주를 샀고 그럴 때마다 내가 고래밥을 고르면 K가 옆에서 중얼거렸다. 고래밥은 거의 삼십 년 전에 출시되었으며 여전히 사랑받는 과자이다. 맛도 두 가지로 늘었다. 그 딸이 대학에 입학했다고 일 년 전쯤의 통화에선가 K가 웃으며 말했다. 지금 나는 T와 함께 닭다리가 아니라 고래밥 이야기를 하는 중이었다.

"제물로 가끔 상어고기를 썼는데 난 늘 고래고기라고 착각했어."

"상어고기를 제사에도 다 쓰나?"

"응."

상어고기를 담배 두세 개비 크기로 잘라 꼬치를 만든 다음 찜을 한 것이다. 소금을 쳐서 토막 낸 상어고기를 돔배기라고도 하는데 그것을 더 잘라서 꼬치에 끼운 것이다. 산적으로 만들기도 한다. 살이 퍽퍽해 보여도 담백할 것 같아 한입 먹어보면 고무처럼 질기기만 했다. 명절 때나 기제사 때 몇 번이 지역에 왔었고 그때마다 상어고기를 먹어보았다. 당숙이 부모의 제사를 지내주었다. 내가 성인이 되고도 한참이 지나서까지. 몇 년 전 의논 끝에 절에다 모셨다. 상어고기는 매번 시도하지만 매번 실패했다. 어째 넌 이 좋은 걸 안 먹니. 당숙모는 혀를 끌끌 찼다. 나는 여전히 고래고기, 아니 상어고기 맛을 모른다. 상어는 한의학에 따르면 오장을 보하는데 특히 폐와 간에 좋은 작용을 하며 피부질환과 눈병 치료에도 좋다고 한다. 고래고기는 불포화 지방산을 함유한 고단백 식품이라며 많은 사람들이 즐겨 찾는다고 한다. 해마다 여름철이면 보양식 운운하며 신문기사에 자주 소개되는 것들이다.

"언제 고래고기 먹으러 갈까? 아, 나는 회 별로 안 좋아한다. 상어고기 먹으러 갈까? 질겨서 못 먹지."

조그만 예쁜 고래 한 마리…… T는 내가 혼자서 묻고 대답하는 사이 오래된 노래를 흥얼거렸다. 그 노래가 나온 지는 사십 년이 훌쩍 넘었다. 내가 알아온 것들이 이 세상에 나온 햇수가 점차 높아져갔다. 햇살이 바늘처럼 몸속을 찔러댔다.

"어디 시원한 거 마시러 가. 목말라."

"완전 투덜이야."

투덜이는 어린이 만화 영화 「스머프」의 등장인물이었다. 이름 그대로 말끝마다 투덜대는 인물이다. 파란색 몸에 흰 모자를 썼던가. 인간이 아니라는 뜻에서 몸을 파란색으로 칠해 놓았는지 모른다. 그 만화 영화가 나온 지는 이십 년이 넘었고 원작이 나온 지는 오십 년이 넘었다. 자꾸 햇수를 따지고 있는 나.

이럴 줄 알았으면 그냥 집에 있을걸 그랬다. 집이라고 말했어도 내 집이 아니었다. 내 집이 아닌 곳에 T를 들이기가 꺼려졌다.

엇비스듬히 뵈는 T의 얼굴에 풀잎 같은 게 묻어 있었다. 나는 무심코 그의 얼굴에서 그걸 떼어주었다. 내가 그의 뺨에 손을 댄 것과 그가 눈을 동그랗게 뜬 것은 거의 동시였다.

"이런 건 남자가 하는 거야."

T가 가볍게 입맞춤을 했다.

어엇. 내 입에서는 낮게 외마디 소리가 비어져 나왔다. 야, 라고 부르려던 순간 이제 가볼까 하며 T가 일어섰다. 나는 엉겁결에 그를 따라 일어섰다.

차 문을 열자 열기가 쏟아져 나왔다. 땡볕에 세워져 있던 터라 차의 시트는 몹시 뜨거웠다. 곧바로 차를 타면 일사병이라도 걸릴 것 같았다. 기억 속의 비닐하우스 열기보다 더 뜨거웠다. 언젠가 K의 친구가 하는 농장에 들렀을 때 비닐하우스 안을 들어가봤는데, 그 안이 그렇게 뜨거울 줄 미처 몰랐다. 그날 평상에 앉아 그의 친구가 내놓은 도토리묵 무침에다 고기도 구워서 먹었다. 평상 옆 화단에는 내가 모르는 풀과 그 꽃들이 무성했다. 이 노란 꽃은 뭐냐고 물었을 때 K는 애기똥풀이라고 대답했다. 줄기를 자르면 애기 똥 같은 게 나와. 그는 실제로 꺾어서 내게 보여주었다. 줄기를 뚝 자르니 정말 아기의 물똥 같은 노란 색깔의 즙이 비어져 나왔다. 아, 이게 애기똥풀이구나. 그는 내가 놀라는 모습을 보았다. 너는 참 아는 게 없어. 그는 나를 놀렸다. 그러나 그의 눈이 웃고 있어서 나도 따라 웃었다. 웃다가 아, 이건 알아 하며 손가락으로 가리킨 것은 달개비였다. 파란색 꽃잎이 선명했다. 달개비는 아주 어렸을 적 동네 뒷산에서 많이 보던 풀이었다. 웬일로 아는군. 그가 나를 또 놀리며 웃었다. 닭의장풀이 더 정확한 이름이라고 하는데 꽃이 피는 대나무라고도 불렀대. 잎사귀 모양이 닮아서. 그의 눈가에 미세한 주름이 보였다.

"아이구, 더워, 더워라."

"그래. 중국에선 건물 옥상에다 달걀을 깨뜨리니 프라이가 됐다더라. 사십 도라나."

뜨거운 기운이 빠져나가길 기다리며 오 분쯤 땡볕에 서 있다가 차를 탔다. 민소매 티셔츠를 입은 팔뚝이 불에 덴 듯 뜨거웠다. 운전석에 앉은 T의 목을 따라 땀이 주르르 흘러내렸다. 도드라진 이마에도 땀방울이 맺혔다. 흰색 반팔 폴로셔츠에 대비돼 붉은 얼굴이 한층 붉어 보였다.

"아까 올 때 뭐 있었어. 도기 같은 것들 있던 데 말야."

"나도 봤어. 거긴 문 닫았어."

나는 T에게서 눈길을 돌렸다. 좁은 이차선도로 양옆에는 풀과 그 꽃들이 가득했다. 싱그럽고 쓸쓸했다. 왼쪽에는 도라지꽃이, 오른쪽에는 부용화와 무궁화가 길 따라 피어 있었다. 그 순간 내 눈에 뜨인 것 중 이름을 아는 건 그것들뿐이었다. 도라지꽃은 흰색보다 보라색이 두드러져 보였다. 연분홍색인 부용화는 보기 드문 꽃이어서 한 번 더 눈길이 갔다. 언뜻 보면 무궁화 같으나 꽃송이가 훨씬 더 컸다. K의 친구가 하는 농장을 드나들면서 얻어들은 것이었다. 그 친구는 나에 대해 이렇다 저렇다 하는 시선을 주지 않았다. 어쩌면 나 말고도 여러 여자들이 그곳엘 드나들었는지도 모른다.

"저기 도라지꽃이랑 부용화 있던 거 봤어? 빛깔이 곱네."

"언제부터 그렇게 잘 알았어? 놀랍네."

정자에서의 상황은 이미 과거가 되어 있었다. 아니면 모른 척하거나. 아니면 놀이로 여기거나.

잠깐 T도 나도 말이 없었다.

어디서 보긴 봤는데, T가 중얼거렸다. 가까운 길을 두 번 뺑뺑이를 돌고서야 겨우 도착했다. 차에서 나오니 열기가 밀어닥쳤다. 황사 바람을 맞은 것처럼 얼굴이 따가웠다. 카페 이름은 '시원'. 입간판이 세워져 있는 게 보였다. 아마도 시원(始原)이라는 뜻일 것이다. 카페 앞에는 엎어놓은 항아리들이 여러 개 눈에 띄었고 그 주위로는 온통 풀이었다. 짙은 녹빛이 그나마 생기를 주는 것 같았다. 한두 달만 지나면 갈빛으로 시들어버리겠지만 아직은 초록이었다. 나는 이름 모를 풀들을 두 눈 가득 담았다.

미닫이문을 열고 들어섰다. 이글이글한 바깥보다 확실히 서늘했다. 어둑신한 가운데, 입구 왼쪽 벽에 크지 않은 도기들이 칸칸이 진열되어 있었다. 짧고 좁은 복도를 사이에 두고 안쪽에 주방이 보였다. 한국 전통 창살 무늬 벽이 창호지 없이 반개방 형태로 주방과 홀을 나누었다. 홀에는 묵직해 뵈는 탁자가 몇 개 놓여 있었다. T와 나는 뒤란이 보이는 창 쪽에 앉았다. 탁자에는 좁고 긴 테이블클로스가 다리 중간께까지 늘어뜨려져 있었다. 한국식 창살 무늬에, 중남미풍의 자잘한 나무 조각품들에, 중국풍의 붉은색 등까지 잡탕이었으나 그럭저럭 버무려진 느낌이었다. T는 아이스커피를, 나는 딸기주스를 주문했다. 상큼한 게 마시고 싶었다. 각자 맛을 보고 고개를 절레절레 저었다. 그는 커피 향이 안 난다고 구시렁댔고, 내가 마신 딸기주스에서는 냉장고 냄새가 났다. 그래도 딸기주스가 나은 것 같다고 내가 말하자 한 모금 마셔본 그가 그런 것 같다고 고개를 끄덕였다. 이곳 생활은 어떠냐고 그가 물었다.

"일찍도 물어본다. 좋아."

"안 좋은 거 같은데?"

"안 좋을 리가 있겠나."

나는 히죽 웃고는 밍밍한 딸기주스를 빨대로 쪽쪽 빨아서 먹었다.

어딘가로 갔으면 좋겠다는 생각이 목까지 차오를 즈음, 당숙모로부터 전화를 받았다. 마치 내 사정을 알고 전화한 듯싶었다. 석 달 동안만 집을 봐줄 수 없겠느냐는 거였다. 당숙은 부모 없는 내가 입고 먹고 학교 다닐 수 있게끔 돌봐준 사람이었으므로 그편에서 뭔가 부탁을 해오면 거절하기 어려웠다. 부탁 같은 걸 안 하는 분들이기도 했다. 바쁠 텐데 미안하구나. 집을 마냥 비워둘 수가 있어야지. 당숙 내외는 캐나다로 이민 간 아들을 보러 생애 단 한 번일지도 모를 여행을 떠났다. 당숙은 명퇴 이후 그동안 사두었던 땅에다 집을 짓고 지내고 있었다. 그가 오랜 세월 근무했던 직장과 가까운 지역이었다. 이제 여기가 고향이지 뭐. 새 집을 짓고 얼마 뒤, 아들을 대신해 나를 초대한 자리에서 당숙은 말했다. 내가 도착했을 때 당숙은 크게 신경 쓸 건 없고 깨끗이만 사용하면 된다고 당부했다. 좀 더울지 모르겠구나. 여긴 분지라 말이야. 당숙의 말에 나는 견딜 만하지 않겠느냐고 대답했다. 당숙은 자주 가는 마트며 맛집 같은 데를 종이에 적어놓기까지 했다. 원체 꼼꼼한 양반이었다. 여기서 건강히 지내다 가렴. 너 몸이 많이 상했더구나. 당숙모가 내 머리를 쓰다듬으며 말했다. 그녀는 나를 아직도 아이처럼 여겼다. 담배 좀 줄여. 목소리를 낮추어 말했다. 혈육의 정 비슷한 것이 느껴졌다.

시간은 늘 쏜살처럼 흘러간다. 얼추 한 달이 지났다. 나는 세끼 밥을 충실히 먹고 아침과 저녁에는 근처를 산책하고 일주일에 두 번쯤 뒷산엘 갔다. 그것은 당숙이 출국하기 전날 이곳 생활이 어떠시냐는 내 물음에 대답한 내용이었다. 그저 들었을 뿐인데 내가 그렇게 하고 있다는 게 놀라웠다. 스스로 계획하지 못한다면 좋은 본보기를 따르는 것이 첫번째 방법이다. 덕분에 나는 내 집에 있을 때보다 더 규칙적인 생활을 하고 있는 셈이었다. 더위에 관한 한 당숙의 말은 사실이었다. 한낮에는 바깥으로 나다닐 수가 없을 정도였다. 팔월 초순에는 폭염주의보가 이어졌다. 습도라도 낮으면 좋을 텐데 온몸이 땀과 물에 젖어들어갈 정도였다. 산책을 마치고 나면 온몸은 흠뻑 젖었다. 그 몸을 차가운 물로 씻어낸 뒤 죽은 듯 앉아 있고는 했다.

당숙모의 전화를 받은 것은 중순 무렵까지 두 차례였고 T의 전화 몇 통을 제외하면 나를 찾는 사람은 없었다. 엊그제 저녁, 그는 오늘쯤 오겠다고 전화로 알렸다. 늦은 시각이었고 목소리는 술에 젖은 듯했다.

"아침마다 산책을 해. 매일은 아니고 일찍 일어나면. 덕분에 나는 말로만 듣던 신작로를 걸어가지. 길 양옆으로는 논이 네모반듯하게 이어져 있고 어떤 구역은 땅을 갈아놨어. 그 땅 앞에 사람 키보다 조금 작은 나뭇가지들을 일정하게 묶어놨는데 물어보니 깨라더군. 그 나뭇가지를 털면 깨가 나온대. 신기해. 난 아스팔트 키드잖아. 동그랑땡 반죽 같은 게 신작로 바닥에 많이 눌어붙어 있어. 살펴보니 개구리야. 차 바퀴에 깔린 거겠지. 참, 신작로와 나란히 달개비가 무리 지어 피어 있어. 너도 달개비 알지?"

기왕에 이야기가 나왔으니 뭐라도 T의 호기심을 충족시켜 주어야 했다. 안 그러면 내 입에서 뭔가 나올 때까지 나를 추궁할 것이다. 그런 점에서 그와 K는 닮았다.

"쪽빛인지 청람색인지, 색깔이 이쁘더라. 보라색인 것도 있고. 그 옆에는 작은 나팔꽃이 피어 있어. 연한 파란색이고 이파리가 하트 모양이야."

"그래서?"

"검색해보니 둥근잎미국나팔꽃이고 귀화종이래. 그 연한 파란 빛깔이 정말 이뻤어."

"그런데?"

"그런데는 뭐 그런데야. 그냥 그렇다는 거지. 이쁘다구."

"자연 공부 열심히 하네."

T의 말이 짧은 게 좀 거슬리긴 했지만 나는 내 이야기에 충실했다. 그의 말처럼 나는 뒤늦게 자연 공부를 하고 있었다. 당분간 백수였고 언제 일을 시작할지 알 수 없었다. 의뢰하는 사람들이 나를 찾아야 일을 할 수 있었다. 번역이나 원서 프리뷰 같은 것 말이다. 그리고 보면 나는 일을 하는 때보다 일을 하지 않은 때가 더 많았다. 당숙의 원조를 당연하게 여겼다. 서른이 될 때까지도. 나를 스스로 먹여 살린 건 몇 년 되

지 않았다. 지난해만큼 일에 매달린 적은 없었다. 번역 세 권, 사이사이 프리뷰 일곱 건. 원서 분량이 많지 않아서 가능한 일이기도 했다. 늦여름에 시작된 세번째 번역 작업을 마치고 났을 땐 거리마다 붉고 노란 낙엽들이 쌓여 있었다. 푸른 잎 사귀들밖에 본 기억이 없었는데. 냉동 밥을 데워 먹기에 물려 빵을 사러 나갔다 깜짝 놀랐다. 눈을 한 번 감았다 뜬 것처럼 주위 풍경이 달라져 있었던 것이다. K로부터는 어떠한 연락도 없었다. 당혹스러웠다. 일에 몰입할 수밖에 없었다. 안 그러면 내가 어찌 되었을지 짐작하기 어려웠다. 세번째 번역 원고 교 정지를 살피느라 올봄까지 빠듯하게 보냈다. 지금은 화살이 떠난 활시위처럼 느슨하다. 하지만 몸은 관성의 법칙을 따라 무언가를 하라고 말하고 있다. 마음은 아무것도 하고 싶지 않 다고 고집을 부리고 있다. 그런 상황에서는 산책이라도 뭔가 를 하는 것이었다. 지난 한 달 동안 산책에서 달개비를 볼 때 마다 애기똥풀이 떠오르고 K가 떠올랐다. 그가 없는 자리에 애기똥풀과 달개비가 진을 치고 있는 듯했다.

다시 차에 올랐다.

"어디 갈까?"

내가 물었다. T가 검은색 뿔테안경의 아래쪽 테 부분을 손 등으로 들어 올리더니 내 쪽을 흘끔 돌아보며 글쎄라고 대꾸 했다.

"할 말 있다며."

나는 앞뒤 없이 생각나는 대로 물었다. 좀 있다가, 하며 그는 미뤘다. 뭔가 망설이는 눈치였다. 어디 갈까를 다시 생각했다. 집에 꼭 들어가야 하는 것도 아니었고 어딘가로 굳이 가지 않아도 좋았다. 차의 계기판에 붙어 있는 디지털시계는 오후 세시를 가리키고 있었다. 뭘 하기에 좀 애매한 시간이었다.

목욕이나 갈까 하고 T가 제안했다. 그는 술 마신 다음 날 사우나엘 가는 게 버릇이었다. 그래야 술기운을 털어낼 수 있다고 했다. 그의 집에서 잠이 깨면 나도 따라서 목욕을 하러 갔다. 몇 년 동안 그런 적이 없었다. 그는 어제도 술을 마신 모양이었다. 연이어 술을 마시는 이유가 있을 터였다. 오늘 할 말이 있다는 것과 관계 있지 싶었다.

"여기 물이 좋대. 길 이름도 초정약수로잖아."

"나 화장품 안 가지고 왔어."

나는 저녁식사 전까지 돌아갈 요량이었다.

"내가 니 쌩얼 본 게 어디 한두 번이냐. 잘 알면서."

그는 내 대답은 더 듣지 않고 차를 몰았다. 그의 말이 맞긴 맞았다. 헤어진 거 같아. 그런 말을 그에게 털어놓고 나면 거의 대부분 밤새 술을 마시거나 술을 마시다 잠이 들거나 해서 아침에 민낯으로 그를 보게 되었다. 그냥 민낯이 아니라 화장을 지우지 않은 얼굴이었다. 씻고 자라고 그가 어깨를 흔들어도 괜찮다고 우기다가 앉은자리에 풀썩 쓰러지곤 했다. 최근 몇 년 동안 그런 일은 없었다.

스마트폰으로 검색한 T는 내비게이션의 안내에 따라 차를 몰았다. 십 분도 채 안 되어 도착했다.

건물이 깨끗해 보인다고 T가 말한 것과 입구에 5월 개관이라고 적힌 팻말을 내가 본 것은 거의 동시였다. 흰색 팻말에는 초정약수의 효능을 알리는 문구도 적혀 있었다. 이 지역에서 천연탄산수인 약수가 발견된 것은 600여 년 전이며, 세종대왕이 이곳에 머물며 눈병을 고쳤고 세조도 이곳 약수로 피부병을 고쳤다는 기록이 문헌에 남아 있다고. 지하 100미터의 석회암층에서 솟아오르는 이 무균 단순탄산천은 소화, 위장병 치료에 좋고 숙취 해소, 피부병, 눈병 치료에 좋다고 한다. 마음은 못 고치겠지, 생각했다. 한 시간 뒤에 로비에서 만나기로 했다.

욕탕 입구 왼쪽 벽을 따라 인삼탕, 온탕, 녹차탕이 차례로 있었다. 각각 사방 이 미터쯤 되었고 온탕만 길이가 배로 더 길었다. 온도 표시를 보고 너무 뜨겁지 않은, 적당히 뜨거운 녹차탕에 몸을 담갔다. 탕 안에 앉으니 가슴께까지 물이 찼다. 녹차가 머리를 맑게 하고 숙취 해소에도 좋다고 아크릴판에 씌어 있는 걸 멀뚱히 바라보았다. 뜨거운 물이 온몸을 감싸는 듯했다. 포근했다. 온몸이 녹아내리는 기분. 이런 걸 원했던 것 같다. K와 함께일 때의 느낌과 닮았다. 땀이 구슬구슬 흘러내리던 여름날 여관에 들었을 때였다. 내가 샤워하려는데 K가 욕실에 들어와서 샤워기로 물을 뿌려주었다. 만나기 시작한 지 얼마 되지 않은 때여서 나는 몹시 수줍어했다. 욕탕 전체의 가운데에 배치된 광천수탕은 로마 시대에 지어진 욕탕의 유적처럼 거대해 보였다. 물은 차가웠고 톡 쏘는 기운의 기포가 나에게 포록포록 달려들었다. 슬러시 먹었을 때처럼 머리통이 찌릿찌릿했다. K가 새로운 여자와 만나고 있다는 것을 풍문으로 들었다. 그가 여자와 함께 욕탕에 들어갈까 하는 어이없는 생각에 헛웃음이 나왔다.

한 시간 뒤 로비에서 T를 만났다. 맨얼굴을 보여주는 것이 어쩐지 내키지 않았다. 그러나 아무렇지 않은 척, 모른 척, 놀이인 척 생각나는 대로 아무 말이나 툭툭 내던졌다. 에게해에 가봤느냐고, 툭.

"아니? 「에게해의 진주」라는 연주곡은 알아."

T가 말하는 「에게해의 진주」는 폴 모리아 악단의 오래된 레퍼토리였다. 그 옛날 컴필러레이션이라는 용어가 쓰이지 않을 때 베스트 앨범이라며 카세트테이프가 시중에 판매되었었다.

"에게해는 왜?"

"응, 누가 거기 가봤다고 해서."

"누구…… 아, 그 사람?"

"응."

물론 T는 K에 대해서 알고 있었다. T는 내 시소한 연애의 역사를 나보다 더 잘 꿰고 있었다. 내가 가끔 K에게 T의 이름을 입에 올리면 K는 마뜩잖은 표정을 짓곤 했다. 둘이 너무 친하냐. K는 소년처럼 질투했다. 나는 그런 K의 모습이 귀엽고 사랑스러웠다. 어유, 귀여워. 내가 말하면 K는 얼굴을 찡그렸다. 그런 말은 여자애한테나 어울리는 말이라구. K는 나무라는 투로 말했다. 아니, 여자들은 자기 남자한테 귀엽다고 해. 바보같이 그것도 몰라. 그러고는 내 작은 두 손으로 그의 큰 얼굴을 감싸며 입맞춤을 했다.

"근데 에게해의 진주가 뭐지?"

"아, 그리스의 미코노스라는 어촌을 뜻하는 별칭이래. 산토리니 있는 데."

나는 T의 말에 고개를 끄덕였다.

"영화 '본 시리즈' 1편의 마지막 장면 촬영지잖아. 그렇게 말하면 니가 더 잘 알아듣겠다."

그 영화는 내가 무척 좋아하는 것이었다. 아예 시리즈 DVD를 구입하기까지 했다. 본의 정체, 본의 우월함, 본의 최후통첩. 영화 주인공 제이슨 본은 '007' 시리즈의 주인공 제임스 본드를 비튼 인물이며 그렇기 때문에 모든 면에서 본드와 정반대였다. 언제나 쫓기고 제대로 된 무기도 없고 휘황찬란한 만찬도 없고 드레스를 입은 여자들도 없고 매 순간 절박하기만 하다. 뜻하지 않게 킬러가 되어버렸고 세뇌당해 기억을 잃어버린 채 자신을 킬러로 만든 사람들을 추적한다. 당신들은 왜 나를 킬러로 만들었는가. 3편에서야 그 남자는 기억을 되찾고 그를 킬러로 만든 존재들을 응징한다. 그는 먼저 총을 쏘지 않았다.

"왜 1편의 첫 장면에서 잠수복 차림의 본이 어선에 의해 바다 한가운데에서 발견되잖아. 3편에서는 총 맞고 강물에 빠졌다가 그 강물에서 헤엄치며 솟아오르고. 물과 관계된 그 연관성이 난 좋더라. 탄생과 부활, 그런 것처럼."

1편에서는 본이 바다에서 발견되는 모습이 보이고 3편의 마지막 장면에서는 총에 맞고 강물에 빠졌다가 세차게 물살을 가르며 올라오려는 모습이 그려진다. 물살의 흐름만 보이고 본이 물 위로 솟아오르는 것까지 나오지는 않았다.

"어쭈 무슨 영화 평론가처럼 말하네."

"그냥 그렇다구."

나는 첩보물이나 액션은 좋아하지 않지만 그 영화는 좀 달랐다. 난 웨이트리스가 왼손잡이고 바에 앉아 있는 남자의 키가 몇이고 주차장에 세워져 있는 트럭에 총이 들어 있다는 것도 다 알아요. 하지만 내가 누구인지는 몰라요. 남자 주인공이 털어놓는 말이었다. 한 여자를 우연히 만나 어느 지점까지 태워다 달라고 하여 차를 타고 가는 길에 카페에서 숨을 고르는 장면이었다. 다른 건 다 아는데 정작 자기 자신에 대해 모른다고 하는 것이 두고두고 기억에 남았다. 극장에서 봤으면 더 좋았을 텐데 그 영화가 극장에 걸릴 무렵 나는 아마도 K와 함께 서해안의 작은 섬으로 가고 있었을 것이다. 그를 더 이상 만나지 않게 되었을 때에야 비로소 그 영화가 눈에 들어왔

나. 공교롭게도.

"본이랑 여자랑 만난 지 하룬가 이틀 만에 자잖아. 그 장면이 또렷해. 본이 여자에게 눈에 띄지 않도록 머리를 깎고 염색을 하라고 말했겠지. 본은 여자의 머리를 자르고 감겨줘. 그러고 나서 잘린 머리카락을 하나하나 그러모아 검은색 비닐봉지에 담아. 그걸 버리러 나가려는데 여자랑 딱 마주쳐. 서로 피해도 같은 방향이야. 여자가 먼저 입을 맞춰. 다음 순간 본이 쿵, 봉지를 떨어뜨리고 그녀를 깊게 안아."

남녀란 하루를 보든 일 년을 보든 끌림이 있는 것이다. 게다가 두 인물 사이에서는 이성적인 끌림만이 아니라 동지애도 있을 거였다. 절절함. 이해. 본능. 그 여자도 어느 장면에서 말한다. 당신이 누구인지 빼놓고는 나도 다 안다고. 나는 K에 대해 얼마나 알고 있을까. 그는 내게 여전히 수백 조각으로 나눠진 퍼즐 같았다.

여기가 에게해였으면. 언젠가 서해안의 작은 섬에 갈 때 조그만 배 안에서 K가 읊조렸었다. 숱 많은 그의 머리카락이 바람에 흩날렸다. 에게해를 직접 본 적 없는 나는 그가 말하는 의미를 알 수 없었다. 어쩌면 그는 그 에게해를 함께 보았던 누군가를 떠올렸는지도 모른다. 그가 나보다 먼저 보낸 무수한 세월에 대해서 나는 지금도 잘 모른다. 가끔 샘은 났다. 그가 안은 여자들에 대해, 그를 안은 여자들에 대해. 그렇다 해도 그날 그와 함께 있던 여자가 나인 것에 안심이 되었다. 늘 내 옆에 있어. 그의 숨결이 내 온몸을 간지럽혔다. 그날 급하게 그러나 은근하게 어우러졌던 모텔의 이름이 산타 루치아인지 산타 바바라인지 가물가물하다. K와는 늘 시간을 쪼개어야 만날 수 있었다. 뱃전에는 괭이갈매기가 수십 마리씩 날아들었다. 상어도 없고 고래도 없었다. 고래 하니까 또 엉뚱한 말이 생각났다.

"넌 고래 수술 했니?"

"포경 수술? 아니, 안 했어. 너도 봤을 거 아니야."

봤어도 잊어버렸을 거다. 그것보다 내가 뜬금없는 소릴 해도 턱턱 대답하는 T가 새삼스러웠다. 그런 것은 아마도 세월이 준 습관일 것이다. 그와 내가 알아온 지 벌써 이십 년이 넘었다.

"아까부터 왜 고래를 걸고 넘어져. 십구금 고래까지."

"고래 얘기 꺼낸 건 너였잖아."

나도 T도 피식 웃었다.

"어디 갈까?"

T가 물었다. 산을 끼고 내려가게 되어 있는 길은 구불구불했다.

고래 수술을 하지 않은 K의 성기는 작고 귀여웠다. 남자들은 성기의 크기에 민감하다고들 하던데 그도 예외는 아니었다. 그는 자기의 성기가 크지 않다는 걸 굳이 강조했다. 그의 조그만 예쁜 성기는 나와 함께일 땐 커지고 팽팽해졌고 불뚝,

솟아올랐다. 혈관이 도드라져서 만지면 기분이 이상했다. 톡 건드리기만 해도 터질 것 같았다. 터지기는커녕 내 몸속으로 쑥, 들어와서 내 몸을 휘어잡았다. 나는 쾌감에 몸을 부르르 떨었다. 몰라, 죽을 거 같아.

산을 끼고 구불텅, 차는 가고 있었다.

"어디 갈까?"

T가 거듭 물었다. 나는 대답은 않고 손목시계를 들여다보았다. 오후 다섯시가 넘었다. 내 입에서는 밥 먹자 소리가 나왔다. 어디서 먹느냐는 그의 물음에 모르겠다고 대답했다. 한 달 동안 있었다면서 그런 것도 모른다고 그는 타박이었다. 너무 더워서 나다닐 수도 없었다고 궁색한 변명을 했다. K와 만날 때도 비슷했다. 내 원룸에 들었다가 뭘 먹자며 밖에 나갈 때면 나는 곤혹스러웠다. 아는 데가 없었기 때문이었다. T와 나는 결국 시내의 한 고깃집으로 들어갔다. 아무 데나 들어간 것이었다. 그러고 보니 여기 온 이래 처음으로 집 밖에서 먹는 거였다. 프라이드치킨을 시내에서 사 가지고 와서 먹은 적은 한 번 있었다. 튀김옷이 두껍고 기름기가 제대로 빠지지 않은데다 맛도 없었다.

나는 큼지막한 고기 상추쌈을 입속에다 욱여넣었다. 세트처럼 맥주 한 모금이 뒤따랐다. 마주 앉은 T는 육질이 부드럽다며 고기가 좋다고 말했지만 나는 그런 건 잘 모른다. 그냥 먹는 거다. 맥주를 들이켜는 나를 보던 그는 입맛을 다셨지만 맥주 반 잔으로 만족했다. 천천히 먹으라는 그의 말을 들으며 나는 다시 고기 상추쌈을 싸서 입속에 넣었다. 맥주를 한 모금 길게 들이켰다.

"여긴 이상하게 무덤이 많아. 신작로가 나 있는 쪽으로 가다 보면 인가 옆 낮은 산에도 무덤이고 다른 방향에는 산 중턱이 아예 무덤이야. 어느 집의 선산 같아 보이기도 해. 내가 자주 가는 산도 그래. 한 십오 분쯤 올라가다 처음 나오는 무덤 뒤로 대여섯 기가 줄줄이 이어져 있어. 첫번째 건 봉분을 만들지 않고 상석만 놓았어. 그런 형태도 있나 봐. 아주 양지바른 곳이야. 그다음에 나오는 것들은 묘비도 없고 상석도 없어. 나는 무덤들에 인사해. 안녕, 저 왔어요, 하고. 왕복 두 시간 거린데 무덤만 보고 오는 거 같아."

T는 내 말에 대꾸는 않고 웃기만 했다. 눈이 보이지 않았다. 전에도 이렇게 웃었던가 싶었다. 이상하게 서걱거리는 느낌이었다. 그때 문득 그가 할 말이 있다고 했던 게 떠올랐다.

"할 말 있다며."

T는 잠시 당황한 기색이었다.

"나중에. 지금은 아니고. 뭐, 언제든 해도 되겠지."

아까의 나처럼 그는 혼자서 말을 정리하고 있었다. 오늘 만나고부터 시금까지 그의 말은 단답형이었디.

그의 웃음이 불쑥 그리울 때가 있었다. 마치 누군가와 헤어진 뒤 그를 만나러 갈 준비를 하는 것처럼. 사람의 감정이란 식기 마련이니까. 뜨거워지는 것처럼. 이런 식의 마음을 이해할 사람은 아마 없을 것이다. 나 스스로도 놀라곤 한다. 이런 마음을 뭐라고 할까. 나는 누구에겐가 위로받고 싶었는지도 모른다. 너는 잘하고 있는 거라고. K가 그랬지만 K가 나를 바라보지 않는다고 여겨지는 순간 나는 또 다른 사람을 향해 고개를 돌렸다. 당신 없이 못 산다, 하는 마음을 그렇기 때문에 나는 이해하지 못한다. 나는 이기적이니까.

"죽고 싶을 정도로 누구를 좋아해본 적 있니, 너는?"

다시 시작된 생뚱한 질문.

"아무리 생각해도 나는 그런 적이 없는 거 같아. 이기적이니까."

"누구나 이기적이야. 정도의 차이가 있을 뿐."

그렇지? 하며 나도 T의 말에 동조했다. 아니, 내가 그의 동의를 구한 셈이었다. 일곱번째 쌈을 싸서 먹었다. 상추에다 기름장을 살짝 찍은 고기와 생마늘 조각과 고추 조각을 놓고 한입 가득 넣었다. 생마늘 조각이 몹시 매웠다. 눈물이 핑 돌았다. 한 쌈을 더 싸서 먹었다. 잘 먹다 눈가가 시큰해졌다. K와도 종종 고기를 먹으러 갔었다. 늘 내 옆에 있어. 다정한 K의 말과 함께 어우러졌던 그 순간들이 떠올랐다. 이젠 더 이상 그와 함께 뭔가를 먹으러 갈 수 없다. 늘 옆에 있으라는 말을 그는 다른 누군가에게 할 것이다. 후후. 입안은 육질 좋은 고기 조각으로 빵빵한데 눈에서는 눈물이 나왔다.

T가 놀란 눈이 되어 나를 바라보았다. 곧 그는 고개를 끄덕였다. 나의 돌발 행동에도 충분히 익숙한 그였다. 지금은 내 옆에 있지만 언젠가는 스쳐 갈 것이다. 그가 털어놓지 않은 무수한 연애사가 있을 텐데, 나는 그런 것에는 관심을 기울이지 않았다. 나는 눈물을 흘리면서 고기 쌈을 다 씹어서 넘겼다. 그런 나를 T는 지켜보았다. 나는 다시 맥주를 한 모금 들이켰다. 잔이 비자 그가 채워주었다. 나는 한 모금 길게 들이켰다. 텅, 낮은 탁자에 맥주 잔 닿는 소리가 울렸다.

K는 내게 무엇일까. T는…… 나는 고기 쌈을 크게 싸서 입 안 가득 넣었다. 불판의 불을 이미 끈 뒤라 고기는 맛이 없고 질기기만 했다. 고무 냄새가 나는 것도 같았다. 고래고기가 이런 맛일까. 아니 상어고기였지. 나는 아직도 상어고기를 못 먹는다.

"안아보자, 마지막으로."

T가 문득 말했다.

"마지막?"

"그래, 마지막."

오후 내내 T와 나는 어디 갈 거냐고 서로 묻고 대답했다. 남과 여, 술, 늦은 밤. 그다음에는 여관, 모텔, 이런 말이 나와야 제대로 된 공식이다. T도 나도 그런 공식을 따른 적이 있었다.

다시 차를 탔고 다시 근방에서 조금 멀어졌다. 집을 중심에 두고 하루 종일 뺑뺑이를 도는 것 같았다.

어릴 적 아무것도 몰랐을 때처럼 T와 나는 어우러졌다. 나는 T가 K인 듯 안았다. 안겼다. 안아주었다. 내가 왜 K와 T를 한꺼번에 느꼈는지는 잘 모르겠다. 포경 수술을 하지 않은 T의 성기를 확인할 수도 있었을 텐데 잊어버렸다. 오래전에 봤을 텐데도 잊어버렸다.

"남녀 사이에 친구가 될 수 없는 게 아니라 한 번 자고 나야 친구가 되는 거 같아. 왜 이혼한 부부들이 입을 모아 친구처럼 지낸다고들 하잖아."

"그런가."

T는 웅얼거렸다.

K에게는 새로운 여자가 생겼다. 아마 T에게도 그렇겠지.

그런 것이었구나. 그런 것이었구나. 그렇게 되는 건가……

그 사람이 알았어. K가 전화로 말했다. 그 뒤 나는 그를 만날 수 없었고 그는 내 전화를 받지 않았다. K와 나는 마지막이라는 것도 없었다.

나는 시트로 몸을 감싼 채 무릎을 세워 두 팔로 감싸안았다. 내 등짝 뒤 창문으로 불빛들이 드문드문 보였다. 주위는 온통 논이었다. 어스름 녘에 이미 본 것이었다. T는 베개에 등을 기대고 있었다.

"육 년 만이구나."

내 말에 T는 고개를 끄덕였다.

"육 년 전과 똑같아. 난 달라진 게 아무것도 없어."

흐릿한 어둠 속에서 나는 눈물을 쏟았다. 가끔 창밖으로 차량이 쌩 지나가는 소리가 들렸다. T는 가만히 있었다.

"어떤 드라마를 봤어. 나 드라마 좋아하잖아, 책 안 읽고. 막 울었어. 토닥거리는 남녀 주인공들이 너무 풋풋하고 맑아서. 나는 몸을 너무 일찍 열었어. 나는 소중한데 말이야."

"회개하는 거라면 안 해도 돼. 어느 때든 그럴 수밖에 없었을 거야."

"아니야. 그냥 그렇다구."

K와 나는 만나도 스쳐 가야 하는 존재였는데…… 여기는 내륙 한가운데이고 습도도 높아서 어떨 땐 물속에 있는 기분이 들곤 한다. T가 엄청나게 큰 돌덩어리를 보고 고래 같다고 말하는 소리를 들었으니 내가 물속에 있고 고래가 된 것 같은 느낌도 들었다. K도 고래고 T도 고래다. 고래는 너무 커서 세세히 알 수 없어. 언제나 조각조각으로만 알 뿐이야. 물속에서 발견되어 살아나고 새로운 삶을 시작하기 위해 물속에서 용솟음치는 행위는 영화 속에서나 일어나는 일. 나는 겨우 물속에서 몸을 씻을 뿐이다. 함께 도피하는 남녀의 사랑 또한 영화 속에서 빚어지는 일일 뿐. 운보와 우향의 사랑은 현실의 사랑이라도 내가 꿈도 꾸지 못하는 것.

나는 어떻게 해야 하지?

에어컨 소리가 윙윙 울려댔다. 춥다. 아니 뜨겁다. 뜨거워서 죽겠다. 미치겠다. 바늘이 몸 안팎으로 나를 찔러대는 것 같다. 작디작은 바늘이 내 몸속을 들쑤시고 있다. 망치로 머리통을 깨부수는 것 같다. 차라리 한 번쯤 죽어도 좋았겠다. 죽으면 끝인데 나는 무엇을 할 수 있을까.

새벽길을 다시 달렸다. 내가 왔던 곳으로 돌아가는 것이다. 어느 경에 그런 글귀가 나온다고 언젠가 K가 말해준 기억이 희미하다. 원래 있던 곳으로 돌아온다는 것. 멋진 일이다. 방황하지 않고 제자리를 찾는 것. 아니, 방황했다가도 제자리로 돌아오는 것. 원래 뜻은 모르고 나의 처지에서 비추어 생각한 것이다. 앞으로 내가 있어야 할 곳이 어디인지 모르지만, 늘 다른 사람이 보여주는 방식으로밖에 세상을 보지 못했지만, 이제는 나 스스로 찾아야겠지. 이런 것이 시원을 향해 가는 것일까. 시원이라니. 그 말은 너무나 멋진 말이어서 나에게는 전혀 어울리지 않는 것 같다.

이곳을 겹겹이 둘러싸고 있는 산 위로 옅은 노란빛이 조금 보이는 하늘에 파르스름한 빛이 펼쳐져 있었다. 아, 이게 여명. 여명……

어느 날 새벽 K가 나에게 일러준 것이다. 새벽녘 집에 들어가기도 다른 어딘가로 들어가기도 모호한 시각, 주위는 어렴풋한데, K는 반쯤 술에 취해 중얼거렸다. 역사 강의의 연장처럼 오도아케르가 어떻고 알렉산더 대왕이 어떻고 하는 말을 내가 어찌 알랴. 거리는 희끄무레하니 시방 해가 얼굴을 내밀

것 같은 분위기인데, 그의 얼굴이 어둠 속에서 반은 그늘져 있었다. 깊은 밤의 어둠은 아니었다. 좀 밝아진 것 같다고 내가 말하자 이게 여명이야, 여명, 이라고 K가 말했다. 옅은 노란빛 위로 펼쳐져 있는 파르스름한 빛. 어둡지만 결코 어둡지 않은 빛.

그런 생각을 하며 나는 T를 흘끔 보았다. 그는 묵묵히 운전을 하고 있었다.

아무것도 모르던 대학 신입생 시절, 연극이 알고 싶어 대학 극회 연합 스터디에 참가했을 때 T를 만났다. 내가 연극에 관심을 가졌다니 지금도 놀랄 일이었다. 연기 시연 시간에 그와 내가 한 팀이 되었다. 늦은 밤을 틈타 남모르게 집으로 온 남편과 그를 맞는 아내 역할을 대사 없이 행동만으로 연기하는 거였다. 남편이 수배 중이라는 사실을 강사는 배면에 깔았다. 강사라봤자 나보다 위 학년이거나 졸업생이었을 것이다. 한 팀의 여학생은 남편 역의 손을 부여잡은 채 씩씩하게 투쟁하라는 뜻을 눈빛으로 보내며 울먹이기까지 했다. 투쟁이니 시위니 그런 것을 몰랐던 나는 앉아서 빨래 개키는 동작을 취했다. 옆에는 아기가 누워 있다고 설정했다. 남편 역이 들어왔을 때 나는 동작을 멈추었다. 긴박한 상황 속에서 남편 역이 말하는 것을 조용히 듣기만 했다. 남편 역, 그러니끼 T가 문을 닫고 나가는 동작을 한 다음에 나는 잠깐 동안 포즈를 두었다가 다시 빨래를 개키기 시작했다. 각 팀의 연기가 끝날 때마다 박수가 이어졌다. T와 내가 내가 했을 때 조금 더 나은 듯했다. 강사는 대조적인 연기였다며 장단점을 말해주었다. 그 스터디 자체가 어떤 투쟁의 일환으로서의 연극 연습이었는데 나는 생뚱맞은 연기를 한 것이다. 그때부터 나는 엉뚱했던가 보다. 스터디가 끝난 뒤 T가 내게 다가와서 말했다. 너, 빨래 개킨 거지? 그거 인상적이었다. 한잔하자. 그런 게 시작이었다. 내가 한 것은 순수의 연기(演技)였을까.

"우리가 앞으로 얼마 동안 더 만날 수 있을까? 아, 마지막이라고 했지."

나는 문득 T에게 물었고 묻다가 퍼뜩 현실을 깨달았다. 그는 조금 사이를 두었다가 대답했다. 친절하게 그러나 뚝뚝하게. 얼굴은 정면을 향한 채였다.

"누가 나 좋단다. 손가락 걸잔다."

"응."

엉뚱한 질문과 엉뚱한 답이었다.

잠깐 T도 나도 말이 없었다.

나는 차창을 활짝 열었다. 돌풍이 몰려오는 것 같았다. 하늘이 보였다. 이곳을 겹겹이 둘러싸고 있는 산 위로 옅은 노란 빛이 번져 있고 파르스름한 빛이 그 위를 온통 뒤덮고 있었다. 나는 얼굴을 정면으로 향한 채 말했다.

"이게 여명이래, 여명."

그 말과 더불어 집에 도착하자마자 산에 가야겠다는 생각이 들었다. 그 무덤들에게 안녕, 하고 인사해야겠다는 생각이 들었다. 산을 내려온 다음에는 어디로 가야 하나. 길을 나서기 전에 고래밥이라도 짓씹어 먹을까. K도 T도 싫어하지만 내가 좋아하니까. 한 마리, 두 마리, 세 마리, 아, 많다.

고래밥 맛이 어때?

고래밥 맛이지.

여기는 물속일까.

당신의 얼굴

남자가 얼굴에 얇은 습자지를 펼치는데 얇아서 무언가의
허물을 뒤집어쓰는 느낌이었어. 뱀 허물 같은 거 말야. 강당
의 마룻바닥에 누워 있으니 등짝이 썰렁하고 젖은 석고붕대
조각이 얼굴에 닿으니 무척 차가웠어. 몸에 소름이 쫙 돋더
군. 남자가 의외로 꼼꼼하게 붙여주더라고, 미안하게. 그렇
게 만들어진 얼굴 본이 책상 앞에 놓여 있어. 종이 상자에 글
루건으로 붙여서 책상 위에 세워두었어. 색칠을 해도 된다는
데 안 했어. 무슨 색을 칠해야 할지 몰라서. 방의 불을 다 끄
면 어둠 속에서 희끄무레하게 떠올라. 내 얼굴인데도 무척 낯
설어. 낮에 스쳐봐도 나는 뚱한 표정을 짓게 돼. 알면서도 저
것이 무엇일까 하고.

일주일 전에 라이브 마스크 뜬 거잖아. 남자 걸 먼저 떠주고 다음에 내 걸 떴지. 그 차가움이 아직도 생생해. 지금 뺨에 손을 대보니까 좀 뜨거워. 초가을 늦은 오후에 산에 올라가는 건데도 아직은 더워. 얼굴이 달떴어. 더위와 땀과 알 수 없는 열기에. 오늘 산 정상까지 가기로 한 것 때문인지, 어쩌면 글 때문인지 모르겠어.

수련원의 유일한 과제가 나에 대한 글을 쓰는 건데 한 줄도 못 썼어. 아예 안 쓴 건 아니고 썼다 지우기를 수십 번 되풀이했어. 버전도 몇 가지가 되는지 몰라. 도무지 쓸 수가 없는 거야. 내가 언제 글을 써봤냐고. 수첩에 그날그날 일은 정리하지. 어떨 땐 일주일 분량을 한꺼번에 정리하기도 하지만. 수련원에 들어온 첫날 홍 주임이 그러데. 안 써지면 안 써지는 대로 써내려가라구. 수련원에서는 이런 것도 하냐며 열 명 남짓 되는 사람들이 웅성거리더군. 왜 쓰느냐고 누가 물었어. 그러니까 홍 주임이 무테 안경을 손으로 한 번 고쳐 쓰더니 대답을 하는 거야. 자기를 들여다보면 자기도 보이고 다른 사람도 보이고 인생도 보이니까요. 그러면서 이렇게 덧붙이더군. 여러분, 축구 좋아하세요? 2012년 유로 축구에서 사람들이 손꼽는 장면이 있었죠. 8강에서 잉글랜드와 이탈리아가 붙었을 때 승부차기까지 갔던 거 아실 겁니다. 모르시는 분은 그냥 들으세요. 그때 이탈리아 팀 세번째 키커가 나와서 골문 가운데를 향해 그냥 툭, 공을 찼죠. 그것이 일명 파넨카 킥이라는 겁니다. 뭐 유래야 굳이 말하지 않겠습니다. 그처럼 가끔은 허를 찌르는 행위로 자기 자신을 함 돌아보세요. 뭐가 나와도 나옵니다. 그 사람은 말끝에 웃음을 머금었어. 약 올리는 것 같잖아. 당신도 그 소리 들었겠지.

때때로 밤마다 머리카락을 쥐어뜯었지. 방바닥에 머리카락이 우수수 떨어져 있는 거 봤을 거야. 무언가를 나 혼자 하는 것도 오랜만이라는 생각이 드는군. 난 여태 물에 물 탄 듯 술에 술 탄 듯했으니까. 이십사 시간 내내 괴로워한 건 아냐. 잘 거 자고 먹을 거 먹고 쌀 거 싸고 할 거 다 해가면서 고민을 했지. 밀도는 좀 떨어지겠지만, 아무튼 나름대로 고민을 했어. 그랬더니 언젠가 소설을 배웠던 때 일이 생각나는 거야. 이삼 년 하다 때려치웠잖아. 그때 뭔 바람이 불었었나 몰라. 친구 따라 간 거지 뭐. 걔는 몇 년 더 해서 정말 소설가가 됐어. 뭐가 바쁜지 소식도 없다니까. 글을 쓰는지 안 쓰는지 모르지만 그래도 뭔가를 하나 이룬 셈이지. 어쨌거나 뭐냐 하면 자신이 가장 잘 아는 이야기를 쓰라, 고 강사가 말했다는 것이지. 그래 고민을 했지. 그럼 내가 가장 잘 아는 이야기가 뭐냐. 아무리 생각해도 모르겠는 거라. 어쩌면 생각하기 싫은 건지도 모르지. 일종의 방어기제가 작용해서. 자기 얼굴을 보는 것이 꺼려져 잠자는 순간에도 가면을 벗지 않는 사람들이 있다잖아.

글을 완성하면 나가기 며칠 전에 모두 모아서 불에 태울 거래. 이전까지의 나를 버린다, 새로 태어난다 그쯤 되겠지. 당신은 내가 그럴 수 있을 것 같아? 여태까지도 두서없이 살았는데. 그렇지? 그래도 인간에게는 마지막 힘이라는 게 있잖아. 그 비슷한 예를 홍 주임은 또 축구로 들더군. 중학교 때까지 축구했다가 무릎을 다쳐서 그만두었대. 이번엔 2006년 월드컵 얘기였어. 좀 됐지만 제가 좋아하는 선수 이야기라 더 하고 싶은데요. 프랑스의 지네딘 지단 선수가 마지막 힘을 발휘했던 경기 말입니다. 홍 주임은 은근히 신이 나서 말하더군. 그 선수의 마르세유 턴은 독보적인 기술 아닙니까. 그걸 보고 자기는 놀라워했는데, 친구 누군가는 야, 그거 죽기 전에 반짝이야, 라고 잘라 말했대. 아닌 게 아니라 이탈리아와의 결승전에서 지단이 상대 선수를 박치기하는 바람에 퇴장당하고 은퇴하게 돼. 그건 나도 뉴스에서 봤어. 그래도 지단은 역량을 인정받아 MVP상을 수상하지. 그 박치기는 격투기 게임 소재로도 활용되었잖아. 사람들은 참 기발해. 남의 불행은 나의 행복이라고. 아무튼 친구 말이 맞는 것도 같았대. 섭섭했지만. 그건 지단처럼 훌륭한 선수의 경우고 나에게 마지막 힘이 있는지는 모르겠어. 그 무렵에 나는 아마 J를 만나고 있었을 거야.

내가 가장 잘 아는 이야기가 뭘까. 거듭 생각하다 가까운 데서 찾기로 했어. 여기 와서 무얼 했나 되새겨보았어. 한 달 반쯤 일정에 따라 그림을 그리고 영화를 보고 뱀을 보고 아, 뱀. 뱀을 봤구나. 얼마 전 점심 먹은 뒤 수련원 마당 벤치에서

해바라기를 할 때였지. 사방으로 훤히 트여 있어서 햇빛을 담뿍 받을 수 있거든. 햇빛을 받으면 마음이 환해진다니까 들은 대로 따라서 했지. 측백나무를 울타리 삼아 심어놔서 그것을 경계로 마당과 산이 나뉘어 있어. 그런데 흙 위에 쌓여 있는 떨어진 나뭇잎들 사이로 글쎄 뱀이 사사삭, 지나가지 뭐야. 당신도 봤을 거야. 난 처음에 뭔가 했어. 초록색 뱀이더군. 약간 형광빛을 띠어서 도드라져 보였어. 대가리를 봤으면 징그러웠을 텐데 꼬리만 봐서 징그럽지는 않았어. 뱀은 땅바닥의 진동으로 소리를 알 수 있다네. 발이 없으니까 달아나기 위해선 대안이 필요한 것이겠지. 신문에서 읽은 적이 있는데 산에서 뱀을 보았을 땐 움직이지 말고 잠시 가만히 있다가 뱀이 지나가거든 움직이면 된대. 산과 가까워서 뱀이 나오나 봐. 하긴 아파트 마당에서 뱀을 봤다는 이야기도 있고 심지어 싱크대에서 뱀이 나오더란 이야기도 몇 년 전에 텔레비전 뉴스에서 봤어. 그건 땅꾼이 불법으로 취한 뱀을 함부로 풀어놓아서 생긴 일이었어.

어쨌든 지금 산길을 걸어가는 중인데 흙바닥에 떨어진 나뭇가지나 줄기만 봐도 뱀인 것 같고 바스락 소리가 들려도 뱀이 지나간 것 같아. 손에 땀이 차.

내가 뱀을 처음 본 건 고등학교 여름, 할아버지 장례식 때였어. 막 하관하려는 참에 동네 아주머니가 뱀이 아이라, 하며 소리를 쳤어. 돌아보니 초등학생으로 보이는 아이가 가느

다란 나무 꼬챙이를 들고 있었는데 그 끝에 뱀이 감겨 있었어. 일 미터도 안 되는 얇은 뱀이었어. 어떤 아저씨는 저건 독사일 기라, 흙색으로 칙칙한 게, 라고 말했어. 그 쪼그만 게 무서웠어. 기분 나쁘게. 인간은 태생적으로 뱀을 두려워하는 성질이 DNA에 각인되어 있다잖아.

내가 본 뱀이 율모기인 것 같다고 수련원에서 알게 된 남자가 말했어. 그날 저녁 먹으면서, 뱀을 봤다고 내가 사람들한테 말했거든. 사람들하고는 그저 밥을 먹으며 이야기하는 정도였어. 내가 드디어 사람들과 이야기하기 시작한 셈이지. 자기가 어렸을 때 본 것과 비슷하다면서 어릴 적 이야기를 해주더군. 남자는 초등학교 땐가 산에 가서 뱀을 잡아가지고 와서 시장의 상인에게 팔았대. 그러면 700원 정도를 받는데 그 돈으로 오락을 했다고 말하더군. 그 사람이 삼십대 후반이라니까 이십 년도 더 전의 일이겠지. 나는 그날 이후 측백나무 울타리 쪽으로는 절대로 가지 않아. 그런데 그 초록 빛깔은 불쑥 떠올라. 이를 데 없이 싱그러웠어. 아마 대가리를 안 봐서 그럴 거야. Y자로 갈라진 혓바닥은 무시무시하겠지.

측백나무 울타리는 수련원 건물과 마주하고 왼쪽에 있어. 거기서부터 중앙의 입구를 지나 횡단보도를 한 번 건너서 쭉 올라오면 등산로 입구야. 사십 분 전쯤 그곳을 지나왔어. 그 맞은편에는 초록색 파라솔 밑에 갈색 나무 의자가 서너 개 놓여 있어. 그 의자에 앉으면 수련원 전체가 보여. 그 자리가 좋아서 이른 아침에 가끔 앉아 있곤 해. 음, 내가 잠시 머물고 있는 곳이 저기로군 하면서. 가끔 사물을 멀리서 바라보는 순간이 필요하지. 가까이 있으면 더 몰라. 등잔 밑이 어두운 것처럼.

그런데 그 뱀을 보니까 뱀 허물을 봤을 때가 떠올라. 몇 년 전 봄 어떤 남자를 만나던 무렵이었어. 강원돈가 경기돈가 펜션에서 하루 묵었었지. 늦은 오후에 도착해서 슬슬 걷자니 땅바닥에 웬 얇은 천 같은 게 보이잖아. 남자가 다가가서 이리저리 살피더니 이거 뱀 허물이야, 라고 말하는 거야. 나는 깜짝 놀랐지. 뱀 허물은 처음 보거든. 초록빛 뱀 하니까 생각나서 하는 얘기야. 결국 거기까지 가야 하는 건가 생각하니 마음은 편하지 않네. 아무튼 그런 내용으로 시작하면 될까. 라이브 마스크를 뜬 날을 첫 장면으로 잡고 말이야.

라이브 마스크를 뜬 건 지난주 월요일 오전이었잖아. 키도 작고 얼굴도 작고 머리도 짧은 여자 강사가 진행하는 심리 프로그램에서. 목소리는 어찌나 크고 쇳소리가 나는지 듣기만 해도 가슴이 덜컹덜컹하더라고. 무슨 잘못을 저지른 것도 아닌데 말이야. 자존감 향상과 상대와의 소통을 위한 거라고 설명하면서 얼굴의 본을 떠봅시다 하더라고. 2인 1조로 해야 한다면서 둘씩 짝을 지어주는데 나는 어릴 때 뱀을 잡았던 남자와 짝이 되었어. 강당에서 책상 붙은 의자를 전부 뒤로 밀어놓고 마룻바닥에 다들 앉았어. 누가 먼저 할까요, 서로 문

나가 내가 먼저 해주겠다고 그 사람에게 말했어. 그럽시다, 하고 남자가 말하면서 안경을 벗어서 바닥에 놓더라고. 강사로부터 석고붕대와 가위와 플라스틱 접시는 이미 받아놓았어. 접시에 붕대 적실 물을 담으라고 강사가 말해서 강당에 있는 화장실에서 담아 왔고. 그 남자보다 내가 더 긴장되더군.

방법은 간단해. 석고붕대를 대략 십 센티미터 길이로 잘라서 물에 적신 다음에 얼굴에 붙이는 거야. 얼굴에는 물에 살짝 적신 얇은 습자지를 이미 붙여놓았어. 맨살에는 잘 붙지 않으니까. 그다음엔 잘라놓은 석고붕대를 하나하나 얼굴에 붙여나갔지. 좀 튀어나온 눈썹 뼈에 붕대 조각을 붙이니까 튀어나온 형태 그대로 잡히더군. 콧방울 부분은 딱 붙지 않아서 얼굴에 반쯤 붙어 있는 붕대 조각을 가위로 한 번 더 잘라 틈을 냈어. 여기가 들떠서 가위로 좀 자를게요. 내가 말했지만 남자는 아무 대답도 하지 않데. 그러려니 했나 봐. 남자 얼굴이 생각보다 크진 않더군. 긴 편이었고. 석고붕대 한 롤을 다쓸 줄 알았는데 좀 남았어. 이십 분쯤 지나니까 다 마르더라. 그 이십 분 동안 나는 무얼 했더라. 머릿속으로 영화를 그려보았을 거야. 내 얼굴을 만져주던 얼굴들과 손들과 속삭임들 같은 것. 얼굴이 화끈 달아오르네. 모두 지나간 일인걸. J도 거기 끼어 있구나. 얇은 천 같은 것이 뱀 허물이라고 말해주었던.

툭, 누가 몸을 쳤어. 깜짝 놀랐어. 얼굴에 석고붕대를 붙이고 있는 남자였어. 흐트러지지 않게 누워 있고 입이 봉해져 있으니 말을 할 수 없었지. 정신이 번쩍 들더군. 주위를 둘러보니 이미 마스크를 떼어낸 사람도 있었어. 살짝 움직여서 떼어낼게요, 라고 말한 다음 가장자리를 살짝 비트니까 마스크가 똑 떨어졌어. 일어나 앉은 남자에게 그걸 건네주니까 남자가 물끄러미 내려다보더군. 음, 이런 소릴 내면서.

아까도 말했지만 나는 두서가 없고 기승전결도 없어. 당신은 그래도 알아챌 수 있을 거야. 그래도 나에 대해 많은 것을 알고 있는 사람이니까. 그냥 생각나는 대로 쓰겠다고 마음은 먹었지만 잘 안 돼. 내가 언젠가 소설 배운 적이 있다고 했잖아. 그때 내가 포기한 이유는 도저히 솔직하게 쓸 수 없었기 때문이었어. 모르는 게 많은 건 둘째 문제였던 거 같아. 좀 써보자 몇 번이나 다짐해봐도 안 되는 거라. 어느 날인가는 하도 안 되어 곰곰이 생각해보니 내가 내 글을 통제하고 있더라구. 내가 쓰는데 내 마음대로 못 써. 이게 말이 되냐고. 그래서 포기하고 말았어. 잘했다고 생각해. 가끔 과감한 포기도 필요해. 뭔가 하고 싶다는 마음이 든 게 꽤 오랜만이었던 걸 생각하면 아쉽긴 했어. 그런 아쉬움을 지금 달래는 건지도 모르겠어.

글 쓰는 거 말고 수련원에서는 월요일 오전마다 심리 강의를 듣고 그림을 그리고 목요일 오후마다 영화를 봐. 그게 다야. 라이브 마스크는 심리 강의 중에 실시한 거였고. 프로그램을 일부러 헐렁하게 삽은 것 같아. 어떨 땐 아무것도 하지 않는 게 오히려 도움이 될 수 있어. 안 그래도 시간을 쪼개야 하는 게 우리 생활이잖아. 사회생활은 더더욱 그렇고. 물론 나는 안 그렇지. 올봄에 구조조정으로 잘렸는데 열의 부족이 원인이래. 지금 이 나이에도 나는 늘 무언가를 궁리만 하는 것 같아. 다른 사람들은 어떤가 몰라.

사람들 사이에서는 제법 공통 화제가 생겼어. 첫날에는 홍 주임의 소개로 서로 인사했었지. 전체 인원은 열 명쯤 되고 나이는 대략 삼십대에서 오십대에 걸쳐 있는 것 같았어. 처음엔 말이란 걸 습관적으로 하는 느낌이 들더군. 이름과 나이만 말하고 무슨 일을 하는지까지는 말하지 않았어. 밥이 잘 나온다, 화단에 있는 이 붉은 꽃은 무슨 꽃이냐, 이런 식으로 짧게 이야기를 했어. 저녁 먹고 나면 대개 자기 방으로들 들어가. 그러면 누에가 고치에 있는 것 같아. 왜 코쿤족이라는 말 있잖아. 누에고치처럼 외부와 단절된 자기만의 안전한 공간에 있으려는 사람들 말야. 코쿤은 누에의 고치라는 뜻이고. 노트북만 있으면 세상 어디든 갈 수 있다는 디지털 유목민이 이제 지친 걸까. 꼭 그렇지 않더라도 다들 지쳐 있는지도 몰라. 그러니까 여기 왔겠지. 오십대 남자는 얼굴이 몹시 까맣더군. 장물처럼. 간장 말이야. 그 낯빛을 보던 삼십대 여자가 그건 장이나 간이 안 좋기 때문일 거라고 말해주더군. 부산 사투리로 친근하게. 건강과 관련해서 자기가 뭘 좀 안다면서 섭생을 잘하라고 의사가 진단을 내리듯 말하더라구. 아주 확신에 차서. 밥이 보약이죠. 옆에서 누군가가 또 말하더군. 그 말에 다들 웃었어. 안 그래도 여기 밥이 좋아. 영양도 신경 쓰는 것 같아. 집밥 같다고들 사람들이 말해. 그런 밥을 나는 잘 먹고 여태 아무것도 안 했다 이 말이지.

아무것도 안 한 건 아니지. 때 되면 그림 그리고 때 되면 영화 보고 때 되면 산에 갔으니까. 지금도 산을 오르고 있고. 때를 알면 철이 드는 거라는 말을 어느 칼럼에선가 읽은 기억이 나는군. 지금 나는 무엇을 해야 할 때일까. 혹시 때를 놓친 건 아닐까. 사람들이 흔히 말하는 거 있잖아. 때 되면 결혼하고 때 되면 아이 낳고 때 되면 죽어가는. 죽어가는? 아, 죽음은 멀리 있지 않지. 소설 속에서도 그렇고 실제로도 그렇고. 아버지 돌아가시고 그 이듬해 엄마도 갑자기 몸이 안 좋아져 세상을 떠났지. 언니가 둘 있는데 내가 어떻게 지내는지는 몰라. 벌써 십 년도 더 넘었구나. 때를 모르는 나는 여전히 철이 들지 않은 채로구나, 하는 생각.

산에는 주중에 한 번, 주말에 한 번 가. 혼자. 왕복 한 시간 반에서 두 시간쯤 걸려. 보통 오후 세시쯤 되면 가는데 오늘은 정상까지 오를 작정으로 한 시간 더 일찍 나왔어. 내가 정상이라고 알았던 곳이 정상이 아니었던 거야. 해발고도를 표시하는 표지석이 없는 걸 뒤늦게 알게 된 것이지. 몇 번 산에 갔을 때 봤어. 산이라야 높지 않은, 이른바 동네 산을 갔다 왔다 하는 정도지만. 여기선 무엇이라도 해야 하니까. 가만있으면 더 지칠 것 같아. 수련원에서 오른쪽으로 난 길을 따라 조금 올라오면 등산로 입구야. 자잘한 노란색 고들빼기 꽃이 무리 지어 피어 있는 걸 봤어. 보도하고 산하고 별다른 구분이 없고 밤나무가 줄지어 있는데 밤송이가 제법 굵어. 이따금 사람들과 함께 저녁 산책을 할 때마다 오십대 남자가 말하더군. 저 밤송이가 떨어지면 나가겠군요. 나갈 때를 기다리는 건지, 나가기를 아쉬워하는 건지는 잘 모르겠어. 그 사람은 라이브 마스크를 이리저리 뜯어보면서 내 얼굴이 이렇게 생겼습니까, 하며 만들어준 사람에게 몇 번이나 묻더군. 허연 색인 거 말고는 똑같다고 그걸 만들어준 삼십대 부산 여자가 웃으며 말해주었지. 그럼 시커멓게 칠할까요. 그 남자도 경상도 억양이 묻어나는 목소리로 말하며 허허 웃었더랬지.

아까 방을 나오기 전에 허연 얼굴을 봤어. 약간 솟은 광대뼈가 보이고 입꼬리가 살짝 내려간 게 거울로 보던 내 얼굴과 닮긴 닮았더라. 잡티까지 나타났으면 칙칙했을 텐데 그건 드러나지 않아서 다행이었어. 음, 이것이 나의 얼굴인가. 그래도 의구심이 들더라구. 당신, 어때, 내 얼굴 같아?

사람한테는 여러 가지 얼굴이 있다잖아. 혹은 가면이라고도 하고. 강사 말이 그게 정상이고 없는 사람이 도리어 이상한 거래. 사회생활을 안 하는 거니까. 나도 정상이라는 소리네. 사람은 나이 마흔이 넘으면 자기 얼굴에 책임을 져야 한다고들 하잖아. 얼굴에 그 사람 인생이 담겨 있다고도 하고. 아직 마흔은 안 넘었으니까. 그러면 또 당신이 끼어들었지. 곧 마흔이잖아, 이 바보야. 난 가끔 거울을 들여다볼 때마다 가슴이 서늘해져. 이게 나의 얼굴인가 하는 생각에. 특히 눈 밑이 퀭한 날. 나만 그런 건 아닐 거야. 거기다 옛 애인을 우연히 마주치게 된다거나 하면? 그래, 올봄에 우연히 보았다 이 말이지.

어, 이 길이 맞나 몰라. 중간 쉼터까지는 눈에 익은데 그다음부터는 헷갈려. 앞서가던 중년 남자에게 길을 물어서 가는 중이거든. 길이 좁고 가팔라서 숨이 차네.

J를 본 건 세 갈래로 횡단보도가 갈라지는 자그만 삼각지대에서였어. 삼각지대라고 하니 뭔가 거창한데, 한 곳은 전철역으로, 다른 한 곳은 쇼핑센터로, 또 다른 한 곳은 수영장으로 이어져서 그렇게 부르게 되었어. 그날 어딘가 몸이 가렵고 찌뿌드드해서 수영장 가던 길이었어. 머리엔 모자를 푹 눌러썼어. 한쪽 길이가 이 미터쯤 되는 삼각지대에 사람들이 모여서 있었는데 그 사이에서 그 사람을 본 거야. 뱀 허물을 함께 보았던 남자. 정장을 차려입은 그는 자기 또래 남자와 이야기하고 있었어. 그의 집이 거기서 멀지 않다는 것이 퍼뜩 떠올랐어. 그건 본가고 지금은 다른 곳에 살고 있겠지.

그가 나를 못 본 게 천만다행이었어. 그를 보자마자 내가 얼굴을 바로 돌려버렸거든. 거의 반사작용처럼. 그를 등지고 서서 수영상 쪽 횡단보도의 신호등이 파란색으로 바뀌길 얼마나 기다렸는지 몰라. 일 분도 안 되는 시간이 한 시간 같았어. 신호가 바뀌는 순간 냅다 뛰었지. 남자들이 군대에서 화생방 훈련 중 참다 참다 문을 박차고 나가는 심정과 비슷할까. 여하튼 도로변 벤치에 한참을 앉아 있었다니까. 혹시라도 그와 마주치게 될까 봐 시간을 지체한 까닭도 있고. 그가 어느 방향으로 갔는지도 모르는데 말야. 그 순간 내 꼴이 우스워서 아무것도 할 수 없었어. 수영장은 수리 중이더군, 젠장. 나는 터덜터덜 집으로 돌아왔어. 버스 안에서 좀 멍했지. 얼굴에 열이 오르고 살갗이 따끔따끔해졌어. 옆구리와 등짝이 가려워 옷 위로 벅벅 긁었어. 내내 그의 얼굴이 떠올랐어. 그 짧은 찰나에 언뜻 본 그의 얼굴이 놀라울 정도로 또렷해. 정말 그는 얼굴이 변하지 않았어. 여드름 흔적 같은 게 조금 남아 있는 허여멀건한 얼굴. 백팔십 센티미터에 이르는 키가 변할 리는 없겠지. 내가 그날 잘 차려입었다면 먼저 아는 척을 했을까.

고작 옛 남자 때문에 수련원에 들어왔다고 하면 사람들이 웃겠지. 웃으라고 그래. 나에겐 다른 공간이 필요하기도 했어. 익숙한 공간에서 벗어나면 이제까지 안 보이던 것이 혹시 보일지도 모른다는 생각이 들었어. 뭔가 모색을 할 수도 있고 말이야. 마흔이 되어가는 마당에 이러고 있네. 마흔이란 나이는 늙음을 받아들이는 나이라고 어느 시인이 말했지. 나와 같은 나이에 이미 일가를 이룬 사람들이 수두룩한데 나는 아직 이러고 있네. 그 문장이 어디서 나왔는지는 모르겠어. 문장들을 추려놓은 책을 보고 알았어. 소설 쓰는 데 참고하려고 샀다가 지금은 쳐다도 안 봐. 책장에 처박혀 있을 거야. 한동안 열심히 보기도 했어. 보는 척을 했던가?

여기서는 웬일로 도서관엘 자주 가. 숙소 일층에 있어. 도서실이라고 부르면 더 맞을 만큼 작은 공간이지만 책으로 꽉 차 있어. 글은 안 되고 시간은 많고 하니 발길이 자연히 그쪽으로 옮겨지더군. 방마다 랜선이 깔려 있어서 언제든지 인터넷에 접속할 수 있어. 컴퓨터든 스마트폰으로든. 그런 걸 막지 않데. 하고 싶은 만큼 실컷 하세요. 입소 첫날 홍 주임의 말이었어. 안 그래도 컴퓨터 모니터에 머리 박고 산 지 꽤 오래됐잖아. 질릴 만도 한데 사람은 없어도 인터넷은 없으면 안 될 것 같아. 어떨 땐 사람보다 인터넷이 더 중요하다니까. 내가 운영하는 블로그는 오롯이 내 세상이기도 하거든. 나 같은 사람에게는. 그런데 여기 와선 잘 안 보게 돼. 대신 도서관에 자주 가는 거야. 일층이라도 어느 소설에서처럼 이상한 지하 계단이 있거나 음험한 눈을 가진 노인은 없어. 볕이 잘 드는 곳인데다 대출 기록만 남기면 마음대로 책을 가져가서 읽을 수 있어. 고심 끝에 일본 작가 M의 작품을 골랐어. 『바람의 노래를 들어라』였던가. 집과 나무와 사람 그림을 그렸던 날 저녁이었어. 교사라는 사십대 여자와 일층 로비에서 잠깐 이야기를 나누게 되있을 때 도시관과 작가 이야기를 들었어. 지하 계단 이야기도. 여기 들어가보셨느냐고 내가 먼저 물었거든. 그녀는 고개를 끄덕였고 책이 많아서 좋다고 말했어. 푹신한 의자에 파묻혀 있었는데 좀 쓸쓸해 보였어.

라이브 마스크 뜨기 전 주 월요일에 집과 나무와 여자와 남자를 연필로 그렸거든. '나'를 알아보는 프로그램이라고 강사가 말했어. 그림을 다들 그린 다음에. 나무에는 열매를 많이 그렸고 여자 그림을 그릴 때 단추를 여럿 그렸는데 그건 어머니에 대한 의존을 나타낸다고 여자 강사가 말했대. 저는요, 옆에 누군가가 꼭 있어야 해요. 안 그러면 무섭거든요. 여자가 말하더군. 뭐가 무섭다고 그래요. 나는 대꾸하면서 이게 나의 가면이구나 싶어서 놀랐어. 그래서 바로 덧붙였지. 혼자는 무섭죠, 라고. 또 자기는 수련원 하니까 요양원이 생각나고 요양원 하니까 요양원이 등장하는 유명한 그 장편소설이 떠오른다고 하데. 더 젊었을 때 읽었다면서. 그 사람은 여기를 요양원으로 생각하는지도 모르지. 뭔가 치유되기를 원한다는 의미에서. 키는 훌쩍 큰데 몸이 빼빼 마르고 어딘가 그늘이 져 보였어. 웃어도 우는 것처럼. 아무튼 그 말을 들은 뒤여서 손길이 그 작가 책 쪽으로 가더라고. 모르니까 아는 사람을 따라 하는 것이지. 몇 권 읽다 보니 공통점이 눈에 띄었어. 작품 속에 나오는 달은 모두 면도날 같은 달이었고 작품마다 등장하는 여자들은 여대를 나왔고 미인은 아니지만 개성 있는 얼굴이라고. 그거 나 아니야? 그런 인물 설명 대목을 읽을 때 혼자 웃긴 했지. 그때 당신이 말했지. 웃기시네. 오늘 낮에 사람들한테 말했더니 다들 피식 웃더라구. 나도 어이없어서 웃었지. 우울해 뵈는 여자는 자기는 그 작가의 초기작이 좋다면서 이십대 시절이 그립다고 하더라고. 에구, 전 늙었나 봐요. 여자가 말했어. 나보다 젊은데 뭘 그러세요. 오십대 남자의 말이었어. 까만 얼굴로 빙긋 웃더라고.

야, 좀 올라오니까 확실히 전망이 좋구나. 지방 소도시가 한눈에 쫙 보여. 이 맛에들 산에 오는 거겠지. 까마득히 높이 솟은 에베레스트나 안나푸르나를 등정하는 사람들이 보면 웃을 테지. 뭐 상황에 맞게 능력에 맞게 가는 거니까. 그런데 또 길을 잘 모르겠는 거라. 마침 근처를 지나가는 중년 여자에게 물어봤어. 이 산은 능선 따라 쭉 가면 된대. 정상이라고 따로 있는 것도 아니고. 조금만 더 가면 된다고 하네. 나는 힘을 냈지. 올라온 지 한 시간도 더 넘었어. 목이 타서 물을 들이켰지. 마치 샴페인 병을 따는 기분으로. 파란색 백팩 옆 그물주머니에 물병을 넣고는 다시 걷기 시작했어. 내가 뭘 하고 있나 생각하며.

매주 목요일 오후마다 영화를 봤다고 했잖아. 하비의 마지막 로맨스, 버팔로 66, 그레이티스트, 마리, 이보다 더 좋을 순 없다와 같은 제목이 프로그램에 적혀 있더군. 홍 주임이 첫날 나눠준 수련 일정에 있었어. 독특한 수련원이다 싶었어.

내가 본 것도 있고 안 본 섯도 있너군. 공동점이 뭘까 했는데 내가 봤던 영화들이 모두 해피엔딩이라는 게 일단 눈에 들어오더군. 이번 주에 본 건 「그레이티스트」였어. 교통사고로 아들을 잃은 부부에게 어떤 여자애가 찾아와서 당신들의 아들의 아이를 가졌다고 말해. 요약하면 갈등 끝에 여자아이가 아이를 낳으면서 서로 화해하며 가족이 된다, 는 것이지. 영화를 다 보고 난 뒤 이상하게 초록색의 잔상이 남는 거 같았어. 아들 엄마의 초록색 지갑, 죽은 아들의 초록색 티셔츠, 아들의 아이를 가진 여자의 초록색 오버코트. 아마도 희망이라는 뜻이겠지. 봄, 새싹, 출발, 그런 느낌으로 말야.

나는 그 영화를 보면서 감독이 왠지 소설을 많이 읽었을 것 같다는 생각이 들었어. 소설 강사가 말했던 게 고스란히 다 들어 있었거든. 한 가지 이야기를 쓴다, 구체적인 사물을 잡는다, 꼬투리를 물고 늘어진다 하는 것들이. 명강의였어, 내가 포기해서 그렇지. 아무튼 그런 걸 적용시켜가며 보니까 초록빛이 더 선명해지는걸. 희망도 더 선명해지는 걸까.

내가 본 그 뱀도 초록빛이네. 선명하고 이질적인 빛깔. 영화에서나 만화에서나 외계인의 피가 초록색으로 표현되잖아. 인간의 피와 다르다는 점을 부각시키려고 대비되는 색깔을 쓴 게 아닐까. 약간 형광빛이 감돌아도 좋겠지. 외계인의 팔뚝에서 뿜어져 나오는 초록색의 피. 왠지 차가울 것 같아. 만지면 오싹하고 서늘해질 정도로.

아, 무슨 소리가 들렸어. 잠깐만. 청설모야. 막 나무줄기를 타고 내려가는군. 그러고도 나는 바닥 주위를 조심스럽게 휘둘러보았어. 혹시 뱀이 나올까 봐. 주변은 솔방울이나 잔가지들이 떨어져 있는 흙길이야. 나는 한숨을 내쉬고 다시 걸어갔어. 다른 사람들하고 함께 올걸 그랬나. 함께 가자고 말할 수 있었지만 하지 않았어. 부담스러워할 것 같아서. 내가 산에 가는 걸 아는 사람들이 나보고 용감하다고 말했지만, 실은 그렇지 않았어.

사람들이 처음보다 말을 더 많이 나누는 것도 같아. 그림을 그려보니까 내가 보여서 무섭더라, 내가 아닌 것 같다, 뭐 이런 이야기들을 나누었어. 글 잘 써지느냐고들 마지막에 묻는 건 습관이 돼버렸지. 두 달 중 한 달이 좀 넘었구나. 죽을 맛이래들. 죽을 맛이 어떤 맛이지? 혹 독사에게 물려 마비 증상이 오는 것 같은? 나야 알 리 없지. 그 비슷한 경우라면 겪었던 것도 같아. J의 얼굴이 문득 떠올랐지만 머릿속에서 지워버렸어. 연필로 잘못 쓴 글자를 지우개로 지우는 것처럼.

하지만 여전히 그는 나에게 남아 있나 봐. 집과 나무와 사람을 그리고 나서 강사와 개별 상담을 하는 동안 내내 그가 떠올랐거든. 나보다도 자그맣고 안경을 쓴 여자가 쇳소리를 내며 짱짱하게 설명해주었는데 좀 무섭기도 했어. 이 집은 어디 있느냐, 누가 사느냐, 어떤 집이냐 등 수십 가지 질문을 던지더라구. 이 집은 경기돈가 강원돈가에 있고 어떤 남자와 함께 산다고 대답했거는. 나보고 결혼했느냐고 물었을 때 아니라고 대답했더니 아, 그래요, 하며 강사가 살짝 고개를 젓더군. 내 눈은 그걸 놓치지 않았지. 보통 그럴 경우 현재의 자기 집과 자기 가족들을 언급한다고 강사가 덧붙이더군. 그렇지 않은 사람도 있다고 나를 안심시켜주긴 했어. 집에 창문이 많은 건 나를 드러내고 싶은 거고 여자를 그릴 때 옆얼굴을 그린 건 드러내고 싶지 않은 거라더군. 치마에 부츠 차림인 여자를 그렸는데 웃고 있지만 옆얼굴이었거든. 그것 말고도 더 세세하게 말해주었는데 굳이 늘어놓고 싶진 않네. 다만 드러내고 싶다는 것과 드러내고 싶지 않다는 것에 주목했어. 그 두 가지가 다 내 얼굴이라는 걸.

가도 가도 끝이 없어. 처음 가보는 길이니까 심리적으로 더 멀게 느껴지는 거야. 외로운 길 나그네 길, 은 아니고. 이따금 내가 그 노래를 흥얼거리면 넌 애가 왜 그렇게 청승맞니, 하곤 J가 이마에 딱밤을 주었지. 아니야, 나 딴 노래도 좋아해, 반발하며 딴 노래를 부르려 했지만 생각이 안 났어. 그런 때 강남, 강남 스타일, 이런 노래가 나왔으면 불렀겠지. 미치면 이기는 거고, 지치면 지는 거라고 그 가수가 말했다며. 참 난놈이다 싶데. 나는 높지 않은 산에 애를 먹네. 낯선 길은 더 멀게 느껴지는 법이야. 게다가 외길이잖아. 이 길인지 저 길인지 선택조차 할 수 없는 셈이지. 웃지 마. 나름 심각한 상황이야. 사람들도 이상하게 별로 없군. 누군가 만나면 길을 물어봐야지 했는데, 아까 중년 여자를 만나고 한 명도 못 만났어. 온 산에 나 혼자 있는 것 같아. 올라올 때보다 한층 그늘이 짙어졌어. 가슴이 답답해져. 몸에 잔뜩 힘이 들어가. 겨우 삼백 미터도 안 되는 산에서 나는 헤매고 있는 거야. 하늘이 흐릿해지는군.

　종종 온라인에서 J의 흔적들을 발견하곤 했어. 그가 약혼녀와 함께 웃는 모습을 그녀의 블로그에선가 보았어. 그건 내가 굳이 알지 않아도 되는 그의 사생활이었지만, 나는 알고 싶었어. 그는 내가 직장을 옮겼다는 걸 뒤늦게 알고 펄펄 뛰었어. 그는 좋아하면 하나하나 모든 걸 나누는 거라고 했거든. 그런 걸 나는 그때 처음 알았어. 왜냐하면 나는 그런 적이 없거든. 남자야 만났지. 한둘이 아니었지. 하룻밤 만남도 있었고 몇 달 이어진 만남도 있었고. 혼자인 게 두려워서. 몸은 나누었지만 일상까지 나눌 이유는 없었어. 그는 달랐어. 그를 만나는 것이 기뻤어. 그리고 나는 그를 많이 생각했어. 그는 그녀하고도 나누겠구나 하는 생각을, 나는 했는데 그가 그랬는지는 모르겠어. 다만 전에는 옆에 딱 붙어 있어서 그가 잘 보이지 않았어. 지금은 친구가 될 수 있을 것도 같아. J, 잘 지내고 있니?

　여기 오기 전까지 그녀의 블로그에 자주 들어갔어. 다섯 살된 우리 아가. 이런 사진이 있는데. 우리 아가의 짜장면 먹방, 이런 설명과 함께. 아기가 그를 닮은 것 같아. 눈은 크고 쌍꺼

풀이 진 건 엄마를 닮았나 봐. 가끔 인터넷이라는 거대한 그물에서 허우적대는 거지. 그러다 이 수련원을 알게 되었으니 나쁘기만 한 건 아닌 셈이야.

그런데 어디로 가야 하지? 주위가 더 어두워졌어. 먹구름이 몰려오고 있어. 이런. 정상은 저기라고 아까 중년 여자가 손으로 가리켜 보였을 때처럼 분명 눈에 보이는데. 안 되겠어. 무섭다. 좀 전까진 더워서 땀이 났는데 이제는 등짝으로 식은땀이 흘러내려. 발바닥이 따갑다. 몸에 잔뜩 힘을 주고 걸어서 어깨가 뻣뻣하다. 벌레가 몸속에 들어갔는지 가렵기도 한걸. 그것도 심리적인 것이겠지. 잠깐 멈추고 주위를 둘러봤어. 일단 헷갈렸던 지점으로 다시 가서 아래로 내려가는 길을 찾아야 해. 나는 조심스럽게 한 걸음 한 걸음 내디뎠어. 조금 내려가다 보니까 낯익은 소나무가 보였어. 올라올 때 본 것 같아. 다행이다 싶었지. 이런 상황은 제대로 설명할 수가 없군. 아무튼 그때부터 안심하고 내려갔어. 그러다 얼마 못 가 멈칫했어. 뱀이다!

초록빛 뱀. 좁고 가파른 외길을 계속 내려가다 나뭇잎이 수북이 쌓여 있는 데서 봤어. 수련원 마당에서 본 것과 같은 색깔이었어. 순간 얼어붙었어. 꼼짝 않고 서 있었어. 이번엔 이삼 초가 아니라 이삼 분을 기다렸어. 이젠 갔겠지 생각하고 주먹까지 불끈 쥔 채 살살 걸어 내려온 다음 급히 발을 옮기기 시작했어.

어젠 수련원 마당에서 뻗어버린 뱀을 봤어. 아침에 가볍게 산책하러 가는데 눈에 띄길래 뭔가 했지. 운동화 끈 같아 보였어. 점심 먹을 때 남자가 마당에서 죽어 있는 뱀을 봤다고 말하는 거였어. 남자가 딱 짚어주는데 내가 아침에 본 거였어. 남자는 까치독사인 것 같다고 하면서 자기가 치우겠다고 선뜻 말하더군. 현관 안쪽 바로 옆에 놓인 우산꽂이에 긴 집게가 꽂혀 있다고 누가 말하니까 성큼성큼 걸어가서 그걸 꺼내 왔고 긴 집게로 죽은 뱀을 집어서 산 쪽으로 휙 던졌어. 사람들을 공포에 빠뜨리던 뱀도 저렇게 죽어 나자빠졌구나 하니까 한편으로 이상하데. 죽으면 끝이구나. 그런 생각.

죽었지만 자신의 흔적을 남긴 사람이 있지. 영화에서도 그랬잖아. 어린 여자는 자기가 사랑하는 사람의 아이를 갖게 되었잖아. 「버팔로 66」이란 영화에서는 복수를 꿈꾸었던 삼십대 남자가 어떤 여자를 만나게 되면서 마음을 달리 먹게 되잖아. 육십대인가 쓸쓸한 남자가 마지막 사랑을 발견하며 다시금 희망을 갖게 되는 영화도 있었잖아. '하비의 마지막 로맨스'라고 우리말 제목이 붙어 있어. 사실 그 영화의 원제목은 '하비의 마지막 기회'였어. 마지막 로맨스라는 말도 맞긴 하지만 마지막 기회라는 말이 더 맞는다고 여겨졌어. '기회'라는 게 더 포괄적이라고 할까. 아무튼 연령대별로 가질 법한 고민들을 영화가 보여주는 것 같아. 물론 복수가 일반적인 건 아니지만. 그렇다고 해도 다 영화일 뿐이야.

뱀 허물을 보았던 날이 생각나. 뱀 허물은 만지면 단번에 부서질 것 같았어. 습자지처럼 아주 얇아 보였던 게 가장 먼저 떠올라. 삼사 미터 떨어져서였지만 최대한 자세히 바라보니 뱀피의 사각형이나 육각형 모양이 어렴풋이 보였어. 섬뜩했어. 개한테 보여주면 겁나서 도망가겠다. J가 말했어. 그 당시 그는 약혼 상태에 있었지. 약혼녀의 이름을 말하지 않은 것이 그나마 나를 위한 배려였는지는 모르겠어. 나는 그 말이 무슨 뜻인지 금방 알 수 없었어. 개한테 보여주면 겁나서 도망가겠다니. 지금도 알 수 없기는 마찬가지야. 뱀 허물을 본 건 그녀가 아니라 나였다는 사실만 있을 뿐. 무서웠지만 도망가지 않았다는 것뿐. 두 달 뒤 그는 그녀와 결혼했어. 그가 많이 생각났어.

아, 저기 쉼터. 이제야 사람들이 제법 보여. 그럼 다 내려온 거야.

뱀은 결코 뒷걸음질하지 않는다고 해. 가지런히 포개진 복린이라고 하는 배 비늘과 척추에 한 쌍씩 난 갈비뼈로 배밀이 하는 운동을 사행(蛇行)이라고 하는데 언제든 뱀은 앞만 보고 간대. 뱀에 대해 알게 된 것 중 가장 괜찮은 부분이야. 뱀은 홀연히 나타나거나 갑자기 사라지기 때문에 예견할 수 없는 것을 상징하기도 한다는군.

그날 J를 우연히 만나지 않았다면 내가 여기 올 생각을 했을까. 그냥 흘러가는 대로 지냈겠지. 이렇게 삶을 낭비할 수 있을까 생각하기만 하면서. 언젠가 본 얇은 천 같은 것이 뱀 허물인 걸 알았던 그는 뱀이 절대로 뒷걸음질 치지 않는다는 것도 알고 있었을까. 그로부터는 아무 연락이 없었어.

숨이 가빴어. 마침내 산을 벗어나 의자에 털썩 주저앉았지. 그런데, 잘 다녀왔어요? 하는 소리가 들리는 거야. 주위를 둘러보니 남자가 갈색 의자에 앉아 있더라고. 내가 라이브 마스크를 떠준 남자가. 웬일로 말을 거나 속으로 생각하면서 대답했어. 잘 다녀온 건 아니고요. 정상 근처를 헤매다 급히 내려오는 길에 뱀을 봤어요. 내 말에 또 뱀이로군요, 라고 남자가 대꾸하고 덧붙이더군. 가을에 뱀들은 겨울잠에 들어가기 위해 컨디션을 최상으로 만드느라 아주 예민하답니다. 난 뻘쭘했어. 백팩을 메고 있어서 등짝이 가려운 걸 참았어. 잠시 후 남자가 불쑥 말하더군. 그루터기는 자신이 죽었다고 생각하는 사람이 종종 그리는 거랍니다. 내가 눈을 동그랗게 뜨자 남자가 나무 그림 말이에요, 하면서 자신도 놀라웠다고 피식 웃더군. 아내와 떨어져 있고 아이는 몇 년째 집중 치료실에 누워 있어요. 빚쟁이들이. 그 말을 하더니 남자는 가볍게 한숨을 내쉬었어. 쫓기며 나는 이러고 있습니다. 후후. 나는 아무 말도 할 수 없었어. 그도 어떤 반응을 기다리는 것 같지는 않았어. 혼자 산책을 하고 혼자 산에 가는 걸 가끔 창문으로 봤어요. 그 말에 나는 가만히 있었어. 그는 겸연쩍은지 손목시계를 들여다보고는 말했어. 저녁 시간이 한참 지났군요.

글을 써야 할 시간인가요. 먼저 들어가겠습니다. 고개를 소금 숙여 인사한 남자는 의자에서 일어나 앞으로 걸어갔어. 이 건 뭘까…… 생각하려는 찰나, 남자가 갑자기 뒤돌아서더군. 참, 여긴 원래 뱀이 많은 지역이라고 하네요. 나보고 조심하라는 뜻으로 말하는 것 같았어. 그리고 왠지 그런 뜻만은 아닌 것 같은 생각도 들었어. 고맙습니다, 말하고 고개를 조금 숙였어. 그가 엷게라도 웃음 지었는지는 모르겠어. 터덜터덜 걸어가는 남자의 뒷모습이 오후의 햇살 속에 희끄무레하게 번져 보였어.

이제 한 달 좀 넘게 지났고 곧 있으면 이곳을 나갈 거야. 모두 나갈 거야. 일상으로 돌아가겠지. 저 사람은 또 어디론가 가겠지.

당신은 어떻게 생각해? 내 얼굴을 닮았을 당신. 날 때부터 함께인 얼굴. 사람마다 얼굴이 다른 건 DNA 때문이래. 하지만 종종 비슷하게 닮은 얼굴들을 만나기도 하지. 당신은 내가 나를, 나 자신을 정면으로 바라볼 수 있을 것 같아? 나도 몰라서 묻는 거야.

벌써 달이 떴네. 절반쯤 기울어지고 있는 달이야. 면도날처럼 날카로워 보이진 않는군. 얼마 전까지 둥글게 둥글게 환했는데. 하지만 이울었다가도 다시 차오를 테니까. 조금 더 시간이 걸리는 것뿐이겠지.

이탈리아의 그 선수는 자신이 속한 팀에서 열심히 잘하고

246

있대. 수염까지 기른 모습으로 뛰는 걸 중계로 몇 번 봤다고 홍 주임이 지나가는 말로 알려주더군. 아, 올해 월드컵이 있지 않습니까. 빵끗 웃더군. 그 선수도 출전해 죽기 전에 반짝, 온몸과 온 마음을 불사를까. 아무튼 모색을 해야 해. 뭔가를 찾아야 한다구. 그런데 그게 뭘까. 얼마 안 있으면 나는 여길 나갈 거고 그러면 두 번 다시 오지 않겠지. 그 전에 글을 완성해야 해. 태워 없애야 해.

여기 와서 나는 그림을 그리고 라이브 마스크를 뜨고 영화를 보고 뱀을 보았어. 영화 속에서 초록빛 코트와 초록빛 지갑과 초록빛 티셔츠를 봤지. 라이브 마스크를 뜨고 나서 내 얼굴을 만나고 싶다고 생각했어. 나 자신에게도 보여주지 않는 얼굴, 아무도 모르는 얼굴. 모르겠어. 정작 여기 와서 나는 사람들을 만났어. 사람들은 우연히, 뜻하지 않은 순간에 사람들을 만나는 것 같아. 그러고 나서 모르는 사람처럼 스쳐 지나가겠지. J처럼.

여기 다른 사람들은 어떨지 궁금해. 그들도 그렇게 생각할까. 누에고치 같은, 잠깐이지만 외부와 단절된 자기만의 안전한 공간으로 피신한 사람들.

수련원 도서관에서 처음 빌려 읽은 소설과 그 문장이 생각나는군. "모든 건 스쳐 지나간다. 누구도 그걸 붙잡을 수는 없다. 우리는 그렇게 살아가고 있다." 나도 그 비슷한 생각을 품고 있어. 어느 순간 이런 생각도 함께 들더군. 스쳐 지나가면서 뭔가 하나쯤 가슴속에 툭, 남겨주는 게 있지 않을까 하는. 이를테면 가슴속에서부터 뚝뚝 듣는 빨간 핏방울 같은 것. 인간적인 것. 진심이라는 것……

숨 막힌다.

가렵다. 등짝이 가렵다. 머리가 가렵다. 온몸이 가렵다.

뱀은 머리를 바위에 짓이겨 허물을 한꺼번에 쏙, 벗는대.

저기, 희끄무레한 달빛 속에서, 허옇게 보이는 저 얼굴은 누구의 얼굴일까……

새로운 여정을 향한 발걸음

장두영 (문학평론가)

1

김주현의 소설은 우리가 흔히 떠올리는 평범한 소설과는 어느 정도 거리가 있다. 프로타고니스트와 안타고니스트의 대립, 복잡하게만 얽혀가는 갈등, 발단과 전개를 거쳐 절정에 이르는 플롯의 굴곡 등 여러 소설 작법서가 알려주는 흥미로운 이야기의 비결이 많은 작가를 유혹하지만, 소설가 김주현은 그런 것에는 아랑곳하지 않고 자기만의 소설 쓰기 방법을 구사한다. 김주현의 소설에서는 대개 주인공 한 인물의 관점과 입장이 작품의 대부분을 차지한다. 모든 사건과 인물이 주인공의 생각과 감정을 두드러지게 하기 위한 맡은 바 제 역할에 충실하다. 소설의 서술은 주인공의 생각을 풀어놓는 데 집중한다. 창작하는 작가의 집필실을 상상해볼 때, 철저한 집필 계획과 꽉 짜인 개요에 따르기보다는 자유롭게 떠오르는 생각과 그 파동을 따라 한참을 따라가다 보면 어느새 글 한 바닥이 튀어나오는 게 아닐까 궁금하기도 하다.

아까도 말했지만 나는 두서가 없고 기승전결도 없어. 당신은 그래도 알아챌 수 있을 거야. 그래도 나에 대해 많은 것을 알고 있는 사람이니까. 그냥 생각나는 대로 쓰겠다고 마음은 먹었지만 잘 안 돼. 내가 언젠가 소설 배운 적이 있다고 했잖아. 그때 내가 포기한 이유는 도저히 솔직하게 쓸 수 없었기 때문이었어. 모르는 게 많은 건 둘째 문제였던 거 같아. 좀 써보자 몇 번이나 다짐해봐도 안 되는 거라. 어느 날인가는 하도 안 되어 곰곰이 생각해보니 내가 내 글을 통제하고 있더라구. 내가 쓰는데 내 마음대로 못 써.(「당신의 얼굴」, 229쪽)

실제 작가는 소설 속에서 소설가 지망생이었던 주인공을 통해 자신의 창작 방법론의 일부를 슬쩍 흘리고 있다. 그냥 생각나는 대로 쓰기. 이러한 글쓰기는 솔직한 자기 얼굴을 들여다보려는 방편의 하나다. 오직 순수한 글쓰기의 시간만 남기고 다른 불순한 것은 일절 용납하지 않겠다는 다짐이 엿보인다. 이에 김주현의 소설은 자서전의 형태에 가까운 것임이 짐작된다. 여기서는 순수한 솔직함만이 요구되며 일말의 거짓 또는 감춤이 있다면 글을 쓰는 목적에서 벗어나는 것이 되고 만다. 무릇 모든 소설이 근본적으로는 소설가 자기 자신의 이야기이지만 김주현의 소설에는 그러한 자기성찰적 요소가 유난히 강하다는 말이다.

이번 소설집에 수록된 작품 대부분에서도 '기승전결' 대신 '두서없음'을 취하고 있다. 그러한 특유의 '두서없음' 속에서 주인공의 고민과 방황이 꼬리에 꼬리를 물고 펼쳐진다. 그런 이유로 해서 소설을 읽는 일이 쉽지는 않다. 실제 소설가를 제법 많이 닮았을 것이 분명한 소설 속 주인공의 생각을 따라가다 보면 보통의 여느 소설을 읽을 때 으레 기대하게 마련인 반전(Peripeteia)이 뚜렷하게 발견되지 않는다. 긴장의 고조와 플롯의 전개도 강렬하지 않을뿐더러, 어떤 때는 읽다가 이야기의 흐름을 놓쳐 잠시 헤매기도 한다. 이야기의 재미보다는 인물의 생각을 드러내기에 절대적인 비중을 두는 일관된 모습은 자기 자신의 솔직한 얼굴을 찾기 위해 소설을 쓴다라는 작가의 정신적 순결성의 방증으로 여겨진다.

분명 두서없음은 의미의 파악을 지연시킨다. 그뿐만 아니라 작품 전체를 다 읽고도 선명한 의미 파악이 어려운 경우도 있다. 그러나 그러한 두서없음이 무의미로 향한다거나 혼란으로 귀결되는 것은 아니다. 몇 편의 작품을 읽고 나면 그제야 파악되는 의미가 있다. 이번 소설집에 수록된 여러 편의 작품을 다 읽고서야 파악되는 의미도 있다. 김주현의 소설을 사람에 비유하자면 한 번 만나서는 절대 그 사람을 파악할 수 없고, 몇 번을 만나다 보면 뒤늦게 그 사람의 참모습에 감탄하게 되는 그런 경우인 듯하다.

2

우선 연애 이야기부터 들여다보자. 「눈 속의 터미널」, 「완두콩 한 숟가락」, 「고래밥」이 연애 이야기의 구도를 가져온 작품에 해당한다. 삼각관계, 과거의 연인, 헤어짐 따위 연애 서사의 문법이 이들 작품에서도 발견된다. 표면적으로는 전형적인 연애 이야기로 보인다. 그러나 앞서 김주현 소설의 특징으로 꼽은 자기성찰적 특성이 이들 작품에도 강하게 깔려 있는바, 연애 이야기의 이면에는 결국 주인공 자신의 이야기가 자리한다.

예를 들어 「완두콩 한 숟가락」은 과거의 두 연인이 연극 공연을 계기로 다시 만난다. 여자는 연극 배우로, 남자는 연극 연출자로 마주하게 된 두 사람 사이에는 H라는 또 다른 과거의 남자가 있어 다시 만난 두 남녀 사이에 갈등 요인으로도 작용한다. 겉으로는 삼각관계가 얽힌 사랑의 갈등에 관한 이야기다. 그러나 연애 이야기로 보이는 외관의 이면에는 주인공이 자기 삶의 의미에 관해 생각하는 내용이 펼쳐지고 이것이 사실상 작품의 주제와 직결된다. 이것은 작품의 결말을 보면 쉽게 알 수 있다. 이 작품의 결말에서는 앞으로 두 사람의 연애가 어떻게 전개될 것인가 하는 관심보다는 "나는 어디로 가야 하지?"(99쪽)라는 물음에서 확인되듯 주인공이 삶의 의미를 찾아가는 길에 더 큰 관심을 기울이고 있다.

"왜 돌아왔느냐고 물었니? 나는 여기, 인 것 같다고 대답했지. 니가 불렀고."(71쪽) 소설의 시작 부분에 나오는 질문은 결국 이 작품이 주인공 '나'의 삶의 의미를 탐색하는 이야기임을 암시한다. '나'는 연극판에서 한참이나 떠나 있다가 다시 돌아왔다. 과거의 동료들은 이제 중견의 자리에 있고 '나'만 아무것도 이뤄놓은 것이 없어 보인다. "그동안 난 인생을 띄엄띄엄 산 것 같아"(88쪽)라는 '나'의 자조적인 읊조림을 보면 지나간 시간과 그간의 방황을 짐작할 수 있다. '나'에게는 확신 같은 것은 없다. 그저 '여기'인 것 같은 어렴풋한 생각이 다시 연극판으로 돌아오게 이끌었을 뿐이다.

강현재, 거기서 뭐 하니? 가자.
어떤 목소리가 나를 부르고 있었다. 그 목소리는 다른 사람의 것이기도 했지만 내 목소리이기도 했다.
나는 어디로 가야 하지? 내가 여기, 라고 말하지 않았나?(「완두콩 한 숟가락」, 99쪽)

소설의 마지막 부분에는 몇 개의 질문들이 한꺼번에 나온다. "거기서 뭐 하니?" 이 질문으로 인해 '나'는 그동안 아무것도 하지 않은 채 가만히 머물러 있었다는 사실을 인정할 수밖에 없다. "나는 어디로 가야 하지?" 삶이란 한곳에 계속 머물 수 없고 끊임없이 변화하고 움직여야 하는 것임을 인정하지 않을 수 없을 때, 이제 중요한 것은 그러한 변화와 움직임의 방향성이다. 목적지 없이는 방황만 계속하게 될 것이다. 하지만 목적지를 설정해야 한다는 인식에는 도달했지만, 과연 어디로 가야 할지는 여전히 미지수다. "내가 여기, 라고 말하지 않았나?" 어디선가 들려오는 목소리는 그 목적지가 '여기'임을 힘 있게 강조한다.

이 마지막 질문은 소설의 첫 문장과 연결될 때 발생하는 의미까지 고려해야 한다. "여기인 것 같다"라는 첫 문장이 가리키듯 소설의 초반부에서는 그저 어렴풋한 생각에 이끌려 연극판으로 돌아왔지만, 이제 소설의 후반부에서는 마지막 문장을 통해 '나'가 가야 할 곳이 여기 연극판임을 다시 한번 확인하는 형국이다. "현구야, 나 이거 잘하고 싶었다. 이걸 해내지 못하면 이전까지 내 삶은 아무 의미도 없어."(87~88쪽) 연극에서 삶의 의미를 찾고 싶은 것은 이미 '나' 자신의 강렬한 바람이었다. 연극을 통해 찾을 수 있는 삶의 의미란 어쩌면 『가난한 연극』이 말하듯 철저히 자기 자신을 버리고 연극에 모든 것을 전념하는 연기 속에 있을지도 모른다. 아직 진심을 다한 연기는 물론이고 당장 이번에 맡은 마리 역도 잘해낼 수 있을지 의문이지만 소설의 마지막 문장에서 '나'가 가야 할 곳, 있어야 할 곳이 결국 '여기' 연극판임을 다시 상기하는 모습을 볼 때, 돌아온 연극판에서 다시 한번 삶의 의미를 찾기 위해 도전하리라는 암시가 선명해 보인다.

　이처럼 연애 이야기가 도달하는 것은 결국 자기 삶에 관한 성찰이다. 이런 구도는 「눈 속의 터미널」과 「고래밥」에서도 동일하게 펼쳐진다. 남녀의 이별을 다룬 서사적 외관을 볼 때 두 작품 역시 전형적인 연애 이야기다. 그러나 서서히 저물어 가는 사랑과 지지부진하고 답답하기만 한 '나'의 삶이 나란히 놓여 있다. 「눈 속의 터미널」에서 '나'는 이런 상황에 관해 다음과 같이 말한다. "나는 누군가와 관계할 줄은 알았지 누군가와 사랑할 줄은 몰랐다. 내가 무슨 일을 해야 하는지 모르는 것처럼."(30쪽) 작품 속에서 언급되는 체호프의 연극 「세 자매」에 등장하는 세 자매가 모스크바에 가기를 갈망하지만 모스크바로 가지 못하는 현실에 좌절하는 모습이 오도 가도 못하고 발이 묶여 있는 것만 같은 '나'의 마음을 비유적으로 드러내는 것은 아닐까. 이런 답답한 심정은 "나는 어떻게 해야 하지?"라며 말하는 「고래밥」의 결말에서도 다르지 않다. 연애를 다루되 연애가 시작될 때의 설렘이 아니라 오랜 연애의 종식을 다룬 것 자체가 '나'는 앞으로 무엇을 어떻게 해야 하는가라고 스스로에게 던지는 실문을 예비한 것인지도 모르겠다. 물론 이러한 질문은 자포자기의 체념이나 현실에의 타협과는 거리가 먼, 곧 계속 자기 삶을 붙잡고자 하는 강한 의지가 있는 사람만이 할 수 있는 것이다. 가령 「눈 속의 터미널」의 '나'가 다시 도서관으로 가서 누가 시키지도 않은 일을 자청해서 해내려 하는 모습은 삶의 의미를 찾기 위한 모색의 하나로 읽힌다.

3

여행에 관한 이야기가 또 하나의 계열을 형성한다. 일상에서 벗어나 먼 휴양지로 떠나는 공상에 관한 「대명빌리지 옆」, 일상을 떠나 수련원에서 머무는 동안 있었던 일을 다루는 「당신의 얼굴」, 멀리 떨어진 도시에 다녀오는 내용의 「영길의 축제」가 여기에 속한다. 연애 이야기가 주로 과거의 연애 관계를 돌아보고 회상하고 연애를 종결하여 과거형으로 남기는 '과거'에 관한 이야기라고 한다면, 여행 이야기는 대개 현재의 일상과 그로 인해 타성에 빠진 생활에서 벗어나고자 하는 내용을 다루기 때문에 '현재'에 관한 이야기라 할 수 있다. 그러나 이러한 차이에도 불구하고 자기성찰적인 분위기는 비슷하다. 아마도 주인공의 생각이 서술을 이끌어가는 문체적 특성 때문이 아닐까 싶다. 성찰적 분위기 속에서 펼쳐지는 여행이란 궁극적으로 삶의 의미를 찾아 떠나는 모색의 과정이 된다.

「대명빌리지 옆」에서는 아파트 이름에 들어간 '빌리지'라는 단어에 관한 뜬금없는 생각이 꼬리에 꼬리를 무는 식으로 이야기가 전개된다. '무슨 빌리지'라는 식의 이름은 흔하기 때문에 누구나 한 번쯤 들어본 것 같다는 생각을 할 수 있다. 그러나 그런 이름에서 먼 휴양지를 떠올리면서 근사한 휴가를 즐기는 공상에 빠져들기란 그리 흔하지는 않을 듯하다. 또 그런 사소한 생각을 부풀려서 한 편의 소설을 창작하기란 쉬운 일이 아닐 듯하다.

휴양지에 관한 상상은 대명빌리지 근처에 있는 작은 옷 가게에 걸린 '선드레스'로 이어진다. 올여름 선드레스를 입고 휴양지를 거니는 상상에 빠져든다. 그런데 일상에서 벗어나 휴양지에서 여유를 부리는 상상은 반대편에 있는 무미건조한 일상을 전제로 한다. 물론 주인공 '나'의 일상이 부정적이기만 하다는 뜻은 아니다. 오늘날을 살아가는 사람들이란 늘 즐겁고 행복하게만 살 수는 없는 법, 거기에는 행복이나 불행과는 약간 다른 측면에서 언젠가는 깨트리고 싶은 삶의 상투성이 숨쉬고 있다. 이런 점에서 '나'가 일상의 탈출을 상상하는 것은 지극히 자연스러운 일이다. 『마지막 휴양지』라는 책에 나오는 휴양지를 꿈꾸며, 휴양지를 걸어가는 상상을 하며 강변 공원을 산책한다. '나'의 상상은 개인의 내밀한 영역에 속한 것이지만 누구나 삶의 상부성을 익히 경험한 적이 있기에 읽는 이의 마음을 흔들어놓는다. 더 나아가 선드레스를 살까 말까 망설이다 결국 마음을 접은 채 가게를 나서는 모습은 꿈을 유보한 채 살아가는 우리들 자신의 모습이기도 하다.

휴양지를 꿈꾸는 '나'는 이렇게 말한다. "무엇을 찾기 위해, 무엇을 위해 그곳에 가려는지도 알 수 없는 사람은 그런 곳으로는 갈 수 없다."(127쪽) 휴양지에 관한 꿈은 막연한 공상에 그쳐서는 안 되고, 그보다는 무엇을 찾고자 하는지를 뚜렷이 의식해야 한다는 것이다. 이때 '나'가 찾으려는 그 '무엇'이란 다른 작품에서도 빈번히 발견되는 삶의 의미 비슷한 것이 아닐까. 그러므로 작품 속의 여행이란 근본적으로는 삶에 대한 성찰의 연장선상에 있다.

「영길의 축제」에 나오는 여행도 자기성찰과 연결된다. 지역신문사의 객원 기자인 영길은 취재차 "네 시간 가까이 버스를 타고 내려온 길"(132쪽)이다. 업무상 출장으로 시작된 여행이지만 오랜만에 지인을 만나는 개인적 일도 섞여 있다. 여행은 집을 떠나 다른 공간과 장소로 이동하는 과정이기에 자연스럽게 일상에서 벗어나는 일이 된다. 「대명빌리지 옆」에서 꿈꾸던 근사한 휴양지는 아니지만 반복된 일상의 상투성에서 잠시 빠져나온다는 점에서는 휴양지의 꿈이 실현되는 것으로 볼 수도 있다. 상투성에서 잠시 벗어난 곳에서라면 솔직한 자기의 얼굴을 들여다보는 일도 쉬워질지 모른다.

그즈음 영길은 생각했다. 인생은 이상하게도 늘어지고, 앞으로 나가기를 주저하는 듯 혹은 그 방향을 바꾸려고 하는 것이 아닐까 싶은 한때가 있는 법이라고. 어느 소설에서 읽은 것인데 그러한 것은 현실에서도 일어나고 있었다. 벌거벗은 자기 자신과 맞닥뜨려야 하는 것 말이다.

겨울에서 봄으로 접어드는 무렵 영길은 자기 자신을 돌아보기 시작했다. 마치 죽음을 앞둔 사람처럼. 물론 영길은 죽음을 앞둔 사람은 아니었다. 그것에 버금가는 심정은 품고 있었다. 어느 때보다 자기 자신에 대해서 더 많이 생각했고 시간을 거슬러 그녀 자신의 행위에 대해서도 스스로 묻고 스스로 답해가며 어떤 해답을 찾으려 하고 있었다. 그녀를 잘 아는 사람으로서 하는 말이다. 그러던 어느 봄날, 영길은 원행을 떠났다. 일 때문이기도 했지만 그녀는 용기를 얻고자 했는지도 모른다.(「영길의 축제」, 131~132쪽)

영길의 여행은 지친 인생에서 용기를 얻기 위한 재생의 과정이다. 출발지로 되돌아오는 원점회귀형 서사를 따르지만 여행의 과정에서 보고, 듣고, 생각한 것들은 새로운 정신적 단계를 지향하는 성숙의 의지로 수렴된다. 애초에 "영길은 자기 자신의 삶에 대해서는 어쩐지 부정적이었다"(147쪽). 또 "영길의 시간은 늘 다른 사람보다 느리게 흘러갔다"(150쪽). 여행을 떠나기 전의 영길은 소극적이고 수동적이기만 했다. 그런 영길에게 육효점 점괘는 이렇게 말한다. "과거에서 멀어져라. 작은 것에 열쇠가 있다."(151쪽) 영길은 그것을 여행에서 얻은 '선물'이라 여긴다. 과거에서 멀어져 새로운 길을 향해 걸어가는 것, 업무상 시작된 여행은 원점으로 돌아오지만 영길의 정신적 여정은 이제 막 시작되는 구조다.

「당신의 얼굴」은 몇 주간 수련원에 머문 일을 다룬 작품이다. 수련원이라는 공간은 일상으로부터 분리의 기회를 제공하며, 집을 떠나 수련원에서 지낸다는 것은 모색의 계기를 제공한다. "나에겐 다른 공간이 필요하기도 했어. 익숙한 공간에서 벗어나면 이제까지 안 보이던 것이 혹시 보일지도 모른다는 생각이 들었어. 뭔가 모색을 할 수도 있고 말이야."(234쪽) 수련원의 일과표에 들어 있는 여러 가지 일들은 대개 반성과 사색에 관련된 것들이다. 자기가 가장 잘 아는 이야기를 글로 적어보기, 심리 상담 강의 듣기, 인생에 관해 생각해보게 하는 영화를 감상하기 등은 모두 새로운 정신적 여정을 위한 몸풀기의 일환이다.

그중 가장 흥미로운 것은 작품의 제목과 연결되는 '라이브 마스크' 만들기다. 라이브 마스크를 뜨면 뱀이 벗어놓은 허물 같은 것이 만들어진다. 산책 시간에 우연히 발견한 뱀의 허물은 뱀이 성장하기 위해 기존의 몸체에서 빠져나온 흔적이다. 라이브 마스크 혹은 탈피는 과거의 나를 벗어버리고 또 다른 단계로의 진입을 상징한다. '과거에서 멀어져라'라는 육효점과 일맥상통하는 지점이다. 또한 라이브 마스크는 거울 모티프의 변형이기도 하다. 벗어놓은 라이브 마스크를 보는 시선은 거울에 비친 자기 얼굴을 들여다보는 시선과 일치한다. 둘다 객관적으로 자기 얼굴을 보게 만드는 매개이다. "난 가끔 거울을 들여다볼 때마다 가슴이 서늘해져. 이게 나의 얼굴인가 하는 생각에."(233쪽) 평소에는 의식조차 못하다가 문득 지극히 솔직한 자기 얼굴을 대면할 때 자기가 처한 상황에 따라 복잡한 심사가 들 수도 있는 법이다. 이때 중요한 것은 낯선 자기 얼굴을 정면으로 바로보는 용기다.

「당신의 얼굴」에서 화자는 '나'이다. 그런데 결말에 이르러 그 화자의 목소리가 향하는 대상이 '당신'이라는 사실이 뒤늦게 드러난다. 그리고 그 '당신'은 '내 얼굴'을 닮은 존재, "날 때부터 함께인 얼굴"(246쪽)을 지닌 존재, 곧 자기 자신이라는 암시가 강하게 나타나 있다. 「영길의 축제」의 결말에서도 비슷한 상황이 확인되는데 "내가 누구냐고 물을 사람이 혹 있다면 나는 누구보다도 영길과 가까운 사람이라고 말할 수 있겠다"(156쪽)라는 문장에서 '나'와 영길이 동일 인물처럼 암시된다. 그렇다면 여행의 이야기를 다룬 서술은 결국 자기 자신과의 대화가 되는 것이다. 여행이란 자아 외부에 있는 세계와의 접촉이지만 계속해서 자아의 내부를 향한 탐색이 이루어지는 구조를 볼 때, 김주현 소설의 자기성찰성은 자서전이나 고백록 같은 글보다 한층 더 강렬하다는 사실이 확인된다.

4

　세번째 계열은 '타인과의 만남'에 관한 이야기다. 「어떤 공원 풍경」과 표제작인 「새는 날고」가 여기에 속한다. 작품 속 만남은 단순한 대면이나 접촉이 아니라 새로운 인간관계를 형성하고, 그 관계가 자아의 내부에 일정한 영향을 끼치는 성질의 것이다. 이때의 영향이란 과거에서 벗어나 미래를 향한 삶의 방향성 문제와 관련된 것임은 물론이다.

　타인과의 만남을 다룬 「어떤 공원 풍경」이 코로나19의 일상을 배경으로 한다는 사실은 흥미롭다. 코로나19는 우리에게 타인과의 만남을 제한하였다. 그런데 작품 속 '나'가 만난 여러 인물은 코로나19로 인해 일자리를 잃은 시민에게 일자리를 주는 사업에서 만난 사람들이다. 바꾸어 말하면 코로나19가 아니었다면 만나지 못했을 사람들이다. 곧 만남이 금지되는 상황이 만남을 가능하게 한 역설적인 상황에 관한 작품이다.

　'나'는 아트홀 업무 보조에 지원했지만 나이가 많다는 이유로 공원 청소 업무로 밀려나게 되었다. 작업조를 나누고 시에 있는 여러 공원에 분산되어 청소하는 일이 아주 고되거나 괴로운 일은 아니다. 사회적 거리두기가 시행되어 사람들의 발길이 줄어든 공원에는 청소할 것도 줄어들게 마련이지 않은가. 누군가는 '꿀알바'라고 여길 만큼 한가로운 일터다. 그곳

262

에서 일하며 보고 들은 것들에 대한 생각이 작품 분량의 대부분을 차지하는 작품이다.

그렇다고 해서 작품이 공원 풍경에 관한 묘사나 그것에 대한 감상 위주로 흘러가는 것은 아니다. 이번 소설집에 수록된 여러 작품의 공통된 특징이기도 한 자기성찰적 속성은 이 작품에서도 여지없이 발휘된다. 이 작품은 코로나19를 겪는 우리 사회의 풍경을 스케치하면서도 만남의 이야기에 더 큰 비중을 둔다. 새로 만난 사람들, 그들과 나눈 대화, 그에 대한 '나'의 생각이 공원 풍경을 채색한다. 외부의 공간적 풍경이 후경으로 밀려나고 사람과 사람 사이의 관계가 전경화되는 것이 「어떤 공원 풍경」이다.

작품 속 타인과의 만남은 두 가지 정도로 꼽을 수 있다. 첫째 '나'와 파트너와의 만남이다. 두 인물은 자신의 선택이 아니라 어쩌다가 보니 그곳까지 밀려온 처지다. 코로나19의 충격이 우리의 의지와는 무관한 것이었듯이 말이다. '나'와 파트너는 일하는 도중 서로 대화를 주고받으며 약간은 가까워지기도 하고, 어떤 때는 뜻이 맞지 않아 어색한 분위기에 빠지기도 하면서 그럭저럭 몇 달간 같이 지낸다. 나중에는 사소한 사건을 계기로 둘 사이가 완전히 멀어지기도 하지만 사람 사이에서 그런 일은 비일비재한 법이 아닌가. 이 작품에서는 갈등의 전개가 중요한 것이 아니라 코로나19 이전에는 주로 혼자서 시간을 보내던 '나'가 타인을 만나서 갈등을 겪었다는 사실이 중요하다. 코로나19가 아니었더라면 '나'는 여전히 혼자만의 방에서 자신의 일에 몰두하고 있을 것이고 타인과의 갈등도 발생할 수 없었을 것이다. 본인이 원한 것은 아니지만 집 밖으로 나와서 타인과 만나는 경험을 통해 그동안 평온하게 유지되던 내면에 파문이 생긴 것이다. 이제 파문이 발생하기 이전으로 되돌아갈 수는 없다. 곧 타인과의 만남은 원한 것은 아니지만 과거로부터 벗어나게 하는 하나의 계기가 될 수 있다.

둘째는 마지막 근무일에 있었던 여러 동료와의 만남이다. 명색이 동료라고는 하지만 파트너를 제외하고 제대로 대화를 나눈 적이 없는 낯선 사람들이다. 그러나 공원에서 그들과 함께 술을 마시면서 어색함은 어느새 사라진다. 파트너에게 살갑게 대하기 힘들어하던 '나'로서는 의외의 모습이다. "늦은 오후의 소풍 같았다. 호수 공원에서 봐온 풍경 속에 내가 들어가 있었다."(178쪽) "늦은 밤, 야외에서 여럿이 함께 있는 것은 정말 오랜만이었다. 대학 시절에 몰려다니는 기분이었다. (……) 코로나19가 사람들을 멀리 떼어놓기도 했지만 사람들을 가까이 부르기도 했다."(179쪽) 그전까지 '나'는 산책을 하며 공원에서 오붓한 시간을 보내는 사람들을 '타인'으로만 여겼다. 그럴 때 호수 공원은 그저 하나의 '풍경'에 지나지 않는다. 그러나 이제 '나'가 자아와 타인의 경계를 넘어서 그들의 무리 속으로 걸어 들어가 우리의 무리 속 일원이 되었다. 혼자만의 방에서는 느낄 수 없었던 친밀감의 경험이다.

그들과 헤어진 후 '나'는 여전히 혼자만의 방에서 "늘 해 오던 대로 글을 짓거나 글을 다듬는 일"(182쪽)을 하고 있다. 코로나19로 제한되었던 일상을 회복한 우리들의 모습 같다. '나'의 모습을 보면 크게 달라진 것은 없어 보인다. 그러나 타인과 마찰을 겪거나 타인과 친밀감을 느꼈던 경험의 이전과 이후는 결코 같을 수 없다. 그러한 경험이 성숙의 계기가 될지는 알 수 없지만 '나'에게 변화의 가능성이 펼쳐져 있다. 이러한 결말은 작가 자신의 소설 쓰기에 대한 변화를 예고하고 동시에 읽는 이에게 당신도 변화에 동참하라는 권유의 메시지를 보낸다.

표제작인 「새는 날고」는 타인과의 만남이 시작되고 끝나는 과정을 따라 전개된다. 브라질 요리 슈하스코 전문 음식점에서 주방 보조로 일하게 된 '나'는 페루인 셰프와 만난다. '나'와 셰프가 천천히 가까워지는 과정은 흥미진진함과는 다소 거리가 멀지만 가끔 한두 마디 말이 오갈 때 앞으로 두 사람의 관계가 어떻게 전개될지 은근한 호기심이 유발되기도 한다.

셰프가 '나'에게 건넨 첫마디는 "힘들어요?"(44쪽)였다. '나'는 "힘들죠, 당연히"(45쪽)라는 평범한 대답을 했다. "힘들어요?"라는 짧은 한마디 질문이 함축한 의미는 상당히 무겁다. 설거지하는 것이 힘들 수도 있고, 다른 일이 아니라 주방 보조를 하는 상황이 힘들 수도 있고, 또는 돈이나 건강 등의 문제로 힘들 수도 있다. 셰프가 건넨 한마디 말은 중의적 맥락 속에서 여러 다양한 질문을 걸어오는 것이다. 화장이 뭉개진 얼굴을 보고 한 질문이라는 것을 나중에 깨닫기는 하지만 "힘들어요?"라는 질문은 서로 낯선 두 사람 사이에 놓인 아득한 거리를 순식간에 초월하여 두 사람의 관계를 대화를 주고받는 사이로 만들어버리는 위력을 발휘한다는 점도 빼놓을 수 없다.

얼마 뒤 '나'는 셰프에게 가게를 가지고 싶냐고 질문하고 셰프는 "힘들어요"(46쪽)라고 대답한다. "말 그대로 자기 소유의 음식점을 내기 힘들다는 말일 터였다. 왠지 한국에서 사는 게 힘들다는 말로도 들렸다."(46쪽) '나'는 '힘들어요'라는 짧은 대답 한마디의 뒤에는 고향에 대한 그리움, 타국에 와서 겪는 서러움 같은 더 많은 사연이 있음을 직감한다. 셰프의 짧은 대답에서 발화되지 않은 더 많은 것들을 헤아릴 수 있는 것은 '나' 역시 평소 사는 게 힘들다는 생각을 하기 때문이지 않을까 싶다. 이처럼 '힘드냐?', '힘들다'라는 식의 짧은 문답은 생각보다 두터운 공감의 연대를 형성하고 있다.

'나'는 셰프에게서 공통분모를 찾는다. 그가 자주 입는 회색 옷을 보고 자기도 회색을 좋아한다고 생각하거나 그가 한국인 직원을 배려해서 한국어로 대답하듯 '나'는 그를 배려해서 스페인어로 대답한다. 두 사람 모두 남미의 유명 가수 메르세데스 소사를 알고 있다거나 인제와 통영에 가본 적이 있다는 사실도 알게 된다. 셰프가 어렸을 때는 건축가나 레이서를 꿈꾸었다는 것을 알게 되고, 그것이 하나의 일터에 정착하지 못하고 이리저리 돌아다니기를 반복했던 '나'의 이력과 많이 닮았다고 생각한다. 셰프는 아주 먼 곳의 타인이지만 "어디에서 왔든 가깝고도 먼 것이 사람과 사람 사이가 아닌가"(64쪽)라고 말하는 대목에 이르러 셰프는 어떨지 모르지만 적어도 '나'는 셰프와 제법 가까워졌다고 여기는 듯하다. 타인과의 만남이 타인에 대한 공감과 이해로 한걸음 진전된 모습이다.

'나'와 셰프의 관계가 그리 친밀했다고 보기는 어렵다. 같은 일터에서 외국인 상사와 한국인 부하 직원이 서로 잘 통하지도 않은 짧은 외국어 실력으로 몇 마디 대화를 나눈 것이 고작이다. 그저 짧은 동안 타인과 만났다가 헤어졌을 따름이다. 그러나 지금도 '나'는 '힘들어요?'라고 말해준 셰프를 가끔 생각한다. 셰프와의 만남은 쉽게 사그라지지 않는 잔향을 남기는 향수처럼 '나'의 마음에 긴 여운을 남겼다. 타인과의 만남으로 인해 인생의 흐름을 바뀌거나 기존의 세계관이 뒤흔들리는 그런 일은 없었지만 그와 나눈 어설픈 대화와 공감의 교류는 앞으로도 계속 생각날 것이 분명하다.

타인과의 만남은 이제 위로가 된다. 인생은 종종 계획대로 되지 않으며, 설령 그렇더라도 괜.찮.다라는 위로 말이다. 계속 직장을 옮기면 살았던 '나'는 그동안 희미한 불안을 안은 채 살아왔을지도 모른다. 그랬기 때문에 직업을 계속 바꾸며 고향을 떠나 먼 타국에서 생활하던 셰프의 처지에 더 깊게 공감할 수 있었으리라. 애써 앞날을 걱정할 필요는 없다. 과거에 얽매여 후회하기만 할 필요도 없다. 「엘 콘도르 파사」의 가사 속 '위대한 안데스의 콘도르'가 셰프를 고향으로 데려가 준 것처럼, 앞으로 펼쳐질 여정 위에서 위대한 콘도르가 우리를 어디로든 데려가줄 것을 믿으면 된다. 결국 우리의 삶이란 "살아지는 것"(44쪽)이기 때문이라고 이 소설은 말하고 있다.

5

연애 이야기, 여행 이야기, 타인과의 만남에 관한 이야기라는 세 계열을 관통하는 한 가지 테마는 시간이다. 연애 이야기는 주로 과거의 인연에 집중한다. 회상, 후회, 추억이 현재에 영향을 미치고 있다. 여행 이야기는 현재의 일상에 관한 이야기다. 여기에서 여행은 익숙한 일상을 잠시 떠나 자기 자신에 관해 성찰하는 정신적 여행이며, 현재의 일상에서 벗어나는 욕망이란 상투성을 깨트리고 새로운 길을 모색하려는 의지와 맞닿아 있다. 타인과의 만남에 관한 이야기는 누군가와 만난 경험이 과거형으로 끝나는 것이 아니라 새로운 만남에 대한 기대 또는 만남 이후의 자기 변화의 가능성으로 이어지기 때문에 세 계열 중 가장 미래형에 가깝다.

그런데 이번 소설집에 수록된 모든 작품의 결말은 어느 계열에 속하든 상관없이 과거나 현재가 아닌 미래를 향해 있다. 연애 이야기에서는 과거의 인연에 미련을 남기기보다는 자기가 해야 할 일, 자기 삶의 의미에 관해 질문을 던진다. 여행 이야기 역시 자기 자신과의 얼굴을 들여다보고 삶의 의미에 관해 자기 자신과 대화를 나눈다. 타인과의 만남으로 인한 긍정적 영향은 앞으로 닥쳐올 '살아지게 될 날들'을 살아낼 수 있도록 용기와 위안을 준다. 과거가 아닌 미래로 향한 시선을 볼 때 무언가를 향한 모색의 의지를 놓치지 않겠다는 의지도 읽을 수 있다.

소설이 들려준 이야기는 끝나지만 비로소 길은 시작된다. 새롭게 시작되는 여정을 향해 내딛는 발걸음은 요란하지는 않지만 제법 힘이 실려 있어 보인다. 아득히 먼 창공에서 유유히 날아가는 새의 묵묵한 날갯짓처럼.

작가의 말

"나는 어디로 가야 하지?"

소설 속 인물의 말이다. 때때로 멈추고 싶었던 어느 순간,
그 말을 웅얼거리곤 했었다. 여기가 맞는데, 내가 선택한 길
인데 하며. 그리고 이 길을 걷지 않았다면 만나지 못했을 것
들을 돌아본다. 그래, 그런 것들을 만나게 되었구나.

어릴 적 엉뚱한 길로 들어섰던 기억이 떠오른다. 이 길이
맞다고 우기는 나를 동생과 동네 아이들이 고개를 갸우뚱하
면서 따라왔다. 어리바리 헤매는 우리를 본 누군가의 도움으
로 무사히 돌아올 수 있었다. 어쩌면 나는 그때부터 비딱하게
길을 헤매었는지도 모른다.
요즘도 다르지 않다. 모르는 곳을 찾아갈 때 검색을 하더라

도 어림짐작으로 걸어간다. 가다 보면 길이 나왔다. 시간이 좀 걸리긴 했다. 낯선 풍경과 마주하면 잠시 멈춰 서기도 했다. 어느 날 저녁 무렵에는 한 하늘에 둥근 달과 해가 있는 광경을 보았다. 그 사이로 새가 날고 있었다. 둥지로 돌아가는 것일까. 다른 곳으로 가는 것일까. 새도 가끔은 길을 잃을까.

그런 길 위에서 두번째 소설집을 엮게 되었다. 약 십 년의 시간차를 둔 작품들이 한 권에 담겼다. 소설 속 인물들과 함께 조금씩 삶을 알아온 것 같기도 하다. 그동안 나는 좀 달라졌을까. 그랬으면 좋겠다.

부족한 소설을 인간애가 담긴 시선으로 읽어주신 장두영 선생님께 감사드린다. 많은 빚을 졌다, 는 생각이다.

문우의 따뜻한 말 한마디에 나는 또 용기를 낸다. 묵묵히 자신의 일을 해나가는 분들을 가까이에서 멀리에서 바라보며 많은 것을 배운다. 그분들께 고마움을 전한다.

원고 편집에서 책 꾸밈에 이르기까지 '도서출판 강'에 깊이 감사드린다. 출판사 앞에 있는 배롱나무를 떠올리면 마음이 푸근해진다.

2024년 겨울
김주현

수록 작품 발표 지면

눈 속의 터미널 _『학산문학』 2014년 봄호

새는 날고 _2024 '경기문학 출간지원' 선정작

완두콩 한 숟가락 _『한국소설』 2015년 1월호

대명빌리지 옆 _2024 '경기문학 출간지원' 선정작

영길의 축제 _『본질과 현상』 2015년 겨울호

어떤 공원 풍경 _2021 '코로나19, 예술로 기록' 선정작

고래밥 _『한국소설』 2013년 11월호

당신의 얼굴 _『소설문학』 2014년 여름호(『어떤 얼굴』)